Zu diesem Buch

«Kein Ticket für den Tod» spielt im 12. Arrondissement von Paris. Ein Weinhändler setzt alles daran, seine Stieftochter zu beseitigen. Fast kostet das Nestor Burma das Leben.

Léo Malet, geboren am 7. März 1909 in Montpellier, ging in jungen Jahren nach Paris, schlug sich dort unter dem Einfluß der Surrealisten als Chansonnier durch und begann zu schreiben. Zu seinen Förderern gehörte auch Paul Éluard. Der Zyklus seiner Kriminalromane um den Privatdetektiv Nestor Burma – mit der reizvollen Idee, jede Folge in einem anderen Pariser Arrondissement spielen zu lassen – wurde bald zur Legende. René Magritte schrieb Malet, er habe den Surrealismus in den Kriminalroman hinübergerettet. «Während in Amerika der Privatdetektiv immer auch etwas Missionarisches an sich hat und seine Aufträge als Feldzüge, sich selbst als einzige Rettung begreift, gleichsam stellvertretend für Gott und sein Land, ist die gallische Variante, wie sie sich in Burma widerspiegelt, weitaus gelassener, auf spöttische Art eigenbrötlerisch, augenzwinkernd jakobinisch. Er ist Individualist von Natur aus und ganz selbstverständlich, ein geselliger Anarchist, der sich nicht von der Welt zurückzuziehen braucht, weil er sie – und sie ihn – nicht versteht. Wo Marlowe und Konsorten die Einsamkeit der Whisky-Flasche suchen, geht Burma ins nächste Bistro und streift durch die Gassen.» («Rheinischer Merkur»)

1948 erhielt Malet den «Grand Prix du Club des Détectives», 1958 den «Großen Preis des schwarzen Humors». Einige seiner Kriminalromane wurden verfilmt, unter anderem mit Michel Serrault als Detektiv Burma. In der Reihe der rororo-Taschenbücher liegen vor «Bilder bluten nicht» (Nr. 12592), «Stoff für viele Leichen» (Nr. 12593), «Marais-Fieber» (Nr. 12684), «Spur ins Ghetto» (Nr. 12685), «Bambule am Boul' Mich'» (Nr. 12769), «Die Nächte von St. Germain» (Nr. 12770), «Corrida auf den Champs-Élysées» (Nr. 12436), «Streß um Strapse» (Nr. 12435), «Wie steht mir Tod?» (Nr. 12891), «Die Brücke im Nebel» (Nr. 12917) und «Die Ratten im Mäuseberg» (Nr. 12918).

Léo Malet

Kein Ticket für den Tod

Krimi aus Paris

Aus dem Französischen
von Hans-Joachim Hartstein

Rowohlt

Malets Geheimnisse von Paris

Les Nouveaux Mystères de Paris

Herausgegeben von
Pierette Letondor und Peter Stephan

12. Arrondissement

22.–23. Tausend Mai 1997

Veröffentlicht im Rowohlt Taschenbuch Verlag GmbH,
Reinbek bei Hamburg, Januar 1992
Copyright © der deutschen Übersetzung 1987 by
Elster Verlag GmbH, Bühl-Moos
Copyright © der französischen Originalausgabe 1982
by «Éditions Fleuve Noir», Paris
Abdruck der Karte mit freundlicher Genehmigung der
Éditions L' INDISPENSABLE, Paris
Umschlagillustration Detlef Surrey
Umschlaggestaltung Walter Hellmann
Gesamtherstellung Clausen & Bosse, Leck
Printed in Germany
990-ISBN 3 499 12890 X

1

Gare de Lyon

Es ist Mai. Anfang Mai. Seit dem Morgen steht Paris unter schottischer Dusche: ein Sonnenstrahl, ein Schauer. Manchmal sogar Sonne und Regen gleichzeitig, für die Freunde gemischter Kost. Jetzt hat es schon gestoppte zwanzig Minuten nicht mehr geregnet. Das kann nicht gutgehen. Und es geht auch nicht gut.

Ich fahre um die Säule des 14. Juli an der Bastille herum und biege in die Rue de Lyon ein. Da fängt's wieder an zu schütten. Von der Windschutzscheibe laufen Sturzbäche. Die Tropfen hämmern auf das Autodach. Der Scheibenwischer hat alle Hände voll zu tun. Wir summen zusammen: *C'est le mois de Marie, c'est le mois le plus beau, ouvre ton parapluie, il va tomber de l'eau.*

Vor mir erhebt sich der Turm der Gare de Lyon. Seine riesige Uhr beherrscht die ganze Gegend. Scheint diejenigen, die zu spät dran sind, vorwurfsvoll anzusehen. Aber ich bin nicht zu spät dran. Auf der Bahnhofsuhr ist es siebzehn Uhr vierzig, auf meiner zwanzig vor sechs. Der Zug, auf den ich warte, soll um achtzehn Uhr fünf einlaufen.

Ich fahre auf den Boulevard Diderot zu, biege links ein und halte nach einem Parkplatz Ausschau. In der Rue Abel find ich einen. Abel. Ein braver Name. Vertrauenserweckend. Wie der von damals.

Ich parke am Straßenrand, stelle den Motor ab, bleibe aber noch im Wagen, um den Regenschauer abzuwarten. Da es ewig zu dauern scheint, steige ich aus. Auf dem Rücksitz liegt zusammengerollt ein Regenmantel. Ich werfe ihn über. Nachdem ich den Boulevard überquert habe und über die Treppe in den Bahnhof gerannt bin, sind die Knitterfalten raus.

Ich ziehe eine hübsche, brandneue Bahnsteigkarte an dem hübschen, brandneuen Automaten. Komisches Gefühl, dieses Stück Pappe von fünfzehn Quadratzentimetern in der Hand zu halten. Fünfzehn Quadratzentimeter Erinnerungen! An die Art der Erinnerungen wage ich nicht zu denken. Ich gehe durch die Sperre. Weiß der Teufel, warum ich die Bahnsteigkarte immer noch in der Hand halte. Wirklich 'n komisches Gefühl. Plötzlich wird mir's noch komischer: Neben dem Zeitungskiosk steht ein Kerl in meinem Alter. Sein Regenmantel sieht genau so aus wie meiner. Und der Kerl sieht so aus, wie er ist: humorlos und ruhig, wohlgenährt, mit nichtssagendem, ausdruckslosem Gesicht, so warmherzig wie 'n Eisberg. Ganz eindeutig ein Flic. Ich kenne ihn. Und er mich auch. Heißt Grégoire, so ähnlich wie der Zwieback. An bestimmten Tagen und in bestimmten Situationen genauso spröde, aber weniger gut verdaulich. Inspektor Grégoire, einer der Leute meines Freundes Florimond Faroux, des Kommissars bei der Kripo. Und wieder behält der Dichter recht: auf dem Bahnhof trifft man die bizarrsten Gestalten.

Der Flic paßt mir gar nicht in den Kram. Warum, weiß ich nicht. Die Viertelstunde bis zur Ankunft des Zuges aus Cannes hätte ich besser in einem Bistro totschlagen sollen. Aber die Bahnhöfe und ich... Ihnen gehört meine große Liebe. Trotzdem. Werd mich lieber aus dem Staub machen. Aber denkste! Grégoire ist immer im Dienst. Beruf verpflichtet. Hat seine Augen überall. Er entdeckt mich, winkt mir freundlich zu, und schon geben wir Pfötchen.

„Alles klar?" fragt der Inspektor.

„Alles klar."

„Sie wollen verreisen?"

Sehr originell!

Er zeigt auf die verdammte Bahnsteigkarte, die ich immer noch in der Hand halte. Wie 'ne Hostie.

„Geht's wieder los mit dem Schwarzfahren?"

Er weiß natürlich Bescheid. Wie alle. Es gab mal 'ne Zeit, da hab ich das Defizit der PLM, wie das damals hieß, ganz schön vergrößert. Ich erwidere sein Lächeln, was leicht danebengeht.

Immer meint man, man müßte ihnen etwas erklären. Auch wenn sie so tun, als wollten sie gar nichts fragen. Also erkläre ich ihm, daß ich auf Hélène warte, meine Sekretärin.

„Sie hat sich an der Côte d'Azur grillen lassen."

Er hebt eine Augenbraue:

„Im Auftrag?"

„Im Urlaub."

„Ziemlich früh für Urlaub, hm?"

Ich sag's ja: die wollen alles ganz genau wissen!

„Ja, ziemlich früh", stimme ich ihm zu.

Ich verkneife mir die Gegenfrage „Und Sie, was treiben Sie sich hier rum?" Ja, ich verkneif's mir. Erstens, weil's mir scheißegal ist; zweitens, weil ihm die Frage vielleicht stinken würde. Aber Grégoire ist Gönner. Hat seinen freigebigen Tag. Er vertraut mir an, daß er seine Frau und seine Nichte abholen will.

„Sie werden's vielleicht nicht wissen, aber ich habe einen Bruder in Marseille. Die Kleine war noch nie in Paris. Wird 'n paar Monate bei uns bleiben."

Höflich äußere ich mich lobend über seinen Familiensinn. Mit meinen Gedanken bin ich allerdings ganz woanders. Grégoire dreht sich eine Zigarette und zündet sie an. Der Tabak riecht schlecht. Wo ich doch so gerne, ja, fast wollüstig den Kohlegeruch einer Lokomotive einatme, die auf dem Gleis neben mir rumtobt! Dieser Inspektor versaut mir die ganze Freude. Um dagegen anzustinken, bring ich meine Pfeife ins Spiel. Grégoire nimmt den Faden wieder auf:

„Ich war seit damals nicht mehr da."

Das ist keine Banalität. Auch kein Versuch, einen Witz zu machen. So redet der Inspektor. 'Ne Art Geheimsprache.

„Ich auch nicht", antworte ich.

Man sollte's nicht meinen, aber die Rede ist von Marseille. Das muß man natürlich wissen.

„Stimmt", sagt Grégoire, „wir waren zusammen da."

„Ja."

„Ziemlich mysteriöse Geschichte, was?"

„Ja."

„War 'n Haufen Arbeit. Tja, hab einfach keine Zeit gehabt, um hinzufahren."

„Ach ja?"

„Wär wohl gerne mal hingefahren. Was ich so gehört habe, von meinem Bruder und von Kollegen... scheint nicht übel zu sein, die Stadt."

„Gar nicht übel, nein."

„Kennen Sie sich da aus?"

„Nicht besonders."

Er nimmt die Zigarette aus dem Mund und sieht sie an. Hat jetzt wohl auch gemerkt, welchen Scheißtabak er da raucht. Angewidert wirft er sie auf den Boden, beinahe auf ein Paar blankgeputzter Schuhe, das direkt an uns vorbeigeht. Der dazugehörige Kerl sieht uns böse an. Grégoire kümmert sich 'n Dreck darum.

„Die Deutschen haben alles in die Luft gejagt", sagt er.

Ich nicke zustimmend. Sicher spricht er vom alten Hafen und von der Umladeanlage. Wenn er was anderes meint, auch nicht schlimm. Die Deutschen haben einen breiten Rücken. Da kann man 'ne Menge abladen. Seit die den Krieg verloren haben... Aber der Inspektor redet tatsächlich vom Hafen. Will wissen, ob ich die Schwebefähre benutzt habe.

„Ja", antworte ich.

Er lächelt:

„Aber eins, das konnten sie weder kaputtmachen noch mitnehmen, hm?"

Soll ich fragen, was er meint? Scheiße! Er ist alt genug, um Fragen zu stellen und Antworten zu geben. Und das tut er auch.

„Die Sonne", sagt er.

„Stimmt."

„Die Mittelmeersonne", präzisiert er.

Dieser Information zufolge muß es wohl die alte Mittelmeersonne sein, die auf die alte Phokäerstadt scheint. Sehr informativ, dieser Nachmittag!

„Ja", sage ich gelehrig.

„Ist wohl ziemlich heiß, da unten."

„Ziemlich, ja."

„Nicht wie hier! Haben Sie das Wetter draußen gesehen?"

„Ja."

„Wir werden wirklich nicht verwöhnt."

„Kann man nicht sagen, nein."

„Na ja, im Mai..."

„Tja."

Das ist so die Art Gespräche, die man mit den Flics führen kann. Ich schwör's! Und dabei darf man sich nicht beklagen. Manchmal sind die Gespräche anders. Kaum lustiger, dafür aber viel gefährlicher...

Wir stehen nicht alleine hier rum. Leute gehen hin und her, Kunden für die Zeitungsverkäuferin, andere, die nur beobachten oder zuhören... mit gleichgültiger Miene. Für ihre Ohren muß sich unser Gespräch ganz schön blöd anhören.

Wir wechseln noch ein paar Worte, die so hochintelligent sind wie die vorangegangenen. Dann schläft die Unterhaltung ein. Ich laß sie schlafen.

Kurz darauf kommt Bewegung in den Bahnhof. Plötzlich stehen viel mehr Leute um uns herum, voller Energie. Der Zug wird angekündigt. Der Zug, der Hélène, Frau Grégoire und die kleine Nichte nach Paris bringt. Man hat den Eindruck, dieser Zug läuft nicht jeden Tag ein. Die Lautsprecher spucken und brüllen völlig unverständliche Ansagen. Man versteht nur: „Achtung, Achtung!" Der Rest geht unter. Nein, wir wollen gerecht sein: manchmal versteht man: „... hat Einfahrt". Völlig überflüssig, denn in diesem Augenblick fährt der Zug ein.

Ich gehe mit meinem Flic zur Ankunft der Fernstrecken. Wir warten in der Menge. Grégoire hält die Klappe. Paßt mir hervorragend. Die Hände tief in den Manteltaschen vergraben, stiert er vor sich hin in Richtung Ankunft Charenton. Sein Blick ist von Berufs wegen forschend, so als solle er den Staatsfeind Nummer 1 aus den Reisenden rausfischen und verhaften. Plötzlich stelle ich verwirrt fest, daß wir ein hübsches Zwillingspaar sind... mit Regenmantel und Schlapphut, ganz unauffällig. Rundet meinen angeborenen Sex-Appeal ab. Hélène wird sich totlachen und mich fragen, ob ich jetzt bei der Tour Pointue arbeite.

Der Lautsprecher spuckt, nuschelt, stottert, reißt mich aus meinen unerfreulichen Gedanken. Die Mitwartenden werden unruhig. Der Fernschnellzug läuft ein. Die Lokomotive wird elektrisch betrieben. Ihr fehlt die besondere Romantik der gewaltigen, schnaufenden, spuckenden, von Rauch eingehüllten Lokomotiven. Der Konvoi der Wartenden setzt sich in Bewegung. Die ersten Reisenden steigen aus. Eine kunterbunte Mischung von menschlichen Exemplaren geht an uns vorbei.

Reisende aus dem Süden, von der Sonne verbrannt. Andere mit matter Hautfarbe. Einige mit Koffern, andere ohne. Elegante junge Mädchen, wie Raubkatzen, wie man sie nur in Zügen oder auf Bahnhöfen trifft, Tag und Nacht. Geheimnisvolle Wesen, anziehend, weil man weiß, daß man sie nicht mehr wiedersehen wird. Nie mehr. Braungebrannte Luxusweibchen. Andere sind bläßlich, sehen aus wie Dienstmädchen, die hier in Paris eine Stelle suchen wollen. In sechs Monaten oder in einem Jahr werden einige von ihnen aus der sechsten Etage des gutbürgerlichen Hauses, wo sie ihr Zimmer haben, bis auf die Straße in einem Außenbezirk hinabsteigen. Ernste Gesichter, die jemanden unter den Wartenden suchen. Wenn sie ihn gefunden haben, strahlen sie vor Glück. Gefühlsausbrüche, die nicht enden wollen. Fröhliche Gesichter. Müde Gesichter. Gutrasierte, schlechtrasierte. Familien. Paare. Und dann die, die allein sind. Alleine, wo sie waren, alleine während der Fahrt, alleine, wo sie aussteigen. Steif wie 'n Stock gehen sie vorüber, geringschätzig, hochmütig, den Blick in die Ferne gerichtet, auf ein unerreichbares Irgendwo, der Teufel weiß wohin, vorbei an Leuten, die sich drängen, ein Lächeln auf den Lippen, einen Kuß auf Lager.

Tja, das ist ja alles sehr interessant, läßt aber Hélène nicht auf der Bildfläche erscheinen. Mich tröstet nur, daß Grégoire auch nicht mehr Glück hat mit seiner Familie.

Jetzt steigt niemand mehr aus. Die Bahnbeamten schlagen die Wagentüren zu. Der letzte Schub Reisender geht gemächlich auf den Ausgang zu. Keine ähnelt meiner hübschen Sekretärin.

Plötzlich stößt Grégoire ein erleichtertes Grunzen aus. Er

stürzt auf eine Frau zu, neben der eine Bohnenstange von sechzehn Jahren stakst. Die glückliche Familie küßt sich gefühlvoll ab. Dann treibt Grégoire die beiden zu mir rüber und stellt uns gegenseitig vor.

„Aber sagen Sie, wo ist Ihre Sekretärin?" fragt er lauernd.

„Tja, mein Lieber, die Frage stell ich mir schon 'ne ganze Weile."

„Sieht so aus, als wär sie nicht hier, hm?"

„Dem Auge des Gesetzes entgeht nichts", antworte ich lachend.

„Wird wohl den Zug verpaßt haben."

„Bestimmt. Ich seh mal nach, wann die nächsten kommen."

Mit vorzüglicher Hochachtung entkomme ich dem Trio. Inspektor Grégoire geht mir mächtig auf den Pinsel. Außerdem hab ich 'ne Stinkwut auf Hélène. Laß mich ungern in den April schicken, vor allem Anfang Mai.

Am Informationsschalter erkundige ich mich, wann die nächsten Züge aus dem Süden kommen. Dann verlasse ich den Bahnhof. Komm mir ziemlich blöd vor. Traurig, alleine wie 'ne alte Brotkante unterm Bett.

Drei Algerier lehnen sich über die Brüstung des Bahnhofsvorplatzes, von wo man auf die Rue de Chalon hinuntersehen kann. Mal sehen, wofür sie sich so lebhaft interessieren. Im Moment bin ich für jede Ablenkung zu haben. Eine fliegende Fliege, ein Taxifahrer, der einen Kollegen anschnauzt, oder irgendein anderes Pariser Schauspiel. Ich nähere mich also der Brüstung.

Die drei sind nicht besonders schlecht gekleidet, sehen aber unbeschäftigt und sehnsüchtig aus. Wie alle. Sie starren auf die Passage Moulin, auf die ausgetretenen Bürgersteige und das holprige Straßenpflaster. Drei Voyeure, drei Unentschlossene oder drei Zuhälter, die ihre Mädchen auf dem Strich beobachten. Denn in der Passage Moulin laufen ein paar Huren vor den schäbigen Stundenhotels rum.

Passage Moulin, Passage Brunoy, Passage Raguinot: das Chinesische Viertel. Von wegen! Das war einmal. Vielleicht vor einigen Jahren. Hab das Gefühl, daß die Himmelssöhne heute von den Algeriern gefressen werden.

Ich bleib noch ein wenig bei meinen melancholischen Mauren stehen und seh mir die Huren zu Festpreisen an. Dann hau ich ab. Werd mich auf die Terrasse des Café des Cadrans setzen, mir einen Aperitif bringen und von dem Schauspiel, das der Boulevard zu bieten hat, die Zeit vertreiben lassen. Ausnahmsweise regnet es gerade mal nicht. Zeit, 'ne Kleinigkeit zu essen. Kauend warte ich auf den Abendzug, den man mir genannt hat. Aber Hélène ist auch bei dieser Fuhre nicht dabei. Moral von der Geschicht: Laß sie nie alleine an die Côte d'Azur fahren!

2

Intermezzo auf der Achterbahn

In meiner Einsamkeit geh ich dorthin, wohin alle Einsamen gehen: auf den Jahrmarkt.

Nachdem ich begriffen hatte, daß Hélène an diesem Abend nicht mehr ankommen würde, bin ich zurück zur Terrasse des Café des Cadrans gegangen, um den fälligen *digestif* zu trinken. Dann holte ich meinen Wagen aus der Rue Abel und fuhr ohne bestimmtes Ziel los. Richtung *Paris-Centre*. Hatte noch keine Lust, ins Bett zu gehen. Hatte nicht mal Lust, mir Gedanken darüber zu machen, wozu ich eigentlich Lust hatte. Hatte einfach keine Lust. Wie spät war es? Hätte nachsehen können. Keine Lust. Als ich an einer Ampel warten mußte (wozu ich auch keine Lust hatte!), fiel mein Blick auf ein Plakat: *Foire du Trône millénaire*. Dazu hatte ich Lust!

* * *

Man hat keine Mühen und Kosten gescheut. Eingangs der Place de la Nation steht eine Kulisse, die nach Sägemehl von abgehobelter Tanne und nach frischer Farbe riecht. Soll das Tor und die dicken grauen Mauern einer mittelalterlichen Stadt darstellen. Ich gehe durch eine Art Triumphbogen aus bunten Glühbirnen. Zu meiner Begrüßung dröhnt ein Plattenspieler, der unter einer Pechnase still auf der Lauer gelegen hat, *Les Lavandières du Portugal* in mein rechtes Ohr. Mein linkes wird von einem aufreizenden *Paris-Canaille* bearbeitet. Und wo sind die aufdringlichen Töne der mechanischen Klaviere von früher, die „Schlepper" der verrufenen Lokale? Alles wird von dem zischenden Lärm der Karussells übertönt, daß der Boden

15

vibriert. Die verschiedensten Gerüche überfallen hinterrücks
meine Nase. Dagegen war die Kippe von Inspektor Grégoire ein
wohlduftendes Riechstäbchen. Hier stinkt's nach Motorenöl,
nach Pommes frites und *beignets*, nach Zuckerwatte, Staub und
dem billigen Parfum, mit dem sich die ausgelassenen Dienstmädchen und ihre großspurigen Freier überschütten. Leider riecht
es nicht nach Schweiß. Dafür ist es nicht heiß genug. Ich stürze
mich ins Vergnügen.

* * *

Ringkämpfer, Schießbuden, Karamelbonbons, Lotteriebuden. Spielen Sie mit, setzen Sie... das Rad dreht sich... die 15
gewinnt. Die 15 gewinnt fünf Kilo Zucker. Wahrsagen, Handlesen, Liebeshoroskop, Schiffschaukeln. Der Zwerg mit den zwei
Köpfen, der Mann mit den tausend Händen. Das Riesenbaby:
zwanzig Jahre, zweihundert Kilo, zwei Meter Taillenumfang.
Emma mit ihren Schlangen. Eva mit ihren Töchtern. Nur für
Erwachsene. Musée Dupuytren. Medizinische Wunder. Launen
der Natur. Jemand tritt Gilbert Bécaud kräftig auf die Füße. Er
jault noch lauter als sonst. Überall Ringkämpfe. Rechts von mir
der Freundliche von der Calmette, Champion aller Klassen.
Links Kid Batignol, der Held von Australien. Griechisch-
römisch, Freistil, Catchen, Boxen, Straßenkampf, auf Wunsch
mit Zusammenschlagen. Jeder ist angesprochen: die Menschenmenge, die Athleten auf dem Podest, die Frau, die die Trommel
schlägt. Überall Ringkämpfe. Kampf ist angesagt. Wer nicht auf-
paßt, kriegt was drauf. Kid Batignol gegen Monsieur X, dem
Profi-Amateur, der seit zehn Jahren als erster in den Ring steigt,
um das Geschäft anzukurbeln. Herrreinspaziert, Messieurs-
Dames, auf Sie wartet ein Schaukampf! Sport, Sport, überall
Sport. Achtung, aufgepaßt! Das Fest geht weiter. Tierische
Schreie, Gebrüll, Rohrflöten, Lachen, Weinen. Zuckerwatte.
Weingummi aus Lyon. Schweinetaufe. Trockenes Geknalle von
Gewehren und Pistolen. Prüfen Sie Ihre Geschicklichkeit! Ver-
suchen Sie Ihr Glück! Das tanzende Ei auf dem Springbrunnen,

Serge Lifar aus dem Krieg. Gipsröhrchen purzeln. Fünf Stoffbälle, hundert Francs. Die Pyramide aus alten Konservenbüchsen stürzt in sich zusammen. Tusch! Und das Rad dreht sich weiter. Rotor. Labyrinth. Spiegelkabinett. Todesschleife. Knatternde Motorräder. Geisterbahn. Kitzelnde Skelette. Von Motten zerfressenes altes Weib, das ins Mikrophon spuckt. Das Schauspiel für aufgeklärte Erwachsene, für alle Liebhaber des Schönen Geschlechts, für Kunst- und Naturfreunde, kurz, für alle, die den Glanz und die Frische der Jugend zu schätzen wissen. Für hundert Francs, nicht mehr, für nur hundert Francs, Mademoiselle Coralie und ihre Schwestern, hier sind sie, ein Plattenspieler übertönt die Stimme der Schreckschraube, Mademoiselle Coralie kommt nach vorn aufs Podest, zappelt gegen die Musik an, ihr seitlich geschlitztes hautenges Kleid zeigt einen Oberschenkel, tierisches Gebrüll, Mademoiselle Coralie und ihre Schwestern, fatale Schönheiten, wie es sie heute gar nicht mehr gibt, sie werden hier drin zu Ihrem Vergnügen, zu Ihrer Freude, als Augenschmaus, sie werden ein lebendes Bild darstellen, das Tote wiederauferweckt. Frau mit Bart. Dressierte Tiere. Es wogt hin und her. Riesenrad, Berg- und Tal-Bahn, Auto-Skooter, Düsenflugzeuge, Holzpferde, jede Menge Holzköpfe, Raupen, das Ungeheuer von Loch Ness.

Rufen Sie, brüllen Sie, schreien Sie! Reizen Sie das Ungeheuer, das schreckliche Monster! Hierher! Hierher! Leibhaftige Feuerschlucker, der Mann aus Borneo, das wilde Tier auf zwei Beinen, hierher! Omelette mit Dieselöl, Löwenwurst mit Sägemehl, Teer und Petroleum, das sind ihre Lieblingsspeisen. Mesdames, Messieurs, junge Leute und Soldaten! Sie schmieden mit ihren nackten Füßen diese Eisenstange, die ist nicht rot angemalt, die glüht im Feuer – nehmen Sie den Feuerhaken in die Hand, wenn Sie's nicht glauben! Sie berühren damit ihre Haut an den empfindlichsten Stellen, sogar an der Zunge, Sie werden hören, wie das Fleisch zischt, meine Herrschaften, Sie werden es riechen! Und dann werden dieser Mann hier und diese Frau, seltene Exemplare eines fernen Volksstammes aus einem noch ferneren Land, werden diese beiden Wilden vor Ihren Augen mit großem Appe-

tit, den Sie in ihren wilden Augen lesen können wie die Zeitungs-
meldungen in der Abendausgabe, diesen herrlichen Benzin-
Punsch saufen! Als Vitamine geben wir noch einen Löffel
Schweröl und etwas Pfeifenseiber hinzu. Hier geht's rein, Mes-
sieurs-Dames. Eine lehrreiche Vorstellung, ausgefallen, voller
Überraschungen. Hierher! Hierher! Ringkämpfe, Schießbuden,
Fruchtbonbons, Lotteriebuden. Komm an meine breite Schulter,
mein Schatz! Das Fest geht weiter! Es wogt hin und her.

Ich tauche weiter unten in die Menge ein; alles schreit und
brüllt und gestikuliert. Ich werde auf einer Welle hochgehoben,
falle wieder nach unten, die Wagen der Achterbahn machen
einen Höllenlärm auf ihren Schienen. Die bunt angestrahlten
Gondeln des Riesenrades, Düsenflugzeuge, rot, grün und gelb.
Der Himmel, die Bäume der Place de la Nation, und hoch über
dem Ganzen: ich im Wagen der Achterbahn. Unter mir, auf ihren
Säulen, Philippe Auguste und Saint Louis. Der Mann aus Borneo, der Wilde. Und ich falle, und ich steige, versinke, komme
wieder nach oben. Der Nachtwind, der Wind der Geschwindig-
keit peitscht mir das Gesicht, im Nacken spüre ich den Atem des
Mannes, der sich von hinten an mich klammert. Das panische
Gebrüll der Menge. Die wogende Menschenmenge. Die Attrak-
tionen. Immer mehr, immer mehr, wie bei Nicolet. Phantasti-
sches Intermezzo. Ich mache mich los. Ein Schlag auf den Schädel. Noch einer. Und es wogt hin und her. Rufen Sie, schreien
Sie, brüllen Sie! Ich breche zusammen, um mich herum tanzt
und dreht sich alles, die Bäume, die fünfstöckigen Häuser, das
Stangengewirr der Achterbahn. Ich stoße an die Innenwände des
riesigen Malstromtrichers... und dann geht's langsamer, immer
langsamer. Vielleicht wie beim Sterben. Ich werde weniger hin-
und hergestoßen, geschüttelt und gerüttelt, versinke in einem
watteähnlichen Nebel. Noch einmal krampft sich mein Magen
zusammen. Und dann... nichts mehr.

* * *

Aus der Tiefe von Raum und Zeit, durch hundert Schichten
vernebelter Gedanken und den ganzen Trubel der *Foire du Trône*
hindurch dringen Stimmen an meine tauben Ohren.

„Kümmern Sie sich um die Frau."

Natürlich. Frauen und Kinder zuerst.

„Was ist mit ihr?"

„Bewegt sich nicht."

„Und der da?"

„Tja…"

Eine leise Stimme, mit Seifenpulver gewaschen. Garantiert persilweiß.

„Ja?"

„Tot."

Jemand flucht. Kräftige Flüche, so wie ich sie normalerweise gebrauche, wenn ich die Kraft dazu habe…

Ich atme tief ein, ziehe alles, was ich an Fett- und Benzingeruch kriegen kann, in mich hinein. Ohne mich zu bewegen, hebe ich meine Augenlider einen Spalt.

Ich liege in dem Wagen der Achterbahn. Wir stehen wieder da, wo wir abgefahren sind. Draußen drängt sich die Menschenmenge. Aber mir wird die Sicht versperrt: marineblaue Uniform, schwarzer Gürtel und Revolvertasche. Ein Flic in Großaufnahme, Rückenansicht.

„Kümmern Sie sich um die Frau", wiederholt jemand.

„Bringt sie weg", gibt ein anderer Anweisung.

Ich sehe sie auf der Sitzbank vor mir, leblos, auf dem Rücken, aschfahl im Gesicht. Sieht ziemlich mitgenommen aus. Ihre langen, braunen Haare berühren meine Knie. Drei Männer eilen herbei, einer im Kittel. Sie schnappen sich die Frau ohne Umstände, ohne Rücksicht auf Sitte und Anstand, befördern sie aus dem Waggon. Ihr blaues Kleid rutscht hoch, weit über die Knie, und zeigt die Beine in den feinen Seidenstrümpfen. Hübsche Beine. Sehr hübsch. Hab sie schon bemerkt, als sie aus dem Ungeheuer von Loch Ness stieg. Und daß sie alleine war, hab ich auch bemerkt. Und da ich auch alleine war, bin ich ihr nachgegangen, ohne sie anzuquatschen. Vielleicht wollte ich ja nur ihre hübschen Beine bewundern. Und als sie sich in einen Wagen der Super-Achterbahn setzte, hab ich mich einfach direkt hinter sie gesetzt. Und dann…

Der schwarze Ledergürtel vor mir dreht sich um, die Revolvertasche wechselt von rechts nach links. Der Flic beugt sich über mich. Seine Hand zerquetscht mir die Schulter.

„He!" ruft er zartfühlend.

„Ja", antworte ich schwach.

„Was ist los?"

„Werd's Ihnen sagen."

„Kommen Sie da raus."

„Werd's versuchen."

Er hilft mir auf die Beine. Blut schießt mir in den Kopf. Ich spüre es unter meiner Schädeldecke dröhnen. Eine neugierige Menge drängt sich um das Karussell, wo sich soeben ein Drama abgespielt hat. Ich seh sie durch einen rötlichen Nebel, unwirklich und stark vergrößert. Ich stehe auf den Brettern. Meine Knie zittern. So fest wie 'n Wischlappen. Ich fluche.

„Ist nicht das erste Mal", murmele ich.

„Das erste Mal?" fragt der Flic.

„Ach, nichts."

Ich halte mich an ihm fest. Er geht plötzlich zur Seite, ein Angestellter der Achterbahn fängt mich noch rechtzeitig auf; sonst wär ich lang hingeschlagen. Der Flic untersucht den Karussellwagen. Mit der Hand fährt er über die Stelle, wo meine Füße waren. Er hebt etwas auf, kommt damit zu mir. Seine Augen leuchten. Die Hoffnung, den Fall schnell aufzulösen.

„Und was ist das?" fragt er.

„Sehn Sie doch, 'ne Kanone."

„Kanone?"

Er gehört zu denen, die Beweise brauchen. Heute bin ich mit Polizisten gut versorgt.

„Ja, eine Kanone. Meine. Hab diesem Verrückten eins über den Schädel gezogen, damit er mich losließ. Und dann muß ich sie wohl fallengelassen haben, als ich vor Aufregung fast aus den Latschen gekippt bin."

„Vor Aufregung?"

„Ja. Passiert den Mutigsten, Schiß zu haben. Ich bin kein Held. Und ich hab heute nicht mein starkes Hemd an."

„Dummes Gequatsche", sagt der Flic achselzuckend. „Ich seh nur dies hier."

Er klopft mit dem Nagel des Zeigefingers auf „dies". Inzwischen hat der Mannschaftswagen der Polizei ein Dutzend seiner Kollegen rangekarrt.

„Stell dir vor", sagt mein persönlicher Flic zu einem von ihnen. „Eine Kanone."

Sein Kollege stellt sich das vor, sagt aber nichts. Schüttelt nur den Kopf, mehr nicht.

„Das werden Sie uns noch erklären müssen", sagt der erste zu mir. „Scheint 'ne schöne Schweinerei zu sein, hm, Jules?"

„Nicht Jules", widerspreche ich. „Nestor. Hört sich auch nicht besser an, aber trotzdem . . ."

„Mach dich nur über mich lustig", knurrt mein Flic.

„Würd mir nie einfallen. Hier, meine Papiere, verdammt nochmal!"

Fluchen bekommt mir ausgezeichnet. Das erleichtert und bringt einen wieder auf die Beine. Ich hole meine Brieftasche raus und geb sie dem Hüter des Gesetzes. Während er sich damit beschäftigt, komme ich mit dem hilfreichen, sympathischen Kerl von der Achterbahn ins Gespräch. Frag ihn, ob er keinen Hocker hat für meine weichen Knie. Er hat. Ich setze mich. Der Flic wühlt in meinen Papieren. Je länger er schnüffelt, desto mehr verändert sich sein Gesicht. Aber wie ich schon sagte: er gehört zu denen, die alles bestätigt haben wollen, einschließlich i-Punkt und t-Strich.

„Also", beginnt er. „Name?"

„Nestor Burma."

Er preßt die Lippen zusammen. Gleich fragt er mich, wie das geschrieben wird. Nein, er fragt es nicht. Hab mich geirrt.

„Gut. Sehr gut. Beruf?"

„Privatflic."

Ein kleiner Sturm der Entrüstung schüttelt ihn:

„Detektiv", verbessert er. „Ich sehe, Sie haben einen Waffenschein."

„Ja. Was aber nicht drinsteht: Ich stehe auf bestem Fuß mit

Kommissar Faroux, Chef der Kripo-Zentrale."

Seine Augen blitzen. Entweder hat er den Kopf rumgedreht und wurde vom Schein einer Glühbirne getroffen, oder das Blitzen drückt beleidigte Würde aus.

Er knurrt:

„Sagen Sie das, um mich zu beeinflussen?"

Ich stoße einen Seufzer aus, der einen Gefängniswärter weichgemacht hätte.

„Mein Gott! Seien Sie nicht so überempfindlich."

„Lassen Sie das. Ich diskutiere nicht. Sie stehen unter Schock, oder Sie sind gerissener, als Sie aussehen. Und ob Sie nun hohe Tiere der Tour Pointue kennen oder nicht, ändert nichts an der Sache. Ich diskutierte nicht. Aber erzählen Sie mir doch mal, wie das passiert ist."

„Gerne."

„Hier! Ihre Brieftasche..."

Ich steck sie ein. Mit dem Kinn zeige ich auf meinen Revolver, den der Flic immer noch in der Hand hält. Er schüttelt den Kopf.

„Den behalte ich noch."

Er steckt die Waffe in die Tasche. Dann wartet er. Zwei seiner Kollegen haben sich inzwischen zu uns gestellt.

„Da gibt's gar nicht viel zu erzählen", beginne ich. „Ich bin einer Frau nachgegangen und... Übrigens, was ist mit ihr? Die junge Frau in dem blauen Kleid. Die vor mir saß..."

„Der war's nicht gut."

„Ach ja? Wahrscheinlich, weil sie unseren Ringkampf gesehen hat, hm? Hat ihr 'ne Heidenangst eingejagt. Kann ich verstehn. Und da ist sie umgekippt."

„Ja."

„Gott sei Dank! Hab schon befürchtet, es wäre schlimmer."

„Nein. Nur 'ne kleine Schwäche. Sie sind ihr nachgegangen?"

„Ja."

„Warum?"

„Weil sie hübsche Beine hat."

„Von wegen!"

„Wieso von wegen? Hat sie keine hübschen Beine? Haben Sie das etwa nicht bemerkt? Dann sind Sie der einzige…"

„Schon gut. Weiter."

„Also, ich bin ihr nachgegangen. Sie geht auf die Achterbahn. Ich hinterher. Jemand setzt sich hinter mich. Ich achte aber nicht drauf. Und ab geht die Post. Wir werden nach oben gezogen, und hopp!, runter geht's. Freier Fall! Kurz vor der Kurve packt mich der Kerl von hinten, faßt mir an die Brust, als wär ich Brigitte Bardot persönlich. Ich sag mir: der hat sich in dich verknallt, oder der ist krank. Aber lange sag ich mir das nicht. Ich merk nämlich blitzschnell, daß der Kerl versucht, mich über Bord zu schmeißen. Natürlich tu ich sofort was. Kleiner Ringkampf. Bleibt nicht unbemerkt. Leute laufen zusammen, schreien, rufen, alarmieren Sie, nehm ich an. Der Kerl haut mir mit irgendwas auf die Rübe. Reicht aber nicht, um mich kleinzukriegen. Ich schlag mit der Kanone zu. Hatte keine Wahl. Und der andere ist badengegangen. Genau in der Kurve. Hopp! Er wurde rausgeschleudert… 'n Segen für mich. Hab's Ihnen eben schon gesagt. Ist nicht das erste Mal, ich bin dran gewöhnt."

„Woran gewöhnt? Andere von dreißig Meter Höhe runterzuschmeißen?"

„Nein. Prügel zu kriegen und mich hinterher in den übelsten Situationen zu befinden. Aber so'n Teufelssprung zu machen, das war bis jetzt noch nicht dabei, verstehen Sie? Mich zu prügeln, um meine Haut zu retten, gut. Aber dann… Die Reaktion! Als ich merkte, welch einer Riesenschweinerei ich da entgangen bin! Schiß im nachhinein. Das ist das Schlimmste. Die Nerven. Hab's gemacht wie die Frau in Blau: bin umgekippt."

„Hatten auch allen Grund", mischt sich einer der Flics ein.

„Ja", nickt der andere.

„Und der andere?" fragt der dritte Flic, das heißt der, mit dem ich's zuerst zu tun hatte.

„Wie, der andere?"

„Sind Sie dem auch nachgegangen?"

„Ganz im Gegenteil. Weiß nicht mal, wie der aussah. Wissen Sie… bei unserer Zirkusnummer da oben, mal angeleuchtet,

mal im dunkeln, und wenn angeleuchtet, dann gelb, rot, grün . . .
Also, ich könnte nicht sagen, ob er gut oder schlecht aussah.
Bestimmt hatte er 'ne einigermaßen widerliche Fresse."

„Im Augenblick ist er jedenfalls nicht hübsch anzusehen."

„Dachte ich mir. Tot, hm?"

„Ja."

„Ist er . . . äh . . . immer noch da, wo er runtergefallen ist?"

„Ja."

„Kann ich ihn sehen?"

„Warum nicht?"

Ich stehe auf, fahr mir mit der Hand übers Gesicht. Fühl mich
furchtbar müde. Aber besser als tot. Jedenfalls geht's mir schon
viel besser als eben.

„Also", hakt mein Flic nach, „Sie sind ihm nicht gefolgt,
hm?"

„Nein. Warum sollte ich?"

„Denke, Sie sind Privatdetektiv."

„Ach ja? Das denken Sie?"

„Ja, das denke ich."

Ich antworte nicht. Soll er denken, was er will.

3

Verdächtigungen aller Art

Die Leiche liegt unter dem metallenen Stangengewirr der Achterbahn. Direkt neben einem hübsch beleuchteten Brunnen, aus dessen Mitte ein Wasserstrahl hervorschießt, unermüdlich und desinteressiert. Die Menge drängt sich gegen die weiße Absperrung des Tatortes. Ansonsten geht das Fest weiter. Etwas gedämpfter, weil es schon nach zehn ist. Die polizeilichen Verordnungen haben Plattenspielern, Lautsprechern und Mikrophonen einen Maulkorb verpaßt.

Inzwischen hat man die Leiche mit einer Plane bedeckt. Zwei Polizisten halten 'ne Art Totenwache. Mein persönlicher Flic, der hin und wieder mal denkt, hebt mit theatralischer Geste die Plane an, so als müßte der Anblick des Toten irgendeine bestimmte Reaktion bei mir hervorrufen. Die Menschenmenge kommt in Bewegung.

Der verrenkte, krumme Hampelmann war vorher ein gutaussehender Mann von rund vierzig Jahren. Elegant gekleidet, grauer Anzug und schwarzgrau karierter Übergangsmantel. Seine Schuhe stammen von einem guten Schuster. Bei seinem Sturz in die Tiefe hat er wohl Bekanntschaft mit einer Schiene oder einem Stahlträger gemacht. Der Aufprall auf das Pflaster der Place de la Nation hat den Rest besorgt: sein Gesicht ist weder vollständig noch hübsch anzusehen. Das wenige, das man noch erkennen kann, erinnert mich an nichts und niemand. Ich wußte, daß ich den Kerl nie gesehen hatte. Jetzt bin ich mir völlig sicher. Um mein Gewissen zu beruhigen, beuge ich mich über das übel zugerichtete Gesicht. Zum Kotzen. Als ich mich wieder aufrichte, fällt mein Blick auf seine Hand. Sie liegt auf seinem Bauch, so als betaste sie ihn ängstlich. Na ja, mit dem

Blinddarm wird er jetzt keinen Ärger mehr kriegen! Der Arm muß an zehn verschiedenen Stellen gebrochen sein, aber die Hand ist in tadellosem Zustand. Keine Schramme. Eine gepflegte Hand mit einem Siegelring. Die wächserne Hautfarbe des Todes läßt noch auf sich warten. Noch ist die Hand sonnengebräunt. Auch das Gesicht ist gebräunt (soweit man das beurteilen kann!). Aber damit kann man nichts anfangen. Erinnert mich nur an den üblichen Scherz über besondere Kennzeichen: ein großer Mann mit Armbanduhr. Jedenfalls weiß ich immer noch nicht, warum mich der Kerl von der Achterbahn schmeißen wollte!

„Was gefunden?" fragt der Flic.

„Nichts. Nie was mit ihm zu tun gehabt. Außer eben."

In diesem Augenblick wird die neugierige Menge von den Polizisten geteilt. Zwei Männer in Zivil kommen durch die Gasse auf uns zu. Kein Zweifel, wer oder was sie sind. Plötzlich, ich weiß nicht warum, scheint es mir so, als hätte ich diese Situation schon mal erlebt... obwohl auf einer anderen Ebene... ein kleiner Unterschied... wie im Traum. Mein Schutzengel und seine Kollegen grüßen militärisch die Neuankömmlinge.

„Also, was ist los?" fragt einer der beiden schroff. Ein junger Bursche, ziemlich klein, dafür aber 'ne große Nase. Wenn er sich schneuzt, muß er das Gefühl haben, einem Freund die Hand zu geben.

Man erklärt ihm, was los ist. Ich bin natürlich der Star. Zwergnase sieht mich prüfend an. Das ist alles. Auch die Leiche kriegt seinen Adlerblick zu spüren. Aber der ist das scheißegal. Die spürt nichts mehr. Der Adlerblick kehrt wieder zu mir zurück.

„Inspektor Garbois vom 12. Arrondissement", stellt er sich vor. „Ich würde gerne Ihre Version hören. Aus Ihrem Mund. Mit wenigen Worten."

Ich geb ihm die Zusammenfassung des Dramas. Ich geb ihm auch meine Papiere. Er sieht sie sich an, schiebt sie in seine Tasche, brummt etwas vor sich hin. Dann brummt er etwas lauter, für mich:

„Üble Geschichte, was?"

Ich widerspreche nicht.

„Sehr gut", urteilt er händereibend.

Üble Geschichten scheinen ihm wohl zu gefallen. Er wendet sich an den denkenden Flic:

„Den Toten schon durchsucht?"

„Ja, Inspektor."

„Papiere?"

„Hier, Inspektor."

Garbois überfliegt sie und steckt sie zu meinen.

„Geben Sie mir auch die Waffe des Mannes."

Der Mann, der bin ich. Auch meine Kanone verschwindet, hopp!, in seiner Tasche. Das sind keine Taschen, sondern Säcke.

„Die Frau?"

„Zu Rothschild gefahren."

„Ausgezeichnet."

Das muß wohl der sein, den man den Maigret von Bel-Air nennt. Oh, Scheiße! Bei so einem steht mir noch allerhand bevor.

„Ausgezeichnet. Sie sorgen dafür, daß die Leiche und alles weggeschafft wird, ja?"

„Ja, Inspektor."

„Tja, dann ..."

Garbois macht eine weitausholende Bewegung.

„... woll'n wir mal!"

Das heißt: Richtung Rue du Rendez-Vous, Kommissariat. Jedenfalls für einige. Die meisten Polizisten, ein Angestellter der Achterbahn als Zeuge und der arme kleine Nestor. Die Achterbahn wird nicht mitgenommen, aus Platzmangel.

Verdammt! Wenn ich mir das überlege ... wär Hélène, dieses Biest, in dem Zug gewesen, in dem sie sitzen sollte, dann würd ich jetzt zusammen mit ihr einen guten alten Whisky trinken, mir ihre Geschichtchen über Cannes und Grasse anhören und das Spiel des gedämpften Lichtes auf der gebräunten Haut ihrer Arme und ihres Dekolletés beobachten.

Stattdessen wär ich nicht nur beinahe von einem Unbekannten die Achterbahn runtergeschubst worden, sondern rase

27

neben dem finsteren Inspektor Garbois in einem noch finsteren Polizeiwagen, der nach Uniformstoff riecht, die Avenue du Trône entlang. Zum Verrücktwerden.

* * *

Was ist los? Was ist passiert? Die Fragen hört man heute ziemlich oft. Natürlich auch, als wir aussteigen. Einer von den Flics, die im Kommissariat geblieben sind, opfert sich. Man erzählt ihm, daß jemand von der Achterbahn gefallen ist.

„Im Ernst? Sind wohl drauf abonniert..."

„Wieso abonniert?"

„Na ja, letztes Jahr gab's auch 'n Unfall. Das junge Mädchen. Erinnerst du dich nicht?"

„Doch, doch. Aber das war ein Unfall. Und das Mädchen war nicht tot. Nur ziemlich ramponiert. Aber heute... das ist schon ernster. Und komplizierter. Zwei haben sich oben geprügelt, im Wagen. Einer ist runtergefallen. War sofort tot."

Und ich stehe hier und bin nicht tot. Also kann ich nur der sein, der den anderen runtergeschmissen hat. Neugierig werd ich angestarrt. Garbois ruft seine Leute zur Ordnung, tut beschäftigt. Der Kommissar erscheint auf der Bildfläche. Jung, sportlich, höflich, intelligenter Blick. Gähnt oft, ist aber hellwach. Was ist passiert usw. Die alte Leier. Zum x-tenmal erzähle ich meine Version, antworte auf die üblichen Fragen. Dann wird der Angestellte von der Achterbahn verhört. Viel ist aus ihm nicht rauszuholen. Danke, Sie können gehen. Damit die Flics wissen, mit wem sie's zu tun haben, bitte ich um Erlaubnis, meinen Freund (das Wort betone ich!) Kommissar Faroux anrufen zu dürfen. Der höfliche Beamte erledigt das selbst. Nachdem er wieder aufgelegt hat, gähnt er und sagt mit seiner monotonen Stimme:

„Kommissar Faroux wird gleich hier sein. War gar nicht überrascht, daß Ihnen was passiert ist. Ihnen scheint oft was zu passieren."

„Ja, sehr oft", sage ich seufzend.

Wußten die das hier noch nicht? Auch wenn man im 12. Arrondissement das Gefühl hat, am Arsch von Paris zu sein... trotzdem! Ich setze mich auf die Arme-Sünder-Bank. Wir warten. Ich zünde mir eine Pfeife an. Aus den Augenwinkeln beobachte ich eine Partie *belote* am Tisch nebenan. Garbois und sein Vorgesetzter tuscheln miteinander. Dann spielen sie 'n Weilchen mit dem Telefon. Aus der Ausnüchterungszelle dringen schräge Töne. Ein Besoffener flucht, was das Zeug hält. Ein stämmiger Flic geht rüber und schnauzt ihn an, damit er ruhig ist. Draußen schüttet es wohl wieder. Hohe Luftfeuchtigkeit, auch hier im Büro. Dadurch wird der Geruch stärker, der typische undefinierbare Geruch von Polizeiwachen.

* * *

Die Tür geht auf, und herein spaziert Faroux. Ich stürze mich auf ihn, drücke ihm die Hand.

„Fragen Sie mich bitte nicht, was passiert ist", komme ich ihm zuvor. „Werd's Ihnen erzählen."

Aber mein Freund will's gar nicht wissen. Schiebt mich mit einem „Moment!" einfach zur Seite und begrüßt erst mal seine Kollegen. Die übliche Zeremonie. Wie Marschall Foch – dessen Schnäuzer er geerbt hat – fragt Faroux:

„Worum geht es?"

Man erzählt es ihm. Allgemeines Getuschel. Dann pflanzt sich Faroux vor mir auf:

„Na los, mein Lieber."

Gekonnt schiebt er seinen Schlapphut in den Nacken.

„Erwarten Sie, daß ich Ihnen mein Herz ausschütte?" frage ich lachend. „Oder warum legen Sie die Ohren frei?"

„Vielleicht..." antwortet er und lächelt mich unschuldig an.

Sein Hut erinnert mich daran, daß meiner weg ist. Hat sich bei der Prügelei selbständig gemacht und fährt vielleicht immer noch Achterbahn. Ich berichte Faroux von meinem Erlebnis.

„Hm", knurrt der Kommissar und zuckt die Achseln. „Auf jeden Fall verbürge ich mich für ihn." Kopfbewegung in meine

Richtung. „Sie brauchen ihn nicht hierbehalten. Kommen wir auf den Toten zurück. Wer war das?"

Der Kommissar des 12. Arrondissements legt die Papiere, die ihm Garbois gegeben hat, auf den Schreibtisch.

„Roger Lancelin", sagt er. „Geboren 1918 in Meaux. Beruf: Vertreter. Wohnhaft in Marseille, wenn man dem Ausweis glauben kann. Unter uns, der sieht nicht besonders vertrauenerweckend aus..."

Faroux nimmt den Ausweis und sagt, daß er tatsächlich...

„Die Brieftasche enthält viel Geld", fährt der andere fort. „Sonst nichts. Kein Brief, kein Umschlag. Nicht mal 'ne Visitenkarte. Kein Hinweis auf seine Pariser Wohnung. Seltsam, was?"

Faroux wiegt den Kopf hin und her.

„Und die Frau?" fragt er. „Die, die umgekippt ist?"

„Simone Blanchet, 25 Jahre, ledig, Rue de la Brèche-aux-Loups. Ist ins Hospital Rothschild gebracht worden. Zur Erholung. Zittert zwar noch vor Angst, aber einer unserer Leute hat sie verhört. Sie hat nichts weiter gesagt, nur daß sie nie wieder einen Fuß auf so'n Ding setzen wird. Hat gesehen, daß sich die beiden geschlagen haben. Wer angefangen hat, weiß sie nicht. Außerdem war sie alleine, kannte keinen von denen, die mit im Wagen saßen."

„Dachten Sie, sie hätte wenigstens einen gekannt?"

„Na ja... äh... Man kann ja mal was annehmen und Fragen stellen, nicht wahr? Kostet doch nichts... Aber wir haben uns geirrt. Wie bei Ihrem Freund. Als wir seinen Beruf sahen..."

„Ja", lacht Faroux. „So 'ne Lizenz ist wie'n ellenlanges Strafregister. Wirkt genauso. Na ja, ich glaub, das ist alles, oder?"

„Natürlich."

„Dann guten Abend. Kommen Sie, Burma? Draußen steht mein Wagen."

„Meiner steht in der Nähe der Place de la Nation", sage ich. „Können Sie mich dort absetzen?"

„O.k. Also los."

Man gibt mir Papiere und Kanone zurück. Kurz darauf sitzen

wir in Faroux' Dienstwagen. Ich hab mich nicht getäuscht: es regnet.

„Wie läuft's Geschäft?" fragt der Kommissar.

„Bin arbeitslos."

„Keinen Fall an der Hand?"

„Keinen. Und den Toten, diesen Lancelin, kannte ich nicht, und ich bin ihm auch nicht gefolgt. Falls Sie das wissen wollten."

„Trotzdem 'ne üble Geschichte, hm?"

„Sagen alle. Und diesmal denke ich sogar wie alle."

„Bei meiner Arbeit macht man sich 'ne Menge Feinde", sagt Faroux nachdenklich. „Vielleicht war das einer, der ..."

„Hab ich auch schon gedacht. Stimmt aber nicht. Hab den Kerl nie gesehen. Vielleicht war der ja nur einfach bescheuert. Wär nicht der einzige. Eben wurde erzählt, daß letztes Jahr ein junges Mädchen von der Achterbahn gefallen ist ..."

„Und er könnte sie runtergeschubst haben?"

„Wie kommen Sie auf so was? Hab ich nicht gesagt. Ich denke an Matuschka."

„Matuschka?"

„Der Ungar, der die Züge entgleisen ließ. Ein Verrückter. Hat zufällig ein Eisenbahnunglück miterlebt. Machte ihm 'n Mordsspaß. Und den hat er sich dann später immer wieder gemacht. Hat selbst solche Katastrophen arrangiert. Vielleicht gehört unser Lancelin zu derselben Sorte. Letztes Jahr sieht er, wie das junge Mädchen vom Karussell stürzt. Es macht ihm Spaß. Aber leider kann er nicht damit rechnen, daß so was immer wieder passiert. Glücklicherweise ist das eher selten. Also hilft er etwas nach ..."

„Hm. Ist es noch weit bis zu Ihrem Wagen?"

„Avenue de Bel-Air. Gleich am Anfang." Ich sehe in die Nacht hinaus. „Wir sind schon da."

Der Chauffeur der Tour Pointue hält neben meinem Wagen. Ich steig aus und gebe Faroux durchs Fenster die Hand.

„Wiedersehn. Und vielen Dank."

„Keine Ursache, Burma. Aber sagen Sie ... erleb ich das noch, daß Ihnen mal nichts passiert, verdammt nochmal? Auf Schritt und Tritt... Scheiße. Sie sollten zu Hause bleiben... im Bett, mit 'ner hübschen Frau. Hélène zum Beispiel... oder mit der Frau eines Freundes, wenn sich's so ergibt. Vielleicht haben Sie dann Ruhe..."

„Ach ja?" lache ich. „Meinen Sie? Und wenn der Freund eifersüchtig ist?"

„Scheiße. Salut, Burma."

„Salut, Faroux."

Der Renault der Kripo verschwindet im Dunkeln.

Ich steige in meinen Dugat und zünde mir eine Pfeife an. Eine Straßenlaterne scheint ins Innere des Wagens. Ich sehe den Rauch, den ich ausatme. Das erleichtert mir das Nachdenken. Ein Wölkchen schwebt einen Moment lang vor meiner Nase, zerfließt dann hauchzart und weht nach draußen. Die Gegend hier ist ruhig. Viel ruhiger als noch vor drei Stunden. Durch die verregnete Windschutzscheibe erkenne ich in einiger Entfernung die finstere Masse der Karussells. Mit Planen zugedeckt für die Nacht. In einigen Wohnwagen brennt noch Licht. Die pittoresken Wagen von früher gehören wohl auch endgültig der Vergangenheit an. Hinter den kleinkarierten Gardinchen wird bestimmt heftig über das Drama auf der Achterbahn diskutiert. Oder denen ist das scheißegal. Mir nicht. Ich denke an den bezaubernden Abend. Ich denke nach. Dann ist meine Pfeife zu Ende geraucht. Ich zünde mir eine neue an und fahre los, Richtung Bett. Der Ohrwurm, den ich vor mich hin summe, bringt mich auch nicht weiter. Aber so ungefähr weiß ich jetzt, durch welches Versehen man mich von der Achterbahn schmeißen wollte.

4

Hypothesen

Am nächsten Morgen werde ich um neun Uhr vom Gebimmel des Telefons geweckt. Hélène ruft mich aus Cannes an. Hat schon gestern den ganzen Tag über versucht, mich zu erreichen. Sie erzählt mir ihre Sorgen: war sowieso schon spät dran, hat sich beeilt und ist gestolpert. Dabei hat sie sich den Knöchel verstaucht; das heißt: noch ein paar Tage in Cannes.

„Jedenfalls waren Sie um ein Haar meine Todesursache", eröffne ich ihr.

„Ihre was? Was erzählen Sie da?"

„Steht heute alles in den Zeitungen. Wiedersehn, Schatz. Und lassen Sie sich den Knöchel von einem schönen blonden Jüngling massieren!"

„Er ist dunkel", widerspricht sie schroff und legt auf.

Beinahe sofort danach klingelt das Telefon wieder.

„Hallo! Hier Marc Covet." Mein Freund vom *Crépuscule*. „Na, wollte man Sie auf der Nation kaltmachen?"

„Ach, Sie wissen's schon?"

„Lese grade die Recherchen für die ‚Vermischten', überfahrene Hunde und so. Würde gerne Näheres hören, wenn möglich. Paßt noch gut in die Mittagsausgabe. Hatten Sie 'ne heiße Spur?"

„Nicht mal 'ne kalte. Bin an einen Verrückten geraten. Könnten Sie mir den vermischten Artikel mal vorlesen?"

Die Meldung hält sich ziemlich treu an die Fakten.

„Soll ich das Ganze noch etwas würzen?" fragt der trinkfreudige Journalist.

„Nein. Gefällt mir sehr gut so."

Wir legen auf. Ich genehmige mir einen kleinen Rachenputzer. Dann rasiere ich mich. Als ich mir grade das Kinn abtrockne, läutet es an der Tür. Ich gehe hin und öffne. Sie stehen vor mir, alle beide. Wie zwei Teufel aus der Kiste. Florimond Faroux und Inspektor Grégoire, natürlich mit sorgenvoller, wichtiger Miene.

„Salut", begrüßt mich der Kommissar. „Von Ihnen hat man lange was, hm? Inspektor Grégoire kennen Sie ja, oder?"

„Wir haben uns erst gestern noch getroffen", antworte ich. „Gute zwanzig Minuten haben wir auf dem Bahnsteig geplaudert. Gegen sechs Uhr, Gare de Lyon. Der Inspektor wartete auf seine Frau."

„Genau. Und Sie?"

„Hat Ihnen der Inspektor das nicht erzählt? Hélène war ein paar Wochen an der Côte d'Azur. Sollte gestern zurückkommen, mit demselben Zug wie Madame Grégoire samt Nichte. Aber sie hat leider ihren Zug verpaßt."

„Und genau darum geht's", sagt Faroux.

„Hab ich mir's doch gedacht..."

„Tja. Wissen Sie, was Grégoire denkt?"

„Nein, aber Sie werden's mir bestimmt gleich mitteilen."

„Er denkt, daß sie gar nicht auf Hélène gewartet haben, sondern auf jemand anders. Zum Beispiel auf einen aus Marseille. Und dieser Jemand hat sich aus dem Staub gemacht, als er sah, daß Sie nicht alleine waren. Aber später haben Sie sich dann doch noch getroffen. Auf der *Foire de Trône*."

„Ha, ha!" mache ich. „Das denkt also Inspektor Grégoire?"

„Ja."

Resigniert hebe ich die Schultern.

„So langsam hab ich den Kaffee auf. Früher war das so mit den Flics: um sie zu überzeugen, daß es regnete, mußte man ihnen schon mindestens 'ne Überschwemmung liefern. Heute kriegen sie einen Tropfen mit – aus einer Gießkanne vom Balkon –, und schon lassen sie 'n Staudamm bauen. Die neue Schule, was? Also, gestern war ich gut bedient. Hab mindestens drei Exemplare davon bewundern können: Grégoire, den Uniformierten vor der Achterbahn und Inspektor Garbois."

34

„Schluß jetzt!" unterbricht mich Faroux. „Sie wollen nur ablenken. Grégoire hat gestern etwas Seltsames in Ihrem Verhalten festgestellt."

„So? Hat er das?"

„Ja. Hat er."

„Und ich weiß auch, warum! Die Bahnsteigkarte in meiner Hand, das war's! Hat mich an etwas erinnert. Fühlte mich ganz komisch... schlechtes Gewissen gegenüber einem Polizisten, wenn Sie so wollen. Das Gefühl ging dann zwar vorüber, stand mir aber wohl noch im Gesicht geschrieben."

„Sie sahen aus, als fühlten Sie sich nicht wohl", mischte sich Grégoire ein.

„Stimmt", geb ich zu. „Entschuldigen Sie, Inspektor, aber Sie hätten das Gespräch auf Tonband aufzeichnen sollen. Dann wüßten Sie auch, warum!"

„Ich hab absichtlich den Blödmann gespielt", sagt er lachend, wird aber trotzdem rot.

„Glückwunsch. Ist Ihnen hundertprozentig geglückt."

„Schnauze!" knurrt Faroux. „Auf wen haben Sie gewartet? Hélène oder Lancelin?"

„Hélène."

Ich hole aus der Schublade einen Stapel Postkarten und Briefe.

„Hier, die Karte, die sie mir von der Côte geschrieben hat. Und hier der Brief, in dem sie mir ihre Ankunftszeit mitteilt. Eben hat sie angerufen. Ein verstauchter Knöchel hat sie davon abgehalten, den Zug zu nehmen. Sie wird noch ein paar Tage dort bleiben müssen. Können Sie alles nachprüfen."

„Ja, ja, schon gut", beschwichtigt mich Faroux und gibt mir die Post zurück. „Grégoire hat sich da was zusammengereimt. Seien Sie ihm nicht böse, Burma."

„Bin ich nicht. Schließlich tut er nur seine Pflicht. Aber trotzdem. Er und die andern, Sie alle, Sie sind schnell dabei mit Schlußfolgerungen. Dieser Lancelin wohnte in Marseille. Gut. Aber nichts läßt darauf schließen, daß er gestern nachmittag in unserem Zug saß."

„Nichts, stimmt. Nur eine Vermutung von Grégoire."

„Vielleicht lebte er schon 'ne Weile in Paris."

„Vielleicht."

„Wissen Sie schon was Neues?"

„Nichts. Kommen Sie, Grégoire? Wir gehen. Entschuldigen Sie unseren Verdacht, Burma."

„Macht nichts. Dafür bin ich ja da."

Sie verschwinden. Möchte wissen, ob ich sie überzeugen konnte. Nichts ist schwieriger, als jemanden von der Wahrheit zu überzeugen. Kann sein, daß ich die Kerle jetzt ständig auf den Fersen habe. Vor allem Grégoire. Gar nicht so blöd, wie er aussieht, dieser Grégoire. Auch wenn er danebengegriffen hat mit seiner Kombination. Wie die wohl aus der Wäsche geguckt hätten – Faroux und der verdammte Grégoire –, wenn ich geantwortet hätte:

„Ich hab auf das Miststück Hélène gewartet und auf sonst niemanden. Aber wir beide, Grégoire, mit unseren Regenmänteln und Schlapphüten, zu allem Überfluß noch Ihre Luchsaugen, wie sahen wir in der Menge wohl aus? Wie Flics, richtig! Stellen Sie sich jetzt mal vor – wo Sie sich doch so allerhand vorstellen – stellen Sie sich vor, daß dieser Lancelin aus Marseille ankommt. Und daß er ein Näschen für Flics hat. Er sieht uns und denkt: die warten auf mich. Später dann auf der *Foire du Trône* – was ihn dorthin zieht, weiß ich nicht; vielleicht will er die Zeit totschlagen, wie ich. Oder er hat was Bestimmtes vor. Was, müssen wir noch rauskriegen – jedenfalls sieht er mich und erkennt mich als den Flic vom Bahnhof. Nimmt an, daß ich ihm gefolgt bin. Vielleicht meine ich das auch nur so im nachhinein, aber ich meine, daß ich mehrmals das Gefühl hatte, beobachtet zu werden, als ich zwischen den Buden umherspaziert bin. Ich steige in den Wagen der Achterbahn, er setzt sich hinter mich. Dann versucht er, mich umzubringen. Warum gerade auf der Achterbahn? Wird wohl seine Gründe dafür haben. Einer, der nach Paris kommt... kam, besser gesagt, um was Wichtiges oder Krummes zu erledigen, der ohne Zögern einen braven Bürger um die Ecke bringen will, nur weil er ihn für'n Flic hält, der ihn beschattet. Meinen Sie nicht, meine Herren Polizisten, es

36

könnte interessant sein zu wissen, was der Kerl in Paris vorhatte? Also, ich werd's rauszukriegen versuchen. Sie sind sicher
schneller als ich – mit Ihren Möglichkeiten! –, und deswegen hab
ich Ihnen bis jetzt noch nichts gesagt. Wollte 'n kleinen Vor-
sprung. Na ja, ich werd's versuchen. So zum Zeitvertreib.
Außerdem weiß man nie, was bei so was rauskommt. Was sagst
du da, Grégoire? Daß ich dieselben voreiligen Schlüsse ziehe wie
du? Ja, stimmt. Aber wir werden ja sehen!"

* * *

Um kurz nach zwölf betrete ich das Büro von Marc Covet im
Crépuscule. Mein Freund zeigt auf die Ausgabe, die ich in der
Hand habe.

„Gefällt Ihnen der Artikel?"

„Ja, ausgezeichnet. Ein Loblied auf meinen Mut und meine
Kaltblütigkeit. Ihren Beruf können Sie nicht verleugnen, was?
Immer diese Lügen! Muß Ihnen nämlich gestehen, daß ich mehr
Schiß hatte als alles andere. Trotzdem vielen Dank. Vielleicht
lockt das Klienten an."

„Wünsch ich Ihnen von ganzem Herzen. Aber jetzt mal Spaß
beiseite. Verdammt üble Geschichte, hm?"

„Sie sagen es. Aber was ich wollte... Haben Sie kein Foto von
diesem Lancelin? Irgendwoher?"

„Tja... Ralic hat für mich 'n paar Fotos geschossen, in der
Morgue. Für unser Archiv. Nur..."

Er runzelt die Stirn, schüttelt den Kopf.

„Glaub nicht, daß Ihnen das weiterhilft. Sie wollen doch
sicher was haben, das Sie irgendwelchen Zeugen vorlegen können, stimmt's?"

„Ehrlich gesagt: ich weiß es selbst noch nicht. Möchte erst mal
nur ein Foto von dem Kerl haben, der mich von so weit oben
runterschubsen wollte."

„Hier, das ist alles, was ich habe", sagt Covet und legt ein paar
Abzüge auf den Schreibtisch.

Nicht grad sehr appetitlich. Aber mir kommt eine Idee.

„Gibt es hier im Haus keinen Zeichner, der diese Fotos etwas aufpolieren kann? Wäre dann zwar nicht haargenau die Visage des Toten, als er noch lebte, aber man könnte's vorzeigen..."

Marc Covet geht darauf ein. Er nimmt die makabren Fotos und geht damit weg. Kurz darauf kommt er wieder. Ich kann das Gewünschte heute nachmittag haben, gegen vier, nicht früher. Eine knifflige Arbeit, vor allem, wenn es was Ordentliches werden soll. Inzwischen könnte man ja 'ne Kleinigkeit auf die Gabel schieben... Wir gehen.

* * *

Gegen zwei muß Marc Covet für eine Reportage nach Montrouge. Ich gehe ins Archiv des *Crépu*. Will mir die Sammlung des letzten Jahres ansehen. Ich muß einen Moment warten, dann wird mir das zweite Trimester 1956 gebracht, feierlich in schwarzen Stoff gebunden. Ich schnüffle in muffigem Geruch von alter Druckerschwärze und modrigem Papier.

Da! 8. Mai 1956.

UNFALL AUF DER FOIRE DU TRÔNE
JUNGES MÄDCHEN STÜRZT VON ACHTERBAHN

Geneviève Lissert, ein junges Mädchen von 19 Jahren, wohnhaft Rue Tourneux, 12. Arr., saß gestern...

Ich lese den Artikel und die der folgenden Tage. Viel erfahre ich nicht. Ich notiere mir die Adresse von Geneviève Lissert. Für die interessiere ich mich besonders.

5

Die Behinderte von der Rue Tourneux

Die Rue Tourneux ist eine abschüssige Straße zwischen der Rue Claude-Decaen und der Avenue Daumesnil. An der Ecke zur Avenue wohnt Geneviève Lissert. Ich erkundige mich bei der Concierge. Dann gehe ich über eine Treppe mit braunem Teppich in die dritte Etage. Eine Visitenkarte hängt an der Eichentür. *Monsieur und Madame Jean Lissert und Tochter.* Ich drücke auf den blanken Klingelknopf. Eine noch junge Frau mit schneeweißen Haaren öffnet mir. Sie ist offensichtlich frühzeitig gealtert.

„Guten Tag, Madame. Madame Lissert?"

„Ja, Monsieur. Was wünschen Sie?"

Ihre Stimme ist leise, wie ein Hauch.

„Es ist nicht ganz einfach. Also, ich würde gerne..."

In den Zeitungen von damals stand nicht, daß das junge Mädchen ihren Verletzungen erlegen war. Aber man kann nie wissen. Egal. Ich wage mich vor:

„Ich würde gerne mit Mademoiselle Lissert sprechen. Geneviève Lissert. Ihre Tochter, nehme ich an?"

„Ja, Monsieur. Worum geht es?"

„Also... äh... entschuldigen Sie bitte... ich möchte ihr ein paar Fragen stellen über diesen tragischen Unfall, letztes Jahr..."

Das Gesicht von Madame Lissert verkrampft sich schmerzhaft.

„Hier, meine Karte."

Sie liest.

„Nestor Burma", sagt sie. „Privatdetektiv. Ich habe Ihren Namen heute mittag in der Zeitung gelesen. Treten Sie ein, Monsieur."

39

Ich folge ihr in ein kleines, gemütlich eingerichtetes Zimmer. Madame Lissert sieht mich interessiert an.

„Sie haben auch einen Unfall gehabt, nicht wahr?" bemerkt sie.

„Besser gesagt, mir ist an derselben Stelle etwas passiert wie Ihrer Tochter. Deswegen wollte ich mit ihr reden. Ich führe eine Art privater Ermittlung durch. In rein persönlichem Interesse. Sie können mich also wie einen lästigen Besucher behandeln und mir eine Begegnung mit Ihrer Tochter verweigern. Wenn Sie meinen, es könnte sie sehr stören..."

„Vielleicht kann ich Ihre Fragen beantworten. Gigi ist nicht... es fällt ihr sehr schwer, darüber zu sprechen. Was wollen Sie denn wissen?"

„Wie es zu dem Unfall gekommen ist. Ich habe die Meldungen in der Presse von damals gelesen. Aber im allgemeinen wird das immer mehr oder weniger verfälscht. Nur Ihre Tochter..."

„Sie hat selbst nie richtig gewußt, wie das damals passiert ist", unterbricht mich die Mutter mit erstickter Stimme. „Sie saß in dem Wagen der Achterbahn, mit Freunden. Hat sich wohl hinausgelehnt... und ist im Krankenhaus wieder aufgewacht. Mit gebrochener Wirbelsäule, Monsieur. Und geistig nicht mehr normal, ganz und gar nicht normal. Es hat monatelang gedauert, bis sie wieder in Ordnung war, sprechen konnte, ihre Gedanken zusammenbringen und so. Mein armes Mädchen! Aber sie konnte nie genau sagen, wie das passiert ist. Allerdings... wir sprechen auch nie mehr darüber..."

Tränen laufen über das vorzeitig verwelkte Gesicht. Madame Lissert sieht mich mit einem seltsamen Leuchten im Blick an. Ihre zarte Hand legt sich auf meinen Arm. Krampfartig knetet sie den Stoff der Jacke.

„Glauben Sie, Monsieur, glauben Sie... daß das kein Unfall war?"

„Ich weiß es nicht, Madame."

„Wenn es der Mann war... dieser Mann..."

Ihr Schluchzen geht in eine Art Heulen über. Fast das Brüllen eines wilden Tieres:

„... der Mann, der Sie... wenn der auch mein Mädchen..."

„Wenn er's war, hat er dafür bezahlt, Madame. Sehr teuer. Aber nichts deutet darauf hin, daß Ihre Tochter nicht nur einen einfachen, furchtbaren Unfall hatte. Das hat die Polizei auch gesagt, oder? Tut mir leid, daß ich Sie auf diesen Gedanken gebracht habe."

Sie sieht mich jetzt mit den Augen einer Wahnsinnigen an. Und tatsächlich, sie ist nicht mehr zu bremsen:

„Wenn es dieser Mann war... wenn er Komplizen hatte... Kommen Sie, Monsieur. Sehen Sie, was die aus meinem armen Mädchen gemacht haben!"

Sie zieht mich ins Nebenzimmer. Die Fenster gehen auf die Avenue Daumesnil. Wenn man sich etwas hinauslehnt, kann man links bestimmt den Brunnen mit den Bronzelöwen sehen. Den Löwenbrunnen mitten auf der Place Félix-Eboué, ehemals Daumesnil, vor-ehemals Barrière de Reuilly. Aber nur, wenn man sich hinauslehnt! Das Mädchen in dem Zimmer kann das wohl nicht mehr. Ein sehr hübsches junges Mädchen von zwanzig Jahren, mit langen blonden Haaren bis auf die Schultern. Sehr klare, jedoch traurige Augen und eine schöne Nase in dem zarten ovalen Gesicht. Aber sie hat fast keinen Hals, der Oberkörper ist steif, wahrscheinlich durch ein Korsett gehalten. Die unteren Gliedmaßen sind unter einer leichten Decke verborgen. Man kann sie sich vorstellen: verkrümmt, verkrüppelt, nach dem fürchterlichen Sturz nicht mehr zu gebrauchen. Das ist von dem jungen hübschen Mädchen übriggeblieben, das einmal eine Freude für alle Sinne war!

„Gigi", sagt die Mutter, die sich wieder besser in der Gewalt hat, „das ist Monsieur Burma... ein alter Freund von Papa..."

Bei meinem Namen hat ein Leuchten die Traurigkeit der klaren Augen verdrängt.

„Nein, Mama", unterbricht das Mädchen mit leiser Stimme, „Ich hab's im Radio gehört..."

„Dieses verdammte Radio!" ruft Madame Lissert.

„...und weiß, wer Nestor Burma ist. Ich weiß auch, was ihm

zugestoßen ist…" Sie sieht mich an. „Sie hatten mehr Glück als ich, Monsieur."

Ich nicke zögernd, weiß nicht, was ich sagen soll. Langsam nähere ich mich der Behinderten, nehme ihre Hand. Dabei rutscht eine Modezeitschrift von ihren Knien (oder dem, was davon übriggeblieben ist). Ich heb die Zeitschrift auf. Das Mädchen nimmt sie mir aus der Hand, mit einem schwachen Lächeln zu der Frau auf dem Titelbild hin. Es ist Mai. Anfang Mai. Die Mädchen in ihrem Alter tragen jetzt helle Kleider, schick, mit gewagten Dekolletés, um die Jungen verrücktzumachen. Kleider, die ihre Beine zur Geltung bringen. Und den Rest. Nie mehr! Aus und vorbei! Nur noch Modezeitschriften, die zeigen, was sie gewesen ist, was sie sein könnte, aber nie mehr sein wird…

Das Mädchen befreit mich aus meiner Verlegenheit:

„Ich soll Ihnen sicher erzählen, wie das passiert ist, nicht wahr?"

„Ja, wenn das ginge. Aber wenn…"

„Oh! Ich will nicht sagen, daß ich mich daran gewöhne… mein Schicksal akzeptiere… aber… darüber sprechen kann ich… vor allem, weil ich mich jetzt frage, ob man mich nicht auch runtergestoßen hat…"

„Mein Gott!" schluchzt die Mutter. „Aber du hast doch nie…"

„Als ich den Bericht im Radio hörte… Ich weiß noch, ich habe mich hinausgebeugt, um die Menge von oben besser sehen zu können… ich meine, mich hat jemand um die Taille gefaßt und…"

Hm. Sicher, ich wollte mir hier nichts anderes bestätigen lassen als meine Attentat-These. Aber ich finde, das geht doch zu schnell. Scheint mir im nachhinein konstruiert zu sein… beim Radiohören, vor ein paar Stunden. Der Bericht hat's ihr eingeflüstert.

„Hören Sie", bremse ich das Mädchen, „wenn jemand Sie runterwerfen wollte, mußte er doch einen Grund haben. Hatten Sie Feinde?"

„Nein. Und einen Grund... Im Radio hieß es, daß es in Ihrem Fall auch keinen gab..."

„Ich hab der Polizei nicht alles gesagt", bemerke ich lächelnd.

„Ach!"

Sie lächelt ebenfalls. Nicht dumm, die Kleine.

„Bei mir", sagt sie entschieden, „gab es aber wirklich keinen Grund. Genausowenig wie Feinde."

„Ein Flirt vielleicht, der..."

„Nein."

„Sie waren mit Freunden da?"

„Ja."

„Erinnern Sie sich an ihre Namen... und Adressen?"

„Natürlich."

„Können Sie sie mir geben?"

„Gerne."

Ich notiere drei Namen und drei Adressen. Zwei Jungen, ein Mädchen.

„Wer saß hinter Ihnen?"

„Weiß ich nicht."

„Einer Ihrer Freunde?"

„Nein... glaub ich nicht."

„Also einer, den Sie nicht kannten?"

„Vielleicht."

„Das war abends, nicht wahr?"

„Montagabend, ja."

Ihre Lippen zittern. Ihre Nase auch. Wie mutig sie auch ist, die Erinnerung quält sie.

„Wie ich gelesen habe, hat niemand so richtig Ihren Sturz beobachtet?"

„Ja, so hat man's mir erzählt... hinterher."

„Der Mann gestern hieß Lancelin. Kannten Sie jemand dieses Namens?"

„Nein."

„Möglich, daß das nicht sein richtiger Name war. Würde mich nicht wundern. Leider habe ich kein Foto von ihm. Wenn Sie ihn sehen würden, vielleicht..."

43

„Oh! A propos Fotos!" ruft das Mädchen. „Mama, stellst du die Leinwand auf?" Geneviève sieht mich leicht kokett an. „Sie sollen sehen, wie ich früher aussah... vorher..."

Die Mutter seufzt über diesen dummen Wunsch, widerspricht aber nicht. Sie rollt eine Leinwand auf, nimmt die Schutzhülle von einem Projektor und zieht die Vorhänge zu. Die Vorführung beginnt. Die ersten Meter Film zeigen den bunten Jahrmarktsrummel. Dann erscheint Geneviève auf der Leinwand, zusammen mit Freunden, deren Adressen und Namen ich mir notiert habe.

„Das war Sonntagnachmittag."

Sonntagnachmittag! Der Tag vor dem Unfall. Keinen Sinn, die Menge unter die Lupe zu nehmen. Automatisch hab ich nach Lancelin Ausschau gehalten. Jetzt konzentriere ich mich auf Geneviève, fröhlich, stürmisch, überschäumend vor Freude, sprühend vor Leben. Ein so schönes junges Mädchen!

„Da..." Geneviève unterdrückt ein trauriges Lachen. „Das ist Benoît, der mich von hinten umarmt. Er hat gesagt, ich ginge wie Marilyn Monroe. Stimmt gar nicht, oder?"

„Besser", sage ich. „Das Herausfordernde ist weniger auffällig, aber vielleicht gerade deshalb um so gefährlicher. Ihr Gang ist wunderbar."

Man könnte nicht müde werden, sich diese temperamentvolle Person anzusehen, mit den wehenden Haaren...

„Aber sagen Sie mal... damals waren Sie noch nicht blond, hm?"

„Kastanienbraun. Benoît nannte mich ,die Rote', um mich zu ärgern. Meine Haare waren aber kastanienbraun. Ein hübsches Wort. Weiß gar nicht, warum ich mir die Haare hab färben lassen..."

Warum? Um die Zeit rumzukriegen, verdammt nochmal! Kann einem bestimmt lang werden, wenn man seine Beine nicht mehr gebrauchen kann!

Der Film ist zu Ende. Ich ziehe die Vorhänge zurück. Madame Lissert räumt die Sachen zusammen, schneuzt sich.

„Also", sage ich, „dann werd ich mal gehen. Vielen Dank, daß Sie mich empfangen haben."

„Ich war schön, nicht wahr?" fragt Geneviève. Tränen hängen an ihren Wimpern.

„Sie sind es immer noch."

Müde hebt sie die Schultern, auf denen, fast ohne Hals, der Kopf sitzt. Sie reicht mir die Hand. Wortlos drücke ich sie ihr. Madame Lissert begleitet mich nach draußen.

Im erstbesten Bistro, an dem ich vorbeikomme, genehmige ich mir einen Pastis. Einen doppelten. Das Bistro liegt an der Avenue Daumesnil, Ecke Rue Cannebière. Cannebière! Marseille verfolgt mich.

6

Blaue Flecken

Kein Covet im *Crépuscule*. Hat bestimmt noch mit seiner Reportage zu tun. Also geh ich alleine zu dem Retuschier-Künstler, der dem lädierten Gesicht von Lancelin, dem König des Freien Falls, menschliche Züge verleihen sollte. Der Meister überreicht mir die Frucht seiner Arbeit. Sie ist besser, als ich erhofft habe. Ich stecke das Meisterwerk ein, dazu noch zwei weitere Fotos des Gastes der Morgue, jetziger Zustand. Dem Retuscheur geb ich auf die Schnelle einen aus, dann fahre ich noch schneller in Richtung 12. Arrondissement.

Ich fahre in die Rue de la Brèche-aux-Loups, zwischen Rue de la Durance und Rue de la Lancette. Lancette, Lancelin. Warum nicht? Brèche-aux-Loups. Wolf, wo bist du? Hörst du mich? Siehst du mich? Ich kann dein Hemd sehn... Lügner! Man sieht sofort, daß sie kein Hemd anhat, unter ihrem Kleid. Höchstens einen Slip, wenn überhaupt. Außerdem ist das kein Wolf. Aber vielleicht eine Wölfin? Wer weiß...

Sie sieht bei Tageslicht genauso gut aus wie im wechselnden Licht des Jahrmarktes. Besser noch. Lange dunkle Haare. Wunderbare Beine. Ein toller Käfer, diese Simone Blanchet, 25, ledig, wohnhaft Rue de la Brèche-aux-Loups. Beruf? Keine Ahnung. Heute nachmittag arbeitet sie jedenfalls nicht. Nachdem ich mich vorgestellt habe, darf ich in ihre kleine geschmackvolle Wohnung. Paßt gar nicht zu der Fassade des Hauses. Simone Blanchet hat zwar gestern geschworen, nie mehr wieder auf so ein Karussell zu gehen. Aber neugierig ist sie trotzdem. Was kann der wohl von mir wollen, der gestern mit mir Achterbahn gefahren ist? Und von dem Radio und Zeitungen berichten, daß er Privatflic ist?

46

Sie mustert mich. Ich mustere sie. Wir mustern uns. Je mehr ich sie mustere, desto sicherer bin ich, daß sie unter dem hellen Zwirn nackt ist.

„Wie geht es Ihnen?" frage ich. „Hab gehört, daß Sie bei dem Schaukampf der beiden Blödmänner umgekippt sind. Und als Sie wieder aufgewacht sind, hatten Sie immer noch Angst. Ich dachte, ich schau mal rein und erkundige mich, wie's Ihnen geht. Und dann wollte ich mich entschuldigen. Weil es doch auch ein wenig meine Schuld war..."

Sie lächelt mich an:

„Ach, schon gut. Heute geht's mir wieder besser. Vielen Dank. Ich hatte wirklich sehr große Angst. Aber das ist jetzt vorbei. Ich tu nur so, als hätte ich mich noch nicht ganz erholt. Das erspart mir das Büro. Schlimm, nicht wahr?"

„Weiß ich nicht. Sie arbeiten in einem Büro?"

„Ja. In der Weinhandlung Henri-Marc in Bercy."

„Kann man dort am Eingang auf Sie warten? Wenn Sie arbeiten, meine ich..."

„Warum?"

„Werd's Ihnen sagen. Ich verlange weder Entschuldigungen noch Schadenersatz, aber... Na ja, dieser Lancelin hätte mich beinahe über Bord geworfen. Und das ist auch ein wenig Ihre Schuld."

„Dann sind wir ja quitt", sagt sie lachend. „Aber ich verstehe nicht... und der Zusammenhang zur Weinhandlung..."

„Sie haben hübsche Beine..."

Bei meinen Worten stellt sie ihre Beine anders hin. Aber dadurch werden sie auch nicht bis zu den Knöcheln versteckt. Dafür ist das Kleid zu eng.

„Ich hab Ihre Beine gesehen und bin Ihnen nachgegangen. Wenn Sie nicht in die Achterbahn gestiegen wären, wär ich auch unten geblieben."

Fünf Minuten lang erzähle ich ihr solche Plattheiten. Kommt nichts Gescheites dabei raus. Dann gehe ich ohne Übergang zu ernsthaften Dingen über. Halte ihr ganz plötzlich Lancelins Visage (die vorzeigbare!) unter die Nase.

„Ist das 'ne Geheimwaffe?" fragt sie, ohne mit der Wimper zu zucken.

„Das ist unser lieber Lancelin", erkläre ich.

„Ach! Nein wirklich, den hätte ich nicht wiedererkannt. Allerdings hab ich ihn auch so gut wie gar nicht gesehen. Sah gar nicht schlecht aus, hm? Etwas verschlagen, vielleicht. Die Augenbrauen so dicht beieinander..."

„Hierauf sieht er auch nicht schlecht aus..."

Ich zeige ihr die Fotos von der Morgue. Sie gibt sie mir schnell wieder zurück.

„Puh! Tun Sie das weg. Sagen Sie mal, müssen Sie mir so was Schreckliches zeigen?"

Ich sehe verlegen zu Boden. Sie muß lachen.

„Also wirklich, Sie wissen mit Frauen umzugehen!"

„Nicht wahr? Entschuldigen Sie, aber ich hab heute nicht meinen besten Tag..."

Ich gebe ihr die Hand.

„Kann ich Sie wiedersehen?" frage ich.

„Wenn Sie sich wieder erholt haben, warum nicht?"

Dann fügt sie ironisch hinzu:

„Wissen Sie, ich werde Ihnen auch dann nicht sagen können, daß ich Lancelin kannte. Ich kannte ihn nämlich nicht. Aber das war es gar nicht, was Sie wissen wollten, hm?"

„Doch."

„Und was hätten Sie daraus geschlossen?"

„Keine Ahnung. Auf Wiedersehn."

Ich geh zu meinem Wagen zurück, steige ein und bleib erst mal so sitzen. Komm mir vor wie 'n Trottel. Bin auch einer. Hab gedacht, das Mädchen hätte Lancelin gekannt, hätte mit ihm unter einer Decke gesteckt, hätte ihre Beine ins Spiel gebracht, um mich auf die Achterbahn zu locken. Ich wollte sie überrumpeln. Das ist schiefgegangen. Bin so klug wie vorher.

Ich fahre los. Rue de Charenton. Charenton. Früher oder später komme ich dahin. Ich biege nach rechts, halte an der Ecke Rue des Fonds-Verts. Ich steige aus und gehe in das Bistro an der Ecke. Im Telefonbuch such ich die Nummer der Weinhandlung Henri-Marc.

„Hallo? Ist dort die Weinhandlung Henri-Marc?"

„Ja, Monsieur."

„Ich möchte gerne mit Mademoiselle Blanchet sprechen."

„Mademoiselle Blanchet ist nicht im Hause, Monsieur."

„Aber sie arbeitet doch bei Ihnen, oder?"

„Ja. Warum..."

Ich lege auf. Dann setze ich mich wieder ins Auto.

Ich denke an die Freunde, mit denen Geneviève Lissert auf der *Foire du Trône* zusammenwar, als sie den Unfall hatte. Namen und Adressen hab ich in der Tasche. Mit der Begeisterung, mit der ich zu meinem Sachbearbeiter ins Finanzamt gehe, beginne ich die Runde.

Als erste treffe ich Philippe Laubart und Josée Roux. Josée mit zusätzlichem *e* für *phine*. Vielleicht wollen sie heiraten, was weiß ich, jedenfalls trinken sie zusammen einen Aperitif am Boulevard de Reuilly im gleichnamigen Bistro. Die beiden sind mir praktisch keine Hilfe. Das ist jetzt ein Jahr her, verstehen Sie? Übrigens haben wir damals alles schon der Polizei gesagt. War sowieso nicht viel. Wir haben nichts gesehen, haben es erst gemerkt, als wir ausstiegen. Sagen Sie, geht man uns damit jetzt wieder auf den Wecker, wegen der Sache, die gestern passiert ist? Wirklich, wir hätten besser dran getan, an dem Tag nicht mit Gigi wegzugehen. Wir... Ich zeig ihnen das Foto von Lancelin. Ratlose Gesichter. Wissen Sie... Ja, ich weiß! Das ist jetzt ein Jahr her...

Square Georges-Méliès. Man sollte hier mal was dran tun. Sieht furchtbar aus. Jacques Benoît wohnt auf der anderen Seite, Rue Albert-Malet. Ein kräftiger Kerl von vierundzwanzig, weder hübsch noch häßlich. Aber sympathisch. Offen und direkt. Schonungslos offen sogar. Er redet sehr gefühlvoll über Geneviève, die er immer noch besucht. Hat mit ihr geschlafen, vorher. Sie ist es, die nicht will, daß sie heiraten; wegen ihrer Behinderung. Er dagegen will immer noch, und wenn sie sich's anders überlegt... Glückwunsch, junger Mann! Aber der

7. Mai 1956? Seine Aussage ist genausoviel wert wie die seiner Freunde. Einen Dreck.

„Sagen Sie", versuche ich's nochmal. „Wo saßen Sie in dem Wagen der Achterbahn?"

„Kann mich nicht mehr erinnern."

„Nicht hinter Gigi?"

„Das bestimmt nicht."

„Warum nicht?"

„Wir hatten uns gezankt. Man ist manchmal ganz schön doof, hm?"

„Ja. Sehr oft. Und wer saß dann hinter Gigi?"

„Kannte ich nicht ... Warten Sie, ich glaube, der hat sich zwischen uns gedrängt."

„Beim Einsteigen herrscht immer Gedränge. Vor allem, wenn man jung und stürmisch ist."

„Ja, vielleicht."

Für alle Fälle zeig ich ihm das Foto. Bringt nichts. Hab ich auch nicht erwartet. Ein Jahr ist das jetzt her. Niemand hat damals auf den geachtet, der sich hinter Gigi gesetzt hat.

* * *

Entmutigt gehe ich zum Wagen zurück. Warum? Hab ich damit gerechnet, daß man mir sagen würde: der und der ist Lancelin? Er saß hinter Gigi und hat sie auf der Achterbahn über Bord geworfen. Und er kannte den und den. Dann hätte ich den und den aufgesucht, und mit etwas Glück hätte ich erfahren, was Lancelin aus Marseille nach Paris gelockt hat und aus welchem Grund er mich loswerden wollte. Ob ich davon was gehabt hätte, weiß ich nicht. Jedenfalls hätte ich das Ganze Faroux und Grégoire auf einem Silbertablett serviert. Deren dumme Gesichter hätte ich gerne gesehen!

Hirngespinste!

Nachdenklich ziehe ich an meiner Pfeife. Faroux' Vorschlag kommt mir in den Sinn. *Sie sollten sich mit einer hübschen Frau ins Bett legen.* Gute Idee. Ich nehme Kurs auf die Rue de la Brèche-aux-Loups.

Simone Blanchet ist noch zu Hause. Will anscheinend grade weggehen. Viel hat sie allerdings nicht an. Sie ist offensichtlich hocherfreut, mich zu sehen. So als hätte sie mich erwartet. Kein Zweifel, ich hab Eindruck gemacht.

„Sie haben gesagt", beginne ich, „ich solle zurückkommen, wenn's mir wieder besser geht. Hier bin ich. Mir geht's besser. Wenn Sie nichts vorhaben... aber vielleicht wollten Sie gerade ausgehen?"

„Nein. Ich bin soeben nach Hause gekommen. Hatte was zu besorgen. Um ein Haar hätten Sie mich nicht angetroffen..."

„Wenn Sie nämlich kein Taxi genommen hätten", sage ich, um mit meiner Kombinationsgabe zu glänzen.

„Also, Ihnen entgeht aber auch nichts! Wie... Woher können Sie... Sie sind mir gefolgt! Das ist gar nicht nett!" ruft sie und stampft mit dem Fuß auf.

„Ich bin Ihnen nicht gefolgt."

„Dann haben Sie mich eben aussteigen sehen, vor dem Haus."

„Nicht mal das. Ich hab das da gesehen. Das reicht..."

Ich zeige auf die Handtasche auf dem Sofa. Sie ist offen. Hundertfrancsscheine sind rausgefallen, außerdem eine Visitenkarte mit einem Auto und einer Telefonnummer drauf. So was geben die Fahrer der *Compagnie Taxito* ihren Kunden, damit diese sie nicht vergessen und gegebenenfalls anrufen. Die Nummern des Wagens und des Fahrers stehen auch dabei. Ich nehme das Ding. Simone Blanchet nimmt mir's wieder ab und wirft es auf das Sofa.

„Das hat er wohl unter das Wechselgeld gemogelt, ohne daß ich was gemerkt habe", erklärt sie. „Ist wohl üblich so. Frag mich nur, ob es was nutzt. Wenn ich ein Taxi brauche, telefoniere ich nicht erst. Ich halte einfach eins an."

„Natürlich."

Sie sieht mich an, zuckt die Achseln und schüttelt ihre dunkle Mähne.

„Dann war's also keine Hexerei", sagt sie ironisch. „Ihre Zirkusnummer."

„Überhaupt nicht."

„Außerdem könnte ich die Karte schon vierzehn Tage lang mit mir rumschleppen."

„Stimmt. Deswegen soll man auch mit voreiligen Schlüssen vorsichtig sein. Obwohl... mit Ihnen würde ich gerne zum Schluß kommen. Vielleicht könnte man zusammen essen?"

„Und Sie machen mich dann betrunken und nutzen das aus, um mir ein Geständnis zu entlocken."

„Das oder was anderes."

„Mein Gott! Dieser Mann ist ja der leibhaftige große böse Wolf!"

Sie geht im Zimmer auf und ab, bringt hier etwas in Ordnung, stellt dort etwas um, wiegt sich in den Hüften. Ganz Vamp. Sie ziert sich, dreht und windet sich. Hab den Eindruck, wir sind noch auf der Achterbahn. Endlich nimmt sie meine Einladung an:

„Ich bin noch nie mit einem Privatdetektiv ausgegangen. Das muß aufregend sein!"

„Gestern haben Sie sich schon davon überzeugen können."

„Und wohin geht's nach dem Essen?"

„Auf die *Foire du Trône*."

„Müssen Sie noch jemanden totschlagen?"

„Ja. Die Zeit."

„Sehr liebenswürdig."

„So hab ich's nicht gemeint."

Fünf Minuten wird noch dummes Zeug geredet, dann fahren wir los. Draußen ist es schön, fast warm. Simone friert nicht leicht. Sehr angenehm für die Augen. Wir essen in einem ziemlich noblen Laden, plaudern wie alte Bekannte, in aller Ruhe. Dann macht sie sich wieder hübsch, was sie gar nicht nötig hat, und auf zum Fest! Es wogt immer noch hin und her. Das übliche Geschrei. Wir stürzen uns ins Vergnügen. Die Super-Achterbahn kommt heute abend nicht so in Frage. Dafür berühren wir die Waden des Riesenbabys, starren das Lebende Bild an; die Frauen reden über ihren Alltagskram und kratzen sich ungeniert. Das ehrenwerte Publikum ist ihnen scheißegal. Dann lassen wir uns in die kulinarischen Feinheiten von richtigen Feuerschluckern einweihen.

Die beiden Wilden stehen hinter dem Gitter. Ein Mann und eine Frau, wie versprochen. Federn auf dem Kopf, Basträckchen, überall dick eingefettet. Als sie draußen vorgezeigt wurden, haben sie gebrüllt, mit ihren Ketten gerasselt und an der Jahrmarktsbude gerüttelt. Aber jetzt sind sie ganz brav. Man gibt ihnen eine verbogene Eisenstange, „in Feuer glühend gemacht, nicht rot angestrichen!"; der Mann springt drauf und biegt sie grade. Währenddessen wiegt sich die Frau nach vorne und nach hinten. Warum, weiß man nicht. Danach geht der Mann mit einem glühenden Schürhaken (nicht rot angestrichen!) über die Finger, über die Zunge. Na ja, jedenfalls so ungefähr. Bevor ihnen nun das versprochene Omelette mit Dieselöl und die Löwenwurst mit geteertem Sägemehl serviert werden, findet eine kleine Sammlung statt. Von dem Geld kauft man ihnen Zigaretten, die sie wie Schokolade essen. Die Zuschauer amüsieren sich.

Wir stehen zwischen kleinen Großschnauzen in roten Hemden. Die Radaubrüder grölen lauter als alle andern, schnauzen den Jahrmarktschreier der Bude an: sie wollen ihr Geld zurück, die Vorstellung sei gestellt. Bis jetzt geht noch alles gut. Ganz normal. Ungemütlich wird's erst – aber das weiß ich da noch nicht –, als hinter mir einer sagt:

„Hör auf, Ernest. Heute benehmen wir uns."

Darauf wär ich alleine nicht gekommen, aber egal.

„Weil du 'ne Alte hast?"

„Schnauze!"

„So eine hätt' ich auch gerne."

Diese Lümmel sollten nicht soviel trinken. Man weiß nie, was ihnen dann in den Kopf kommt. Na ja, ist nicht mein Bier. Ich seh dem Feuerschlucker beim Essen zu. Hält gerade seine flambierte Wurst in der Hand. Mit einer Gabel reißt er große Stücke ab, die er heiß verschlingt. Jedenfalls tut er so. Plötzlich geht es neben mir los. Simone dreht sich um und knallt dem jungen Kerl hinter ihr eine. Das Rothemd rührt sich nicht, lacht nur.

„Scheiße! Die hat keinen Slip an!"

Allgemeines Gelächter.

„Schnauze!" keift ein Zuschauer, der nichts von dem Festessen des Wilden verpassen will.

„Die hat keinen Slip an!" wiederholt der Junge für seinen Freund.

Ein Albino mit schmalen harten Lippen und roten Schweinsaugen, dreckig wie ein Säufer. Aber ich glaub nicht, daß er besoffen ist. Für ihn haben Vater, Großvater und Urgroßvater vorgetrunken. Und er muß es büßen. Sein Freund ist einen Kopf größer. Ein hübscher Kerl, kräftig, mit Augen, die brutal dreinblikken sollen, aber nur blöd stieren. Hinter den beiden steht eine ganze Sammlung von der Sorte.

„Langsam, Kleiner", melde ich mich. „Halt die Hände bei dir."

„Jawohl, M'sieur", antwortet der Albino.

Damit meint er: red du nur!

Der Größere pfeift leise vor sich hin. Übersetzung: was geht mich das an? Weiter kommen wir nicht.

„Vielen Dank, meine Herrschaften!" schreit der Mann von der Schaubude. „Die Vorstellung ist beendet. Wir sind sicher,..." usw.

Mit viel Getöse bewegen sich die kleinen Großschnauzen als erste zum Ausgang. Rempeln jeden an, der ihnen im Weg steht.

„Hauen wir ab", sagt Simone draußen. Sie sieht gar nicht glücklich aus. „Ich mag dieses Fest, aber an manchen Tagen ist es nicht auszuhalten mit den Halbstarken."

Wir kämpfen gegen den Menschenstrom an, der sich zur Feuerschluckerbude drängt. Endlich haben wir einen freien Fleck erreicht... da pflanzen sich drei von den Jungen vor uns auf: der Albino mit den Expertenhänden, der Große mit dem vertrauenserweckenden Feuermeldergesicht und noch ein dritter. Sie machen sich einen Spaß daraus, meine Begleiterin anzupflaumen. Ich will grade ansetzen, aber Simone hält mich zurück.

„Lassen Sie's, bitte. Haun wir lieber ab."

Wir gehen den Cours de Vincennes hinunter. Wegen der vielen Menschen kommen wir nur langsam voran. Schließlich gehen wir zwischen einer Lotteriebude und einer Schießbude hindurch, um der Menge zu entfliehen und schneller zu meinem Wagen zu kommen. Hinter den Buden und den Wohnwagen der Schausteller ist es dunkel. Auf der anderen Seite ist es laut und hell. Vergnügen. Eitel Freude.

„He! Hast du wirklich keinen Slip drunter, Puppe? Sollen wir mal nachsehen?"

Ziemlich anhänglich, die Burschen. Sind uns leise gefolgt. Hab sie gar nicht gehört. Sie sind drei Meter hinter uns. Inzwischen ein halbes Dutzend. Ich stürze mich auf den Albino. War gar nicht meine Absicht, aber der stand am nächsten. Auch gut! Ich packe ihn am Schlafittchen und schüttel ihn kräftig.

„Mach, daß du wegkommst, du Vollidiot!" schrei ich ihn an.

Der Große mischt sich ein, stößt mich mit der Hand vor die Brust.

„Schon gut, Opa. Nur keine Aufregung. Wir wollen keinen Ärger."

„Schnauze! Macht besser, daß ihr wegkommt."

„Ja, ja, Opa."

Er versucht immer noch, mich mit der Hand wegzuschieben. Mit einem Handkantenschlag befreie ich mich von ihm.

„He, immer langsam!" knurrt er. „Warst wohl zu lange bei den Feuerfressern! Wir wollen keinen Ärger, hab ich gesagt. Nur 'n bißchen Spaß, mehr nicht. Aber wenn's dich juckt…"

Und wie's mich juckt! Die Großschnauzen gehen mir furchtbar auf den Wecker. Haben uns jetzt übrigens eingekreist. In dem spärlichen Licht, das von dem Platz kommt, sehe ich die bösen, dummen Augen von dreckigen Ganoven. Prügeln sich am liebsten rum. So was vertrag ich nicht. Denen muß man mal so richtig die Fresse polieren. Ja, es juckt mir mächtig in den Fingern. Ich stürz mich auf ihn.

Oh, Moment mal! So einfach ist das gar nicht. Geschickt weicht er meinem Schlag aus. Dafür haut er mir seine Faust unters Kinn. Zum Glück hab ich kräftige Kinnladen. Wie alle Pfeifenraucher. Ich packe ihn bei den Haaren, ziehe ihm den Kopf runter und zerdeppere mit dem Knie seine Nase. Er blutet. Plötzlich wirft sich der Albino auf meine Beine, ein anderer

zieht mich an den Ohren nach hinten und ein dritter – eine ver-
schärfte Ausgabe von Frankenstein – verpaßt mir mit dem Ledergürtel eins auf den Adamsapfel. Wir rollen über den Boden. Ich
hab einen unter, aber dafür zwei über mir. Und die sind nicht
faul. Der unter mir beißt mich, so daß ich fast an die Decke gehe.
Die anderen beiden verlieren das Gleichgewicht. Ich kann mich
aufrappeln und schlage wild um mich. Ich weiß nicht mehr, was
ich tu. Sehe nichts mehr. Höre nichts mehr. Etwas Warmes läuft
mir in die Augen. Ich kriege einen Halunken an der Nase zu fas-
sen, mach einen Korkenzieher draus. Da verpaßt mir einer einen
Schlag unter die Gürtellinie, in die wertvollen Teile. Ich krümme
mich. Gleich seh ich aus wie 'ne Brezel. Zwei Mutige bearbeiten
mich mit den Füßen. Bauch, Nieren, Seiten, Gesicht. Ich rolle
über den Boden, spüre Dreck in Augen und Mund. Fünf Sekunden Pause. Ich leg mich auf den Rücken. So kriege ich besser
Luft. Ich will wieder aufstehen, als einer von den Kerlen sich ritt-
lings auf mich setzt und mit seinen Fäusten auf mir rumtrom-
melt. Da höre ich jemanden schreien:

„Scheißkerle! Bébert, soll ich mitspielen?"

Ich spüre, wie mein Bein gepackt wird. Jetzt kann ich mich
wohl abmelden, wenn die von überall her kommen... Aber ich
hab mich geirrt. Ich bekomme Hilfe. Der neue Mann will mich
wieder in Kampfstellung bringen. Die Scheißkerle suchen das
Weite. Durch einen Nebelschleier erkenne ich einen halbnack-
ten Kerl mit 'nem Kreuz wie 'n Kleiderschrank. Im Handumdre-
hen ist er die Saubande losgeworden. Nach der Säuberungsak-
tion kommt er auf mich zu.

„Gehen mir so langsam auf den Sack", sagt er.

Er packt mich irgendwo, hebt mich auf wie eine Feder und
stellt mich gegen einen Baum.

„Höchste Zeit, daß ich gekommen bin, hm? Diese Schweine!
Sechs gegen einen..."

Kann sein, daß ich antworte. Vielleicht auch nicht. Ich sehe
meinen Retter an. Kurzgeschorene Haare, blond. Rosenkohloh-
ren. Gebrochenes Nasenbein. Muskelpakete. Hände wie Schaufeln. Ein fünfzackiger Stern ist auf einen Handrücken tätowiert.

Um sein Handgelenk trägt er ein breites Lederarmband. Schwarze Shorts mit weißer Borte. Boxerschuhe. Fehlt nur noch das hautenge rosa Trikot mit den Auszeichnungen. Wie in der guten alten Zeit.

„Hab im Wohnwagen gepennt", sagt er. „Die Schweine haben mich wachgemacht..." Er gähnt und massiert sich den Bauch. „Müßten sich mal das Gesicht waschen."

Mühsam bringe ich hervor:

„Danke, Herkules."

„Fernand heiß ich."

„Ist doch dasselbe."

„Ach ja? Der Kopf hat was abgekriegt, hm?"

„Nicht nur der Kopf... Äh... Ich hatte jemanden dabei. 'ne Frau. Haben Sie sie gesehen?"

„Sitzt da auf der Bank."

„Ohnmächtig?"

„Glaub nicht."

Eine zitternde Hand legt sich sanft auf meinen schmerzenden Arm.

„Das... das war meine Schuld", stammelt Simone. „Ich..."

„Reden wir nicht drüber."

„Kommt doch in meinen Wohnwagen", schlägt Herkules vor. „Zum Waschen. Und vielleicht hast du was gebrochen."

Er packt mich, schleppt mich fast wie ein Paket in sein Häuschen. Dort legt er mich auf ein kleines Bett.

„Hab gepennt", wiederholt der Ringkämpfer. „Heute arbeite ich nämlich nicht. Kann nicht." Er massiert sich wieder den Bauch. „Hab was Schlechtes gegessen. Dein Glück. Bis die Flics aufkreuzen..."

Ich sehe Simone an.

„Sie haben nicht dran gedacht", bemerke ich.

„Woran?"

„Die Polizei zu alarmieren."

„Mal den Teufel nicht an die Wand. Wir kommen ohne die bestens klar."

„Auch wieder wahr."

„Ich ... ich war wie gelähmt", stottert Simone. „Das ging alles so schnell."

„Für mich war's 'ne Ewigkeit."

Herkules tastet meinen ganzen Körper mit seinen Pranken ab.

„Glück gehabt", stellt er fest. „Nichts gebrochen. Nur was draufgekriegt. Aber waschen mußt du dich."

Er geht nach hinten und kommt mit einer Waschschüssel wieder. Simone nimmt den Schwamm, der darin schwimmt.

„Geben Sie her", sagt sie. „Ich mach das schon."

Behutsam säubert sie mir das Gesicht, so als hätte sie ihr Leben lang nichts anderes gemacht. Der Schaukämpfer sitzt auf einem Schemel und raucht 'ne Gauloise. Von seinem Platz aus hat er (wie ich) 'ne prima Aussicht auf das Dekolleté der Krankenschwester. Wird's bestimmt nicht bereuen, mich gerettet zu haben.

„Was sind das für Großschnauzen?" frage ich.

„Scheißkerle!" knurrt er verächtlich. „Gibt's auf jedem Jahrmarkt. Ein oder zwei Banden. Ob hier oder in Carpentras... Belästigen die Weiber. Mehr oder weniger hartnäckig. Große Schnauze, nichts dahinter. Außer zu sechst gegen einen. Aber von Mann zu Mann, dafür reicht's nicht."

Wenn er nicht sowieso schon Bauchschmerzen gehabt hätte, dann hätte er durch die Rowdys welche gekriegt.

„Geht's besser?"

„Ganz langsam, ja."

„Ist aber nicht schlimm. Nur 'n paar blaue Flecken. Aber vielleicht wär'n Glas nicht schlecht?"

„Prima Idee. Irgendwas, mit Aspirin."

Er holt das, was wir zum Anstoßen brauchen. Wir verquatschen ein wenig die Zeit. Dann kann ich wieder aufstehen.

„Also dann, Wiedersehn, mein Lieber. Und vielen Dank für die Hilfsaktion."

„Keine Ursache. Stets zu Diensten."

Meine und Simones Hände verschwinden in den Schaufeln meines Retters. Aber er gibt sie uns wieder zurück. Wir treten in die Nacht hinaus, ich auf noch etwas wackligen Knien. Mit

Simones Hilfe geht's schon. Endlich sitze ich hinterm Steuer.

„Ich fahr Sie nach Hause, Simone."

„Das ist wirklich nicht nötig. Wenn..."

„Psst! Man soll einem Kranken nicht widersprechen. Und das bin ich. Durch Ihre Schuld."

„Wie Sie meinen."

Kurz darauf halte ich vor ihrem Haus in der Rue de la Brèche-aux-Loups.

„Hören Sie, Simone. Es geht nicht. Ich kann nicht nach Hause. Fühl mich zum Kotzen schlecht. Könnte ich wohl... falls es Sie nicht kompromittiert... könnte ich wohl bei Ihnen bleiben? Sie haben nichts von mir zu befürchten... Einer von diesen Scheißkerlen hat mich für einige Zeit außer Gefecht gesetzt."

„Seien Sie nicht blöd! Kommen Sie. Schließlich war das alles meine Schuld."

Sie hilft mir die Treppe hinauf.

„Sie nehmen das Sofa", entscheidet sie. „Nebenan steht noch ein Schlafsessel."

Ich leg mich angezogen hin.

„Na ja", sage ich und versuche ein Lächeln. „War ja noch ein gelungener Abend, hm? Wie Sie schon sagten: muß aufregend sein, mit einem Privatflic... Verdammt, mein Kopf! Haben Sie 'ne Aspirin?"

Sie hat. Ich schluck drei Tabletten mit einem großen Glas Wasser hinunter. Dann seh ich meine Krankenschwester an.

„Sie *femme fatale*, Sie!"

„Was haben Sie denn jetzt?"

„Vielleicht etwas Fieber..."

Ziemlich lustig, das Ganze. Die Kleine ist begabt oder hat den bösen Blick oder so was Ähnliches. Wie für mich geschaffen! Wenn ich mit ihr zusammen bin, passiert immer was. Gestern die Achterbahn, heute die Schlägerei. Das ist doch nicht normal!

Ich höre, wie sie zur Wohnungstür geht und den Riegel vorschiebt.

„Gute Nacht. Charmante Träume", sagt sie, als sie wieder zurück ist.

Wie Jacqueline Joubert im Fernsehen. Dasselbe verführerische Lächeln.

„Mit Ihnen im Nebenzimmer..." antworte ich.

Immer galant, dieser Nestor. Noch ein Lächeln, dann schließt sie die Verbindungstür... dreht den Schlüssel rum. Schön, dieses gegenseitige Vertrauen! Ich lösch die Lampe. Zum Zeitvertreib zähl ich die schmerzenden Stellen. Mehr als sieben. Würd mich wundern, wenn ich schlafen kann. Übrigens leg ich darauf gar keinen gesteigerten Wert. Nach rund einer Stunde steh ich leise auf und fang an, im Zimmer rumzuschnüffeln. Immer galant. Find mich 'n bißchen zum Kotzen, aber nur 'n bißchen. Was ich genau suche, weiß ich nicht. Und ich finde auch nichts. Das soll dir 'ne Lehre sein, du Privatschnüffler! Ich leg mich wieder hin. Jetzt kann ich schlafen, wie einer mit gutem Gewissen. Was nicht so ganz hinhaut.

7

Wer war Lancelin?

Eine Hand legt sich sanft auf meine Schulter. Ich öffne die Augen. Es ist hell. Simone Blanchet steht vor mir, vollständig angezogen. Sie muß zur Arbeit. Man kann schließlich nicht immer blaumachen! Kaffee? Gerne. Sie reicht mir eine Tasse. Jeder Schluck tut gut. Dann stehe ich auf, um mir in dem wohlduftenden Badezimmer Wasser ins Gesicht zu schütten. Ich bewundere im Spiegel die Scheibe Mortadella, die dem berühmten Privatschnüffler als Gesicht dient. Ich taste mich ab. Überall tut's mir weh. Nur 'n paar blaue Flecken, wie Herkules sagte. Ich geh wieder zu Simone und dem Kaffee.

„Besser?"

„Geht so. Soll ich Sie nach Bercy bringen? Allerdings... elegante Kavaliere sehen anders aus..."

Ich zeige auf meinen Anzug, dem die Schlägerei und die anschließende Nacht mit mir auch noch in den Knochen steckt.

„Aber ich kann ja im Wagen sitzenbleiben. Dann sieht man's nicht so", füge ich hinzu.

„Wenn Sie meinen..." Sie lächelt spöttisch. „Und so können Sie sich davon überzeugen, daß ich auch wirklich da arbeite, stimmt's?"

„Nicht nötig. Hab gestern angerufen."

„Pfui, Sie böser Junge!"

Sie dreht den Türknopf, und wir verlassen zusammen die Wohnung.

* * *

Um halb zehn gehe ich die Treppe zur Agentur Fiat Lux rauf, Nachforschungen aller Art, angenehme wie unangenehme.

Direktor: meine Wenigkeit. Zwischen der ersten und zweiten Etage bekomme ich so'n unbestimmtes Gefühl. Ich hebe den Kopf. Richtig! Unauffällige Schuhe, neutrale Hose, schlichter Garbadinemantel, irgendein Hut. Und das in doppelter Ausführung, getragen von zwei Kerlen, die sich übers Geländer beugen, als wollten sie unten in den Fluß spucken: Der unvermeidliche Inspektor Grégoire und ein Kollege.

„Oh! Salut", ruf ich nach oben. „Kommen Sie in meine Sprechstunde?"

„Sie wissen nicht, wie recht Sie haben!" antwortet Grégoire lachend. „Großer Gott! Wie sehen Sie denn aus?"

„Wie immer nach einem Fest."

„Wieder auf der *Foire du Trône*, hm? Wie üblich?"

„Genau. Wollte mit dem Riesenbaby flirten. Das hab ich nun davon."

„Hören Sie auf mit dem Quatsch. Wer hat Sie verprügelt?"

„Ich selbst. Bin gegen 'ne Tür gerannt."

Den Schlüssel in der Hand, steh ich vor der Tür zu meinem Büro.

„Möchten Sie reinkommen oder..."

„Wir haben schon genug Zeit vertrödelt", sagt Grégoire. „Werden später wiederkommen... falls nötig. Reicht, wenn sie uns begleiten."

„Wohin?"

„Dahin, wo wir im allgemeinen immer mit den Leuten hingehen..."

„In den Knast?"

Er lacht schallend.

„Immer langsam. Erst mal zur 36."

Ich bin zu kaputt, um zu widersprechen. Frag nicht mal, ob ich meine Klamotten wechseln darf. (Mein Büro ist wie 'ne Zweitwohnung. Die Hälfte der Garderobe hängt hier.) Also folge ich ihnen in meinem Ziehharmonika-Anzug. Wenn man zum Quai des Orfèvres geht, sollte man schließlich nicht zu elegant gekleidet sein.

* * *

Florimond Faroux sieht mich, flucht kurz und fragt:

„Woher haben Sie denn *den* Kopf?"

„Vom Müll. Bin letzte Nacht reingefallen. Dann bin ich wieder rausgekrochen... mit diesem Kopf hier. Muß mich wohl geirrt haben. Was ich so im Spiegel gesehen habe..."

„Mir hat er gesagt", meldet sich Grégoire, „er wäre gegen 'ne Tür gerannt... oder vom Riesenbaby geknutscht worden. Konnte's mir aussuchen."

„Und was stimmt?" fragt Faroux.

„Hab mich von 'ner Bande Halbstarker auseinandernehmen lassen. Sie sollten mal was dagegen tun. Die Kerle machen sich 'n Spaß draus, Frauen in den Arsch zu kneifen."

„Wenn man alle Arschkneifer einsperren wollte", sagt Faroux seufzend, „lief keiner mehr frei rum. Na schön. Das war also der Sketch. Kommen wir zu den ernsthaften Dingen des Lebens..."

Sein Blick ist auf das Bild des Polizeipräfekten an der Wand gerichtet. Ein kritischer Blick. Entweder wirft die Jacke Falten, oder der Krawattenknoten sitzt schief. Oder es gehört zum Ritus der Wahrheitsfindung. Vielleicht ein Wunder-Bild, anregend für Verstand und Inspiration? Ein Blick zum Präfekten, und schon geht's los!

„Also schön", wiederholt der Kommissar. Er zeigt auf meine blauen, geschwollenen Veilchen. „Sie können gar nicht genug kriegen von der *Foire du Trône*, hm? Macht's soviel Spaß?"

„Nie langweilig. Immer passiert was Unvorhergesehenes."

„Hm. Arbeiten Sie für jemand oder kümmern Sie sich um Dinge, die Sie nichts angehen?"

„Ich arbeite für niemand."

„Weiß ich verdammt gut. Wer sollte Sie denn mit so was beauftragen? Also, Sie müssen niemand decken. Können offen mit uns reden. Schadet keinem. Tun Sie aber nicht. Wollen uns verarschen. Kümmern sich um Dinge, die Sie nichts angehn. Arbeiten nur so zum Vergnügen."

Mir bleibt der Mund offenstehen. Faroux zuckt die Achseln und wendet sich an Grégoire:

„Holen Sie den andern Heiligen."

Grégoire geht alleine raus und kommt zu dritt wieder: er selbst, sein Kollege, der mit ihm bei mir gewartet hat, und ein Kerl mit Handschellen. Kräftig gebaut, helle Jacke, darunter Bluejeans. Sieht gar nicht gemütlich aus, der Junge. Seine Haare hängen wirr in die tiefe Stirn. Finsterer Blick, große Nase, sozusagen keine Lippen. Und Segelohren, um das Bild abzurunden. Sauber ist er auch nicht grade. Ich weiß wohl, man kann in der Santé nicht so elegant rumlaufen wie in einer Nachtbar. Aber trotzdem... Seine Hautfarbe ist nicht zu erkennen. Wie 'n Kohlenhändler, der keine Zeit mehr hatte, den Staub aus dem Gesicht zu wischen.

„Du wolltest doch Nestor Burma sehen", sagt Faroux zu ihm und zeigt auf mich. „Da ist er. Das ist *die* Gelegenheit."

Der Kommissar sieht uns abwechselnd an. Der Gefangene schüttelt den Kopf und brüllt:

„Hab nichts zu sagen. Kapier kein Wort von Ihrem Scheiß."

Er ist nicht der einzige!

„Ja, ja. Schon gut. Bringen Sie ihn wieder rüber, Grégoire. Die sollen ihn weiter verhören."

Der schmuddelige Kleiderschrank verläßt neben den beiden Flics den Raum.

„Die Nummer kannte ich noch nicht!" sage ich lachend. „Was sollte die Gegenüberstellung?"

Als Antwort schiebt Faroux mir Fotos rüber. Darauf ist ein sehr gut, aber ziemlich auffallend gekleideter Mann zu sehen. Ganoventyp, nicht übermäßig schlau. Irgendwo hab ich ihn wohl schon mal gesehen. Wo, weiß ich nicht.

„Pascal Troyenny", stellt Faroux ihn mir vor. „Ein Killer aus Marseille. So sah er vor einem oder zwei Jahren aus. Hat sich ganz schön verändert, was?"

„Ist das..."

„Der Kerl von eben, ja."

Grégoire kommt wieder zurück.

„Und?" fragt ihn der Kommissar. „Macht er den Mund auf?"

„Noch nicht. Der mag zwar 'n paar Tricks kennen, wie man sich ohne Schaden mit 'nem Feuerhaken über die Zunge geht. Aber die Jungs drüben kennen bestimmt noch bessere, sag ich Ihnen."

„Feuerhaken!" rufe ich. „Das ist der..."

„Öl- und Feuerschlucker von der *Foire du Trône*", vervollständigt Faroux nickend. „Deswegen haben wir ihn eingesperrt."

„Ach ja?"

„Ja."

Ich kratz mich am Kopf.

„Ob Israel wohl die neuen Schiffe im Suezkanal testen will?" frage ich nachdenklich.

„Hm?" Faroux reißt verständnislos die Augen auf. „Warum?"

„Weiß ich auch nicht. Hätte aber genausoviel mit dem Feuerschlucker zu tun wie ich mit seiner Verhaftung. Mehr sogar: das Öl, das der schluckt..."

„Schluß mit dem Blödsinn", unterbricht mich Faroux. „Werd's Ihnen erklären. Unserem Grégoire hat Ihr Benehmen an der Gare de Lyon neulich nicht gefallen. Ihm hat auch nicht gefallen, daß die Person, auf die Sie gewartet haben, nicht angekommen ist. Weiter hat ihm Ihr Erlebnis auf der Achterbahn nicht gefallen."

„Mein Gott!" stelle ich fest. „Dem gefällt aber auch gar nichts."

„Er ist nun mal so. Kurz, er hat gemeint, daß etwas faul ist. Hat's mir erzählt, wir haben's Ihnen erzählt..."

„Weil Sie, Florimond, auch dachten, daß etwas faul ist, stimmt's? Wie Ihre Kollegen von der Rue du Rendez-Vous."

„Natürlich, mein Lieber. Sie müssen doch wohl zugeben, daß das alles etwas merkwürdig ist, oder? Gestern morgen waren wir also bei Ihnen, um es uns erklären zu lassen. Sah so aus, als würden Sie uns verarschen. Grégoire war böse."

„Und das gefällt ihm nicht, hm? Böse zu sein und verarscht zu werden?"

„Genau. Völlig klar, daß er weitergesucht hat. Übrigens ist seine Hartnäckigkeit belohnt worden."

„Freut mich aufrichtig. Wäre doch bedauerlich, wenn er sich für nichts und wieder nichts abgestrampelt hätte... falls er das gemacht hat."

„Er hat sich nur die Beine in den Bauch gestanden. Mehr nicht. Hören Sie, Burma. Ich bin sicher, es ist ein Mißverständnis. Das können wir aber nur aufklären, wenn wir offen sind wie Scheunentore. Grégoire, Sie und ich, wir können hinterher wieder die dicksten Freunde sein. Aber weiter: Gestern nachmittag konnten wir einiges über diesen Lancelin rauskriegen. Wir haben ihn in der Kartei. Vor dem Krieg hat er 'n paar kleine Dinger gedreht. Diebstahl und so. Damals hieß er noch Lecanut. Übrigens sein richtiger Name. Roger Lecanut. Ist nur zufällig in Marseille gelandet. Aber das ist Ihnen sicher nicht neu, hm?"

„Doch. Ob Sie's mir glauben oder nicht."

„Schon gut. Von Kriegsbeginn an hat er sich mehr oder weniger ordentlich benommen. Jedenfalls steht nichts in unserer Kartei. Aber am frühen Abend hören wir was aus Marseille. Denen haben wir die Fingerabdrücke des Toten geschickt."

„Interessant?"

„Sehr", sagt Faroux lächelnd. „So sehr sogar, daß ich Grégoire mit einem Kollegen zu Ihnen geschickt habe. Sollten Sie über Lancelin ausquetschen. Sie müssen wissen, es ist eine Prämie ausgesetzt."

Ich lache:

„Warum haben Sie das nicht früher gesagt. Das erklärt alles. Noch zwei oder drei Erleuchtungen von dem Schlag, und ich muß die Sonnenbrille aufsetzen."

„Es ist eine Prämie ausgesetzt", wiederholt Faroux ernst. „Die können Sie gerne kassieren. Wir kriegen ja keinen Sou. Also: begnügen Sie sich mit der Prämie und halten Sie sich aus der Sache raus. Reißen Sie sich keinen Fall unter den Nagel, der Sie 'n Dreck angeht! Sonst holt Freund Covet hinterher wieder seinen besten Stift raus und schreibt: ‚Ganz alleine, nur mit Anzug, Hut, Revolver und Köpfchen – das allerdings prima durchorganisiert ist – klärt Privatdetektiv Nestor Burma einen Fall, an dem sich die Kripo schon seit Monaten die Zähne ausbeißt, trotz ihrer beachtlichen Möglichkeiten bei den Ermittlungen...' Von diesen Geschichtchen hab ich nämlich die Schnauze voll! Wenn Sie was über einen Fall wissen, der Sie als Privatflic nichts angeht, dann raus damit! Klar?"

„Sieht so aus, als wollten Sie mich anschnauzen."

„Überhaupt nicht."

„Dann ist ja gut."

Faroux beruhigt sich wieder und fährt dann fort:

„Ich schicke Grégoire und Langlois zu Ihnen. Niemand da. Weder zu Hause noch im Büro. Grégoire wartet. Hab Ihnen ja gesagt: ein hartnäckiger Kerl. Und Sie haben ihn geärgert. Er und Langlois stehen also Wache vor Ihrem Büro. Genauso wie Kommissar Belin – damals war er noch nicht Kommissar –, der auf Landrus Fußmatte geschlafen hat, um ihn zur gesetzlich vorgeschriebenen Zeit zu verhaften. Und jetzt sind Sie dran, Grégoire."

Der Inspektor räuspert sich.

„Also", beginnt er, „in der Nacht kam ein Mann. Sieht uns und prallt zurück. Ich merk sofort, daß da was faul ist."

„Wie üblich", werf ich ein.

„Und auch hier habe ich mich nicht getäuscht", betont Grégoire. „Sie wohnen hier im Haus, M'sieur? Äh... Ja und nein? Na ja... äh... Gestammel. Ich verlange seine Papiere. Er gibt sie mir. Hm... nicht sehr offen. Und was machen Sie beruflich, M'sieur? Feuerschlucker auf der *Foire du Trône*. Da funkt's bei mir. Sie wollten nicht zufällig zum Detektiv? Ich sage ,Detektiv', wohlgemerkt. Und er antwortet: ,Nestor Burma? Kenn ich nicht.' Der Kerl hat nämlich das Schießpulver nicht erfunden. Und durch seinen blöden Beruf wird er auch nicht schlauer. Eine Null. Ein armer Irrer. Wir nehmen ihn gleich mit. Und hier stellen wir fest, daß Pascal Troyenny – so heißt der Mann – wegen zweifachen Mordes gesucht wird. Vor acht Monaten, in Montpellier. Außerdem finden wir bei ihm einen Revolver und Einbruchwerkzeuge."

„Dann wollte er also wohl zu mir, hm?"

„Ja."

„Wollte einbrechen?"

„Vielleicht."

„Hört man ja alle Tage. Aber was ich noch nicht wußte: Sie behandeln die Opfer von Einbrüchen, als wären sie's, die eingebrochen haben."

Faroux mischt sich ein:

„Wir wollten – und wollen immer noch – wissen, was Sie mit diesen beiden Ganoven zu tun haben: Troyenny und Lancelin."

„Waren sie Freunde?"

„Komplizen. Ich glaub nicht, daß Sie und Troyenny sich jemals getroffen haben. Aber bei Lancelin..."

„Wir haben uns auf der Achterbahn getroffen. Dafür gibt's mindestens tausend Zeugen."

„Zum ersten Mal?"

„Und zum letzten."

Der Kommissar haut mit der Faust auf den Tisch.

„Aber verdammt nochmal!" brüllt er. „Warum wollte er Sie dann loswerden? Und zu allem Überfluß noch auf der Achterbahn?"

„Hören Sie", sage ich seufzend. „Ihre Verdächtigungen gehen mir mächtig auf den Zeiger. Ich will mit Ihnen nicht Räuber und Gendarm spielen, sonst kann ich keinen Tabak mehr kaufen, ohne daß Sie Verdacht schöpfen. Werd Ihnen nicht verraten, warum Lancelin mich ausgerechnet auf der Achterbahn ausschalten wollte. Aber warum er mich ausschalten wollte, das sag ich Ihnen."

„Endlich! Sie wissen es also, hm?"

„Oh, nur 'ne Hypothese. Halt ich aber für richtig. Obwohl... hat so einige Lücken. Also, hier ist sie: Lancelin ist wegen 'ner wichtigen Sache nach Paris gekommen. Wegen was genau, weiß ich nicht. Jedenfalls wichtig."

„Sehr wichtig."

„Ach! Sie wissen, warum er hier war?"

„Wir ahnen es. Weiter."

„Er steigt an der Gare de Lyon aus. Grégoire und ich, wir sehen in der Menge mehr nach Flics aus, als es die Polizei erlaubt.

Lancelin sieht uns. Später geht er zur *Foire du Trône*, vielleicht besucht er seinen Freund, den Feuerschlucker. Keine Ahnung. Jedenfalls sieht er mich, erkennt mich wieder, nimmt an, daß ich ihn beschatte. Und weil er keine Lust hat, daß ihm Flics zwischen den Beinen rumlaufen, versucht er, mich zu töten."

„Aber warum ausgerechnet auf der Achterbahn?"

„Keine Ahnung."

Faroux runzelt die Stirn und streicht sich den Schnurrbart glatt.

„Und warum sollte er Sie umbringen? Logischerweise hätte er beide erledigen müssen, die auf dem Bahnsteig waren. Und auch das ist Quatsch. Er mußte sich doch sagen: wenn schon zwei an der Gare de Lyon auf mich warten, dann sind auch noch andere auf mich angesetzt."

„Ja, natürlich. Aber ich war alleine auf dem Fest. Vielleicht hat er gedacht, ich wüßte als einziger richtig Bescheid. Genauso wie Sie."

Faroux denkt nach. Großes Schweigen. Der Polizeipräfekt an der Wand gibt seinen Segen dazu.

„Wir haben in Cannes nachgefragt", beginnt Faroux wieder. „Ein Punkt für Sie. Hélène ist tatsächlich seit drei Wochen da. Und sie wollte auch den fraglichen Zug nehmen. Aber sie hat sich den Knöchel verstaucht."

„Vielen Dank für die Bestätigung. Dann bin ich ja beruhigt. Dachte schon, das hübsche Kind hätte sich 'n Bankier geangelt."

Wieder Schweigen. Dann zeigt Faroux mit seinem tabakgelben Zeigefinger auf mein verschwollenes Gesicht.

„Und was soll der Scheiß da? Steht das in irgendeinem Zusammenhang, oder war das nur 'n Unfall?"

„Nur 'n Unfall", antworte ich. „Ich war auf dem Platz, mit einer Freundin. Ein Halbstarker wollte ihr an die Wäsche. Ich hab mich eingemischt. Da sind sie zu sechst über mich hergefallen. Hab ich Ihnen eben schon erzählt. Können Sie nachprüfen."

„Gut. Also, was diesen Lancelin angeht: ich glaube, Sie denken, was Sie sagen, und Sie sagen, was Sie denken. Alles noch sehr geheimnisvoll, aber mit der Zeit wird sich's schon aufklären.

Jedenfalls glaub ich nicht mehr, daß Sie uns verarschen wollen. Nein, ich glaub's nicht."

Ich bleib stumm. Kopfnicken würde vielleicht alles wieder verderben.

„Nur", fährt der Chef der Kripo-Zentrale fort, „jetzt werden Sie die Flöhe husten hören, hm? Werd Sie wohl aufklären müssen. Sonst wollen Sie alles selbst rausfinden und mischen sich mehr denn je in Dinge, die Sie 'n Dreck angehn. Aber ich sag's nochmal: das ist strengstens verboten! Also, im großen und ganzen geht's um folgendes: Sie haben doch sicher gehört, daß vor acht Monaten in Montpellier, Gare de Rondelet, 150 Kilo Gold gestohlen wurde."

„Am Rande, ja."

„Höchstwahrscheinlich waren Lecanut-Lancelin und Troyenny mit von der Partie. Konnten aber nie gefunden werden. Ebensowenig wie das Gold, übrigens."

Er stockt, so als hätte er schon zuviel gesagt. Ich hake nach:

„Gibt es noch zusätzliche Happen?"

„Wüßte nicht, warum ich mich verausgaben sollte. Sie können ja in den Zeitungen von damals wühlen. Tun Sie doch sowieso. Ach ja! A propos Zeitungen: Wir legen keinen gesteigerten Wert darauf, daß Troyennys Verhaftung breitgetreten wird. Und in welch neuem Licht uns Lancelin erscheint, geht auch keinen was an. Also, wenn aus Marc Covets Feder auch nur eine Anspielung in diese Richtung fließt, mach ich Sie dafür verantwortlich. Laufen Sie ruhig hinter der Prämie her. Aber alles, was Sie rauskriegen, wird hier zentral gesammelt, klar? Spielen Sie nicht den Hilfssheriff."

„O.k.", sage ich. „Kommen Sie in die Wechseljahre oder was?"

„Das geht Sie nichts an."

„Gut. Dann sind also die 150 Kilo vielleicht hier in der Gegend und Lancelin ist zur Verteilung der Beute nach Paris gekommen?"

„Wahrscheinlich."

„Und Troyenny? Was wollte der Ihrer Meinung nach bei mir?"

„Weiß ich noch nicht. Und da Sie ihn nicht kennen, können

Sie's uns auch nicht sagen. Deswegen frag ich Sie erst gar nicht. Aber ihn werden wir fragen."

„Und er wird's uns sagen!" ruft Grégoire unerbittlich. „Das und noch mehr."

„Noch mehr? Was denn?"

„Alles! Zum Beispiel, daß er an dem Goldraub beteiligt war", sagt Faroux. „Im Moment streitet er alles ab. Und dann noch... na ja, alles eben."

„Hm. Einschließlich Versteck der Beute?"

„Warum nicht?"

Ich lache:

„Langsam, langsam."

„Wieso langsam?"

„Mein lieber Florimond! In dieser Sache werden mir Absichten und Kenntnisse untergejubelt, die ich nicht habe. Sie, Grégoire, Lancelin und endlich Troyenny. Man könnte annehmen, daß der Feuerschlucker zu mir wollte, um seinen Freund zu rächen. Schließlich und endlich hab ich ihn runtergeschmissen. Aber das glaub ich nicht. Er hat die Zeitungen gelesen und sich seinen eigenen Reim drauf gemacht. Daß ich nämlich mit Lancelin zu tun hatte und über alles Bescheid weiß. Vor allem, wo das Gold versteckt ist. Und warum sollte ich Lancelin nicht aus genau diesem Grund beseitigt haben?"

„Dann muß er aber 'ne seltsame Meinung von Privatdetektiven haben", bemerkt Faroux.

„Wie so einige andere", seufze ich und schiele zu Grégoire rüber. „Also, er will mich daran erinnern, daß ein Teil der Beute ihm gehört. Deswegen können Sie ihn auch verhören, so lange Sie wollen. Mit Hammer und Sichel, falls es Ihnen gefällt. Aber über die Beute wird er nichts sagen. Er weiß nämlich nicht, wo sie ist."

„Wir werden ja sehen", beendet Faroux das Thema.

Eine Fliege fliegt an seiner Nase vorbei und setzt sich aufs Telefon. Der Kommissar sieht sie an, als wär sie 'n Anwärter für die Polizeischule.

„Sie können gehen", entläßt mich Faroux. „Aber vergessen Sie nicht, was ich Ihnen gesagt habe, ja? Salut!"

8

Der Zug, das Gold, der Schlüssel
und der Waggon

Ich gehe ins Büro, um mich umzuziehen. Die *Foire du Trône*
wird mich noch ruinieren. Neulich den Hut verloren, gestern
den Anzug versaut. Ich rasiere mich, ziehe mich um, gehe früh-
stücken. Danach setze ich mich in die *Bibliothèque nationale*
und informiere mich mit Hilfe der acht Monate alten Ausgaben
von *Crépuscule*, *France-Soir* und *Détective* über den Goldraub.
Eine richtige Meldung fürs ‚Vermischte‘.

* * *

September 1956.
Auf einem Gleis des Güterbahnhofs Montpellier-Rondelet
steht ein unscheinbarer Waggon. Nur wenige Leute wissen, was
er enthält. Das Geheimnis ist gut gehütet worden, aber trotzdem nicht gut genug ... Goldbarren im Werte von 500 Millionen
Francs liegen in dem Waggon. Gehören dem *Pariser Konsortium
für Edelmetalle*. Warum der Waggon da rumsteht, wird nicht
ganz klar. Goldgeschichten sind immer etwas undurchsichtig.
Treu wie Gold! Von wegen! Na ja, jedenfalls steht's da im Bahn-
hofsschuppen rum. Bewacht von zwei Männern, die allen
Grund haben, nicht samt Gold stiften zu gehen: eines Nachts
werden sie abgeknallt. Ein Eisenbahner entdeckt am nächsten
Morgen ihre Leichen. Der Waggon ist aufgebrochen. Ein Teil
der Goldbarren ist verschwunden. Ermittlungen in Montpellier
und Paris. Ohne Ergebnis. Keine Spur von den Raubmördern
und der wertvollen Ladung.
  Die Tage vergehen.
  Spielende Kinder finden zwei Goldbarren im Dünensand von

Palavas, rund fünfzehn Kilometer von Montpellier entfernt. Ermittlungen. Fehlanzeige. Die Polizei nimmt an, daß die Beute auf ein Schiff geladen wurde und jetzt irgendwo im Mittelmeer rumschwimmt. Aber von dem Schiff keine Spur.

Weitere Tage vergehen.

In Marseille wird ein Mann namens Troyenny festgenommen. Es gelingt ihm, aus dem Bau auszubrechen. Zurück bleiben ein Revolver sowie ein paar Indizien dafür, daß er sich vor kurzem in Montpellier aufgehalten hat. Die Waffe wird untersucht und dann den Männern von der *Brigade Mobile* der Hauptstadt des Hérault zugeschickt. Nochmalige genaue Untersuchung. Kein Zweifel: Die Kugeln, die man in den Leichen der beiden Wachposten gefunden hat, stammen aus der Kanone von Troyenny. Aber der ist nicht aufzutreiben. Genausowenig wie die 150 Kilo Gold. Das *Pariser Konsortium für Edelmetalle* setzt eine satte Prämie aus. Nützt aber nichts.

Und die Tage vergehen.

Wochen.

Monate.

* * *

Das lese ich also in der *Bibliothèque nationale*. Kommissar Faroux hätte mir die Zusammenfassung auch selbst geben können. Nein, ich muß in alten Zeitungen blättern, Staub schlucken und furchtbaren Durst kriegen. Aber manchmal sagen die Flics kein Wort zuviel. Beweis: Faroux will nicht, daß die letzten Neuigkeiten an die große Glocke gehängt werden. Weiterer Beweis: keine Anspielung in den Zeitungen, in denen ich eben rumgestöbert habe, auf eine mögliche Beteiligung von Lecanut alias Lancelin an dem Goldraub. Die Flics im Süden hatten wohl gute Gründe für ihr Schweigen. Oder sie haben Lancelin erst später verdächtigt, und ich hab die entsprechende Meldung übersehen. Wie dem auch sei, mir soll's egal sein. Ich weiß von Faroux, daß mein Achterbahn-Nachbar seine Finger im Spiel hatte.

Er, Troyenny und bestimmt noch andere haben das Ding

73

zusammen gedreht. Andere, die in Paris sein müssen und die Lancelin treffen wollte (denn inzwischen ist genug Gras über die Sache gewachsen). Andere, die mir die satte Prämie einbringen können, falls ich sie erwische. Davon könnte ich mir dann einen neuen Hut kaufen und meinen Anzug reinigen lassen. Der Rest wär die Entschädigung für den Ärger, den mir Faroux' Leute machen.

* * *

Ich tauche aus der geschäftigen Stille der *Bibliothèque nationale* auf und stürze mich in das Musikbox-Leben des nächsten Bistros. Hier kann ich am besten über alles nachdenken.

Nach vielen Windungen – wie die der Achterbahn – komm ich wieder auf eben diese Karussellfahrt zurück. Wirklich kein Ort, an dem man Leute umbringt, und dennoch... Lecanut-Lancelin hat ihn gewählt, um mich zu erledigen, obwohl... nicht er hat gewählt. Ich bin freiwillig eingestiegen. Er hat nur die Gelegenheit genutzt, um eine Probe seines Talents zu geben. Ja, seines Talents! Denn es war bestimmt nicht sein erster Versuch. Ich lasse mich nicht davon abbringen, daß Geneviève Lissert keinen Unfall hatte, sondern absichtlich aus dem Wagen gestoßen wurde. Sie hatte keine Feinde? Gut. Aber manchmal hat man welche und ahnt es nicht. Feinde sagen nicht immer, was sie denken oder fühlen... bis sie handeln. Hab das Gefühl, daß ich in der Rue Tourneux noch was klären muß.

Aber dazu brauche ich das Foto von Lecanut, das ich in meinen alten Klamotten gelassen habe. Also zurück ins Büro. Als ich wieder weggehen will, läutet das Telefon.

„Hallo!"

„Monsieur Burma?"

„Am Apparat."

„Ach, endlich! Guten Tag, Monsieur. Hier Charles Montolieu."

„Guten Tag, Monsieur."

„Ich hätte einen kleinen Auftrag für Sie... falls Sie nicht zu sehr beschäftigt sind. Hab gestern und heute ständig versucht, Sie zu erreichen. Ohne Erfolg."

„Ich war zwar nicht im Büro, bin aber nicht überbeschäftigt. Ihren Auftrag könnte ich noch annehmen. Worum handelt es sich?"

„Das kann ich Ihnen am Telefon schlecht erklären. Auf jeden Fall wär's besser, wir treffen uns irgendwo."

„Bestimmt."

„Paßt es Ihnen heute abend, sagen wir zwanzig Uhr?"

„Einverstanden. Hier oder bei Ihnen?"

„Bei mir. Charles Montolieu, Avenue de Saint-Mandé..."

Unwillkürlich tut mir das Kinn weh.

„Das ist ja im 12.!"

Der Tonfall meiner Stimme muß sich wohl merkwürdig verändert haben. Der Mann am anderen Ende hat's bemerkt. Leicht spöttisch beruhigt er mich:

„Ja, im 12. Aber haben Sie keine Angst. So gefährlich wie auf der Achterbahn wird's nicht!"

„Wie meinen Sie das?" frage ich schroff.

„Aber, Monsieur... Das stand doch in der Zeitung... Wenn ich keine Zeitung lesen würde..."

Besser kann er mir nicht zu verstehen geben, daß er ohne die Zeitungsmeldungen nichts von meiner Existenz geahnt hätte. Ein zweifelhafter Ruhm, aber immerhin...!

„Also dann, Monsieur, bis heute abend."

* * *

„Lecanut", sage ich. „Roger Lecanut. Sagt Ihnen der Name was?"

Mein Blick pendelt zwischen Madame Lissert und ihrer Tochter. Ohne Zögern antworten beide mit nein. Sie haben nie jemanden mit diesem Namen gekannt.

„Dieser Lecanut", erkläre ich, „ist mein Gegner von der Achterbahn. Lancelin. Hier sein Foto."

„Nie gesehen", sagt Madame Lissert.

75

Auch Geneviève hat diesen Mann nie gesehen.

„Glauben Sie", fragt sie, „das war der, der hinter mir gesessen hat, letztes Jahr?"

„Mehr oder weniger."

Sie seufzt.

„Hinter mir saß einer, aber den kannte ich nicht. Ich könnte nicht sagen, wie der Mann aussah und ob das sein Foto ist."

Das wär's. Ich steh auf und will mich verabschieden.

„Was ist Ihnen zugestoßen?" fragt Geneviève.

„Zugestoßen? Ach, Sie meinen mein verführerisches Gesicht?"

„Ja."

Madame Lissert rollt vorwurfsvoll mit den Augen. Sie hat natürlich auch bemerkt, daß ich ein leicht zerquetschtes Gesicht mit mir rumschleppe. Aber der Anstand zwingt sie, die abenteuerlichen Farbschattierungen zu ignorieren.

„Na ja", sage ich, „hab mich wieder mal geprügelt. Und wieder auf der *Foire du Trône*. Mit Halbstarken, die meine Freundin dumm angequatscht haben."

Mir kommt 'ne Idee:

„Sagen Sie, hat im letzten Jahr auch so 'ne Bande ihr Unwesen getrieben?"

„Ach, ich glaube, das ist immer so, oder? Rowdys, mehr oder weniger sympathisch. Eher weniger."

Tja. Das wär's dann wirklich.

* * *

Ich gehe zu meinem Wagen zurück, klemme mich hinters Lenkrad und laß meinen Gedanken freien Lauf. Dann fahr ich los, Richtung *Foire du Trône*, um nicht aus der Übung zu kommen.

Es ist ungefähr halb sechs. Kaum Leute. Die meisten Buden sind noch geschlossen. Unsere Feuerschlucker von gestern gehören zu den wenigen Bauernfängern, die eine Vorstellung geben. Troyenny ist nämlich schräg gegenüber aufgetreten. Sein

Arbeitsplatz liegt verlassen da. Wahrscheinlich wird sein Chef gerade am Quai des Orfèvres verhört. Auch die Achterbahn schlummert noch vor sich hin. Vielleicht ein günstiger Moment, um meinen Hut zu suchen. Allerdings bin ich nicht deshalb hierher gekommen. Ich bemerke einen Kerl in blauem Trainingsanzug. Kommt mir bekannt vor. Mit den Ellbogen auf die Brüstung vor der Startbahn gestützt, wartet er auf seinen Einsatz. Neben ihm einer seiner Kollegen. Ich geh hinüber. Ja, das ist der mitfühlende Angestellte, der mir einen Schemel hingeschoben hat, als meine Beine wie Pudding waren. Der Zeuge, den die Flics mit aufs Revier genommen haben.

„Oh, salut!" ruft er, als er mich erkennt. „Woll'n Sie Ihren Hut holen?"

„Ist er noch zu gebrauchen?"

„Müssen Sie selbst wissen."

Er zieht mich in einen Wohnwagen. Als er mein Gesicht von nahem sieht, bemerkt er:

„Hat der Kerl Sie so übel zugerichtet?"

„Der nicht. Hab ich mir später eingefangen. Schwarze Serie!"

Damit gibt er sich zufrieden. Mein Hut sieht gar nicht so schlimm aus. Kleine Behandlung mit Bügeleisen und Bürste...

Ich steck dem Mann ein kleines Taschengeld zu. Das kommt gut an. Er zaubert ein Schlüsselbund hervor.

„Gehört Ihnen das auch?" fragt er. „Hab ich auf dem Boden gefunden. Weit weg von der Leiche. Muß Ihnen gehören... oder dem Toten. Hat er Sie vielleicht damit k.-o.-geschlagen?"

„Möglich."

Ich seh mir die Schlüssel näher an. Zwei kleine, übliche, und ein großer, schwerer, überhaupt nicht üblicher, alt, getrieben. Ein Schlüssel, der viel erzählen könnte, wenn man ihn fragt. Vielleicht. Nicht unbedingt. Ist das der Schlüssel zu Lecanuts Wohnung, Paris oder Marseille? Oder zu dem Versteck der Goldbarren? Aber ganz bestimmt ist jeder Gegenstand aus dem Besitz des toten Gangsters ein mehr oder weniger wichtiges Beweisstück.

„Bißchen mächtig, das Schloß, hm?" bemerkt der Mann von der Achterbahn.

„Tja. Was meinen Sie: wozu gehört der Schlüssel? Zu 'nem großen Tor oder zu 'ner Zelle in der Santé?"

Er lacht:

„Die in der *Santoche* haben so ähnliche Schlüssel, aber etwas anders. Muß wohl für ein Tor sein."

„Wahrscheinlich. Sagen Sie... haben die Flics den gesehen?"

Mein Freund macht eine wegwerfende Handbewegung.

„Ach, wissen Sie, die Flics... Und außerdem, was sollen die damit?"

„Stimmt. Ich kann zwar auch nicht viel damit anfangen, aber... na ja, 'ne sentimentale Erinnerung..."

Ich nehm die Schlüssel und laß ihm den Hut.

Ich gehe die Avenue du Trône hoch. Bei den Ringkampfbuden suche und finde ich den Wohnwagen, in dem ich gestern Erste Hilfe erhalten habe. Auf einem Hocker davor sitzt ein Kleiderschrank im Bademantel, zwischen den Beinen einen Eimer. Der Koloß schält Kartoffeln fürs Abendbrot. Als ich näherkomme, hebt er den Kopf. Es ist Herkules, mein Retter. Er erkennt mich. Nicht schwer, seit gestern abend!

„Salut!" begrüßt er mich.

„Salut, Herkules."

„Hör endlich auf mit deinem Herkules", sagt er lachend. „Immer noch nicht o.k.?"

Wir geben uns die Hand.

„Doch, alles wieder o.k. Und dein Bauch?"

„Dem geht's gut, danke."

Immer noch lachend klopft er mir mit seiner tätowierten Pranke auf die Jacke, genau dort, wo meine Kanone sitzt.

„Schleppst du das Ding immer noch mit dir rum?" fragt er augenzwinkernd.

„Hast du's bemerkt?"

„Ja, als ich untersucht hab, ob du was gebrochen hattest. Ging nicht anders. Warum hast du die Knarre nicht rausgeholt? Die wären abgehauen wie Spatzen..."

„Tja, das ging so schnell. Dazu hatte ich gar keine Zeit. Ist auch besser so... einerseits. Vielleicht hätte ich sonst noch losgeballert. Wütend genug war ich. Aber ich schieß gar nicht so gerne. Gehört nur zur Ausstattung."

„Ach ja?"

„Ja. Aber sag mal... hast du dich gar nicht gewundert?"

„Ging mich nichts an."

Er setzt sich wieder und fährt mit der Hausarbeit fort.

„Und was mich nichts angeht, darum kümmere ich mich nicht."

„Sehr vernünftig. Paßt mir aber überhaupt nicht in den Kram. Wollte dich nämlich bitten, dich um was zu kümmern, das dich nichts angeht."

„Ach ja?"

„Ja."

„Nur raus damit. Mal sehn."

Ich schnappe mir eine Kiste und setze mich ihm gegenüber. Auf dem Boden liegt ein Gemüsemesser. Ich heb's auf, angle eine Kartoffel aus dem Eimer und spiele Küchenhilfe.

„Erst mal werd ich dir erzählen, wer ich bin. Verlangt der Anstand. Ich bin Privatflic. Hat nichts mit den andern zu tun..."

„Will ich hoffen", knurrt Herkules-Fernand stirnrunzelnd.

„Privatflic? Sag mal... nicht zufällig der, der..."

„Ja. Genau der. Hab vorgestern 'ne Vorstellung auf der Achterbahn gegeben."

„Im Ernst? Also wirklich..." Er lacht. „Vorgestern auf der Achterbahn, gestern die Schlägerei. Was hast du heute im Programm, wenn man fragen darf?"

„Mich vom Riesenbaby vergewaltigen lassen. Oder 'ne Neuauflage der Nummer mit den Halbstarken. Aber diesmal nacheinander, einzeln."

„Bei dem Riesenbaby hast du Chancen. Die hat gerne was Zerbeultes. Aber mit den Halbstarken... Paß auf die Augen auf."

„Wieso, haun die immer auf die Augen?"

79

„Ich mein deine Kartoffel. Gib mal her... Tja, die Schweine von gestern... Werden wohl 'n paar Tage verstreichen lassen, bevor sie wieder auftauchen. Vor allem, wenn... hatte das denn was mit der Sache auf der Achterbahn zu tun?"

Er kümmert sich nicht um Dinge, die ihn nichts angehen. Aber sonst ist er wie alle andern: neugierig.

„Genau das möchte ich wissen. Sind das Leute, die auf Bestellung und für Geld andere zusammenschlagen?"

Ich werfe meine Kartoffel in den Eimer und nehme 'ne andere raus.

„Möglich ist alles", antwortet Herkules. „Glaub ich aber nicht. Kann man nie so genau wissen."

„Würde mir gerne einen von denen vornehmen und ihn danach fragen."

„Ach ja?"

„Ja."

„Ich dachte, das wär wegen deiner Freundin passiert. Weil die den Frauen immer an den Arsch packen."

„Eins schließt das andere nicht aus. Wenn man 'n Grund sucht, jemanden zusammenzuschlagen, befummelt man am besten seine Freundin. Der wird dann bestimmt frech... Jedenfalls, ich will 'ne Revanche."

„Klar."

„Als du dazwischengegangen bist, hast du was von ‚Bébert' gesagt. Hast du da einen von denen gemeint, oder redest du alle mit ‚Bébert' an?"

Er braucht soviel Zeit für die Antwort wie ich für meine Kartoffel.

„Ich kenne einen von denen. Wenn du dem die Fresse polierst, hab ich nichts dagegen. Der hat's verdient. Letztes Jahr war er bei uns Anmacher. Der für den ersten Kampf. Na ja, du kennst ja das Spielchen."

„Ja."

Ich nehm 'ne neue Kartoffel aus dem Eimer.

„Hat sich nicht immer an die Regeln gehalten, der Junge. Manchmal hat er seine Rolle vergessen und verbotene Griffe angewendet. Wollte sich wahrscheinlich vor den Leuten aufspielen. Zum Glück bin ich ... na ja, ich mache gerne abgesprochene Kämpfe. Ist nicht so anstrengend. Aber wenn's richtig zur Sache geht, kann ich ordentlich austeilen. Bin schließlich kein Chorknabe ..."

Er läßt seine Muskelpakete spielen.

„Hab dich in Aktion gesehen", bemerke ich.

„Bébert hat nie gewonnen. Sicher, er ist kräftig, aber doch gar kein Vergleich mit mir. Na ja, jedenfalls hat er mich nie geschlagen. War nur mehr Arbeit für mich."

„Und wo kann man ihn finden, diesen Bébert? Der würd mich nämlich am meisten interessieren."

Fernand kratzt sich mit dem Messer die blonden Stoppeln.

„Letztes Jahr wohnte er in der Rue de Reuilly. Nicht direkt. Passage Saint-Charles, glaub ich, oder Cour Saint-Charles. Gegenüber einer Kirche, hinter der Metrostation Montgallet. Vielleicht wohnt er immer noch da."

„Werd mal nachsehen. Aber Béberts gibt's wie Sand am Meer. Kennst du seinen Familiennamen?"

„Millot. Falls der Name nicht falsch war."

„Hoffentlich nicht. Von falschen Namen hab ich die Schnauze voll. Na ja, werden sehn. Danke für den Tip. Hier, schäl zu Ende ..."

Ich werfe ihm die Kartoffel zu, die ich grade in Arbeit habe.

„Die hat's nötig", stellt er fest. „Die Augen, Junge, die Augen ..."

„... des Gesetzes. Salut, Herkules."

* * *

Durch eine niedrige Toreinfahrt gelangt man auf die trübselige Cour Saint-Charles. Links und rechts Bruchbuden, Werkstätten, Dreckwasser im Rinnstein, holpriges Pflaster, schmuddelige Wäsche vor den Fenstern und entsprechender Gestank. Ich frag einen Jungen nach Albert Millot. Er kennt ihn nicht, aber dort drüben in der ersten Etage wohnt eine Madame Millot. Ich gehe hinauf, klopfe an die wacklige Tür. Ein armes Weib öffnet. Ungefähr fünfzig Jahre, sieht aber älter aus. Furchtbar schlecht gekleidet. Wenn ihre Zähne besser wären, würde sie mich sofort beißen.

„Was ist?"

„Guten Tag, Madame. Madame Millot?"

„Ja."

„Ich möchte zu Albert Millot."

„Soll zum Teufel gehen."

„Werd's ausrichten, aber dafür muß ich ihn treffen. Wo ist er hingegangen?"

„Zum Teufel."

„Braucht er lange dafür? Damit ich weiß, ob ich warten kann oder besser wiederkommen soll."

„Scheren Sie sich auch zum Teufel. Möchte nichts mehr von dem hören. Ist schon seit 'n paar Monaten weg. Was wollen Sie von ihm?"

„Ihm was vor die Fresse haun."

„Prima! Tut mir leid, daß ich Ihnen nicht sagen kann, wo Sie ihn finden können. Aber wenn Sie ihn finden, haun Sie gleich zweimal zu. Einmal für Sie, einmal für mich."

„Gut."

„Oh, mein Gott!"

Eine zittrige Hand legt sich auf meinen Arm. Die Augen der Frau füllen sich mit Tränen. Kummer oder Wein.

„Daß eine Mutter so sprechen kann! Großer Gott! Darf eine Mutter so sprechen, Monsieur?"

„Weiß ich nicht. Wiedersehn, Madame."

Ich hau ab. Unten stolpere ich über eine Art Zwerg, der auf den Treppenstufen schnarcht. Also, ich werd wohl nach Amerika auswandern müssen. Da schlucken die Privatflics den ganzen Tag teuren Whisky, zusammen mit Leuten, die 'ne vornehme Art und Millionen auf der Bank haben, eingerahmt von Weibern wie aus dem Film. So steht's in den Büchern. Ich dagegen hab's hauptsächlich mit Leuten wie Mutter Millot zu tun. Dazu 'ne Kulisse wie die Cour Saint-Charles. Schon toll, diese Cour de

Saint-Charles! Und in drei Wochen wird sie ihren Prominenten haben. Dann wird man nämlich rauskriegen, daß eine Anwohnerin – nicht Madame Millot – vor fast zehn Jahren ihren Mann umgebracht, die Leiche in einen Koffer gepackt und dann am Quai de la Rapée ins Wasser geschmissen hat. Monsieur Bouquiaux war wohl nicht allzu groß, um in einen Koffer zu passen. Gut, der Kopf kam mit getrennter Post, aber totzdem! Ein Zwerg oder so was Ähnliches.

Zurück zu meinem Zwerg auf den Treppenstufen: Er ruft hinter mir her, kommt näher. Ein Kleinwüchsiger, häßlich wie kein zweiter, etwa fünfzehn Jahre.

„Hab alles mitgekriegt", sagt er. „Sie wollen dem Bébert was in die Fresse haun?"

„Mit Vergnügen."

„Ich auch. Vielleicht können Sie das besser."

„Hat er dich verprügelt?"

„Ja. Und ich weiß, wo er sich mit seinen Freunden trifft. Soll ich Sie hinführen? Ist ziemlich weit."

„Ich hab ein Auto."

Der Junge braucht nicht mehr Platz als ein Kosmetikkoffer. Aber er riecht leider nicht so gut.

* * *

Mein Fremdenführer in Taschenformat heißt Etienne. Offensichtlich wird er nicht allzu oft im Wagen rumkutschiert. Nutzt die Gelegenheit für 'ne ziemlich abenteuerliche Route, wie mir scheint. Wenn er auch weiß, wohin die Reise gehen soll, so kennt er sich doch mit den entsprechenden Straßennamen nicht aus. Nach rechts, nach links, geradeaus. Mehr sagt er nicht. Wir fahren die Rue de Reuilly hoch bis zur Place Félix-Eboué, biegen in den Boulevard de Reuilly und dann in den Boulevard de Picpus ein. Immer der Metro nach. An der stillgelegten Station Bel-Air dirigiert er mich in die Rue de Sahel. Jetzt folgen wir der Ringbahn oder einer Linie, die zum Güterbahnhof führt. Unterwegs redet Etienne von Bébert und seiner Clique und von dem Ort, an dem sie sich treffen: ein alter Eisenbahnwaggon, der auf einem unbebauten Gelände steht, in der Nähe von Saint-Mandé. Ich schraub meine Erwartungen zurück. Wahrscheinlich stehen die Chancen, diesen Bébert zu überraschen, genauso schlecht wie auf der *Foire du Trône*. Eher noch schlechter. Der Waggon ist keine Wohnung, wo er sich regelmäßig aufhält. Nur 'ne Art Vereinslokal. Aber jetzt bin ich schon mal auf dem Weg. Wir schneiden die Avenue Général-Michel-Bizot und gelangen auf den Boulevard Soult. Ich erkenne die Gegend wieder. Square Georges-Méliès und dahinter die Rue Albert-Malet, wo Jacques Benoît wohnt, Geneviève Lisserts Flirt. Sollten er und Bébert Freunde sein? Ich stelle die Frage zurück. Wir werden ja sehen. Der Zwerg lotst mich durch die Avenue Emmanuel-Laurent in Richtung Saint-Mandé. Auf der einen Seite ziemlich luxuriöse Häuser, getrennt durch hübsche, gepflegte Gärten, auf der anderen die Eisenbahnlinie und 'ne Art Niemandsland.

„Da", sagt mein Zwerg.

Rechts ein Holzlager. Links eine Baustelle. Dazwischen das unbebaute Gelände (wahrscheinlich nicht mehr lange!), überwuchert von Gras und wildwachsenden Pflanzen. Und mittendrauf ein zum Schuppen umfunktionierter Güterwaggon. Die Schiebetür steht offen, was aber nicht heißen muß, daß jemand drin ist. Vielleicht läßt sie sich nicht schließen.

9

Einsteigen!

Im Hintergrund laufen Kinder um Baracken herum, die anscheinend für Obdachlose aufgestellt worden sind.

Ich konzentriere mich wieder auf den Waggon. Doch! Es ist jemand drin. Eine junge Frau kommt gerade heraus, macht ein paar Schritte, so als wolle sie sich die Beine vertreten. Dann geht sie auf die Baracken zu. Ihr Gang ist anmutig, trotz der Löcher und Huckel auf dem Boden. Man könnte ihr stundenlang zusehen. Sie verschwindet in einer der Baracken. Kurz darauf kommt sie mit einem Kochtopf zurück.

Hinter uns nähert sich der Lärm eines Motorrollers. Das Mädchen schwingt freudig ihren blinkenden Topf in der Sonne. Der Roller rast die Avenue Emmanuel-Laurent hinauf, ganz dicht an meinem Dugat vorbei. Dann holpert er über das Gelände zum Waggon. Der Fahrer springt ab, und sofort setzt sich das Mädchen drauf. Im Zickzack geht's über Stock und Stein. Die Haare flattern im Wind.

Ich seh den Zwerg an.

„Das ist Bébert", sagt er. „Hat der jetzt einen Roller?"

„Auf dem Flohmarkt gekauft. So wie der aussieht. Und das Mädchen?"

„Kann sie von hier aus nicht erkennen."

„Ist er verheiratet?"

„Jedes Jahr versucht er, sich eine von der *foire* zu holen. Manchmal schafft er's, manchmal nicht."

„Und was sind das für Baracken?"

„Keine Ahnung."

Ich öffne die Wagentür.

„Kommst du mit?"

Er verzieht das Gesicht. Der Gedanke begeistert ihn nicht.
„Dann eben nicht."

Ich versuche, von hinten an den Wohnwagen ranzukommen.
Bloß keinen Staub aufwirbeln! Inzwischen hat das Mädchen die
Probefahrt beendet und den Roller unter ein Teerdach gescho-
ben. Das junge Paar ist jetzt im Waggon. Ich gehe um ihn herum
auf die Vorderseite. Dann betrete ich als Überraschungsei das
Heim.

„Sieu-Dame", grüße ich bühnenreif.

An der Rückseite ist eine Öffnung, durch die Tageslicht her-
eindringt – ebenso wie Wind und Regen, falls vorhanden. Die
Einrichtung gestattet einen gemütlichen Camping-Aufenthalt.
Campingliege, Luftmatratzen. Anscheinend alles neu. Mit Aus-
nahme eines bunten Campingstuhls besteht das Mobiliar aus
Kisten. Auf einer steht ein Kocher. Auf einer anderen sitzt der
junge Mann. Bei meinem Auftritt steht er auf.

Bébert, der Kraftprotz mit dem versoffenen Arschgesicht, hat
sein rotes Sonntags-Ausgeh-Hemd gegen einen Blaumann ver-
tauscht. Die Farbe paßt auch besser zu der seiner Nase. Ein tief-
blaues Souvenir von der Bekanntschaft mit meinem Knie.

Ohne Bébert aus den Augen zu lassen, seh ich mir jetzt das
Mädchen an. Bei meinem Überfall lag sie auf dem Bett, hat sich
aber mit einem Ruck aufgesetzt, so als wollte sie sich instinktmä-
ßig verteidigen. Dabei ist der Rock ihre wunderbaren nackten
Beine hochgerutscht, sehr hoch. Aber das scheint sie nicht zu
interessieren. Die Kleine sieht wirklich verstört aus. Sie ist ungefähr zwanzig, gut gebaut und wohlproportioniert. Ihre langen
Haare haben einen rötlichen Schimmer. Hübsches Gesicht, leicht
vorspringende Wangenknochen, nicht geschminkt. Der Aus-
druck ist gleichzeitig trotzig und schwach. In ihren Augen steht
unterdrückte Angst. Ihr Kleid sieht teuer aus, elegant, wie es sie
nur selten in Waggons zu sehen gibt, außer im Pullman. Auch
ihre Schuhe stammen sicher nicht von *Prisunic*, obwohl sie durch
die Lauferei über das Gelände draußen etwas mitgenommen aussehen. Die Tasche neben ihr kommt von Hermès oder so. Und
was an ihrem Ringfinger funkelt, sieht aus wie'n echter Brillant.

Das wird ja immer lustiger, wenn ich das richtig sehe.

Nach einer Schrecksekunde – das Paar wird bestimmt nicht oft in ihrer Villa Luftig besucht – fragt Bébert:

„Was soll das denn?"

„Was das so soll", antworte ich. „Weiß nicht, ob du mich wiedererkennst... das ist für dich!"

Und ohne weitere Vorwarnung hau ich ihm ordentlich was in die Fresse, wie ich mir's vorgenommen habe. Die Braut sieht entsetzt zu. Bébert weicht zurück, stolpert über eine Kiste und fällt hin. Fluchend steht er wieder auf. Seine Böse-Buben-Augen blitzen böse auf. Er setzt zum Sprung an. Aber ich hab schon *prestissime* mein Schießeisen rausgeholt. Bébert prallt zurück.

„He!" ruft er. „Was soll das denn jetzt?"

Komische Frage. Nichts kann sich so gut schminken wie ein Revolver. Jedesmal, wenn man ihn jemandem unter die Nase hält, hört man die Frage: „Was soll das denn?" Als ob man das nicht sähe. Muß mal bei Gelegenheit drüber nachdenken.

„Dies hier ist ein Revolver", erkläre ich. „Vor ihm sind alle Menschen gleich. Du bist aber heute gar nicht so lustig wie gestern, hm? Und wo ist der Rest von eurem dreckigen Halbdutzend? Du bist ganz alleine, du kleiner Blödmann und großes Arschloch."

Jetzt protestiert er aber doch:

„Sie dürfen das da gar nicht haben. Ist verboten."

„Ach ja? Aber du darfst jeden anfurzen. Und wenn einer keinen Spaß an deinen Späßen hat, darfst du ihm das Zifferblatt verbiegen, hm? Aber bei mir hast du Pech gehabt. Wirst es nicht glauben, aber ich bin Privatflic. Deine Kinnhaken werden dir noch leid tun."

„Privatflic?"

Das scheint zu wirken. Auch auf das Mädchen. Sie springt auf, erstickt einen Schrei, setzt sich wieder. Ich richte die Waffe kurz auf sie.

„Schön ruhig bleiben!"

Das läßt sie sich nicht zweimal sagen. Wie 'ne frierende Katze rollt sie sich in einer Ecke zusammen. Hepp! Ich dreh mich

Bébert zu und hau ihm was auf die Finger. Keine Ahnung, was er vorhatte, aber für meinen Geschmack ist er etwas zu nah an mich rangekommen. Bébert wird blaß und fächelt der geschlagenen Hand Luft zu. Dann nimmt er sie liebevoll in die andere und tanzt vor Schmerz. Mit aller Kraft schicke ich den bösen Buben in die neutrale Ecke. Er plumpst auf eine Kiste, die unter seinem Gewicht zusammenkracht. Unglücklich sitzt er zwischen den Holzsplittern. Hoffentlich sticht ihm einer in den Hintern. Er reibt sich die schmerzende Hand, die nach und nach Technicolor annimmt. Er sieht mich an und knurrt:

„Jetzt reicht's aber! Sie wollten Revanche, hm? Das soll wohl genügen. Aber für 'ne richtige Revanche müßten wir rausgehen."

Er macht Anstalten, wieder aufzustehen.

„Bleib, wo du bist", befehle ich. „Im Augenblick kümmert mich meine Revanche 'n Dreck. Ich will mir meine Klamotten nicht versauen. Um acht Uhr hab ich 'ne Verabredung. Da muß ich nach was aussehen. Ich will mit dir reden. Also reden wir ganz höflich miteinander."

„Reden?"

„Besser gesagt: ich stell dir 'n paar Fragen, und du antwortest."

Er zuckt die Achseln. Das gesplitterte Holz kracht unter seinem Hintern.

„Von mir aus ... Aber der Teufel soll mich holen ..."

„Keine unüberlegten Wünsche."

Seine Hand ist außer Betrieb. Hab also von ihm im Moment nichts zu befürchten. Mit dem Fuß ziehe ich eine Kiste ran und setze mich. Heute ist der Tag der improvisierten Sitzgelegenheiten. Dann fang ich an, mein Gegenüber mit Fragen zu löchern. Methode à la Tour Pointue.

„Kanntest du die Frau, die bei mir war?"

„Nein. Warum sollte ich sie kennen?"

„Stell dir vor, daß ich mir vorstell, daß ihr mich nicht zufällig verprügelt habt. Daß du zum Beispiel das Ganze organisiert hast, für Geld."

„Haben Sie nicht alle Tassen im Schrank?"

„Geht dich 'n Dreck an. Wo kann man hier telefonieren?"

„Telefonieren?"

Als wäre das was Besonderes.

„Ja, telefonieren. Hallo! Hallo! Um dir zum Beispiel Anweisungen zu geben. Hast du kein Bistro, wo man dich anrufen kann?"

„Nein. Vielleicht im Hotel. Oder da, wo ich arbeite. Aber ich werd eigentlich nie angerufen."

„Im Hotel?"

„Wo ich wohne, natürlich."

„Ach, dann wohnst du gar nicht hier?"

„Äh... na ja, doch. Hier und im Hotel."

„Zweitwohnsitz, hm?"

Darauf antwortet er nicht.

„Da, wo du arbeitest, kann man dich auch anrufen? Also arbeitest du?"

„Ja. Mechaniker. Na ja... Hilfsmechaniker."

„Ich dachte, du wärst Ringkämpfer?"

„Ach! Das wissen Sie?"

„Schon verrückt, was ich so alles weiß, hm?"

Und was ich nicht weiß, ist noch viel verrückter! Diese deprimierende Erkenntnis behalte ich aber für mich.

„Das war letztes Jahr", sagt Bébert. „Nicht so richtig Ringkämpfer. Anmacher. Profi-Amateur. Hab mich so durchgeschlagen. Aber eines schönen Tages hab ich mir gesagt: Schluß mit dem Scheiß. Das ist doch kein Beruf."

„Frag mich, ob du jemals mit dem Scheiß Schluß machen kannst."

„Frag ich mich auch. Na ja, ich versuch's."

„So siehst du aus! Und seitdem du arbeitest, hast du deine Mutter abgeschrieben."

„Ach! Das wissen Sie auch?"

„Allerdings."

Der verlorene Sohn sieht an die Decke.

„Oh, meine Mutter!"

Er gibt häßliche Töne von sich, spöttisch, sarkastisch, schmerzlich. Zum Kotzen. Ein Ganove von der übelsten Sorte. Aber vielleicht ist er nicht alleine dafür verantwortlich. Na ja, ich werd nicht um ihn weinen. Sehe in dem ganzen Hickhack sowieso schon nicht besonders klar. Tränen verbessern nicht die Sicht.

„Gut. Also, du bist Mechaniker. Wo?"

„Rue Raoul. Ein kleiner Betrieb."

„Hm. Hilfsmechaniker in einem kleinen Betrieb. Und wo soll die sein, deine Rue Raoul?"

„Also wirklich! Sie können fragen..."

„Nicht dein Bier."

„Gut. Die Rue Raoul soll da sein, wo sie ist. Rue Claude-Decaen, Place Daumesnil, gegenüber der Brèche-aux-Loups."

„Brèche-aux-Loups. Sieh an."

„Wieso sieh an?"

„Nicht dein Bier. Also, du arbeitest. Hält dich aber nicht davon ab, auf der *foire* den Blödmann zu spielen!"

Er seufzt.

„Hab ich im Blut. Mein Vater war 'n Blödmann. Meine Mutter auch. Und ich mach weiter. Liegt in der Familie."

„Tja. Lenk nicht ab."

Ich versuche noch 'ne Weile, was aus ihm rauszuholen. Aber ich muß einsehen, daß ich meine Zeit vertrödle. Die Schlägerei von gestern war nicht geplant. Hat sich einfach so ergeben. Weil Bébert und seine Bande gerne den Blödmann spielen, auf der *Foire du Trône* oder woanders.

„Sie müssen verstehen", erklärt er wichtigtuerisch, „ich bin der Boß. Hab 'n Ruf zu verlieren. War jetzt 'n paar Abende nicht mehr raus."

Er zwinkert mir zu, und ich verstehe: der Grund für seine Häuslichkeit sitzt mucksmäuschenstill in der Ecke und hört uns zu.

„Gestern abend, haben sie mich abgeholt. Wissen Sie, wie so was geht? Anpflaumerei bis zum Geht-nicht-mehr. Also Bébert, was ist los mit dir? Was hängst du hier rum? Man sieht dich gar nicht mehr. Wirst du 'n Spießer oder was? usw. usw. Kommst du mit? Wir machen 'n bißchen Randale. Scheiße! Was soll ich denn da tun, hm? Wenn ich der Boß bleiben will, kann ich nicht einfach kneifen. Kann nicht einfach sagen: nein, vielen Dank, heute abend nicht. Heute abend bleib ich zu Hause, in meinen Pantoffeln. Würde schlecht ankommen! Man ist ein Mann, oder man ist 'n Waschlappen. Also bin ich mitgegangen. Und dann gab's Ärger mit Ihrer Freundin. Da mußte ich den Albino verteidigen, verstehen Sie?"

„Die Sache war doch schon gegessen. Aber dann seid ihr uns gefolgt."

„Die andern wollten das. Vor allem Ernest, der Albino. War nicht mehr zu bremsen. Was sollte ich machen?"

Hab selten soviel Quatsch auf einmal gehört. Ich muß lachen.

„Du bist also wie der General, der vor seinen Truppen hermarschiert, nur weil sie ihn dazu gedrängt haben, hm?"

„Hm ... ja ... Soll vorkommen."

Plötzlich komm ich mir ziemlich doof vor. Vor allem mit meiner Kanone in der Hand. Eine lächerliche Inszenierung für so ein dürftiges Ergebnis! Hab das Gefühl, daß ich seit meinem Intermezzo auf der Achterbahn nicht in allerbester Form bin. Wohl immer noch die Nachwehen der Angst, die ich da oben hatte. Hab von Anfang an alles falsch angepackt. Ich bin wütend auf mich selbst. Wieder 'ne Sackgasse. Am liebsten würd ich diesem Bébert noch was draufhaun, jetzt auf die dicke blaue Nase. Aber erst mal steck ich die Waffe ein. Dabei fühle ich Lecanuts Foto. Ich zieh's raus und seh's mir an. Leeren wir den Kelch bis zur Neige. Ja, der tote Killer auf dem Foto scheint mich verarschen zu wollen.

„Wer ist das?" fragt Bébert.

„Vielleicht kennst du ihn?" frage ich zurück.

Würd mich wundern. Aber wo ich schon mal so weit bin ...
Ich geb ihm das Foto.

„Nein. Kenn ich nicht."

Klingt aufrichtig.

„Kann ich aufstehen? Mein Arsch tut mir so langsam weh."

„Von mir aus. Aber Vorsicht! Keine Zicken, ja?"

Sein Achselzucken soll heißen, daß er relativ vernünftig geworden ist. Er steht auf. Ich auch. Als ich etwas zurücktreten will, rempele ich jemanden. Hab ich gar nicht kommen hören. Das junge Mädchen. Um ein Haar hätte ich sie umgerannt. Völlig erstarrt steht sie da. Ihre Augen... Verdammt! Ich halte immer noch Lecanuts Foto in der Hand. Sie starrt es an, als könne sie sich gar nicht davon losreißen.

„He! Was ist? Sieht so aus, als würd Sie das an irgendwas erinnern, hm?"

Sie will abhaun. Ich pack sie an den zarten Handgelenken. Aber ich hab ihre Kräfte falsch eingeschätzt, oder ich wollte sie nicht zu brutal anfassen. Na ja, will mich nicht rausreden. Sie macht sich los und läuft zum Bett. Ich stürze hinter ihr her. Aber sie ist ganz schön wendig. Eine richtige Schlangenfrau. Sie entwischt mir und läuft nach draußen. Ich falle lang hin. Bébert hat mir ein Bein gestellt und fällt über mich her. Ich schlage aus wie ein Esel. Dann hab ich meine Kanone wieder in der Hand und ziehe ihm eins über die Rübe. Den bin ich los. Jetzt renne ich hinter dem Mädchen her. Sie läuft in Richtung Boulevard Soult. Der Zwerg steht vor meinem Wagen und beobachtet die Szene. Ich rufe ihm zu, er solle das Mädchen aufhalten. Aber er kapiert es nicht. Aus einer der Baracken sind zwei Männer gekommen, neugierig geworden. Das Mädchen läuft auf meinen Wagen zu und... verdammte Scheiße! Das hat mir grade noch gefehlt. Sie schickt den Zwerg in den Staub, klettert ins Auto und rast los, die Avenue Vincent-d'Indy runter.

* * *

Fluchend geh ich zurück zum Waggon. Die zwei aus der Baracke sind nähergekommen. Wollen bestimmt mehr erfahren. Hab aber keine Lust, mich löchern zu lassen. Flegelhaftes Benehmen, ruppige Sprache, dazu ein Ausweis, der aussieht wie einer von der Polizei: das reicht in der Regel, um sie sich vom Hals zu halten. Knurrend verziehen sie sich.

Jetzt wieder zu Bébert. Er steht in der Waggontür und sieht mir haßerfüllt entgegen. Seine Augen blitzen böse.

„Sie ist abgehaun", zischt er vorwurfsvoll. „Und sie kommt nicht wieder. Durch Ihre Schuld!"

„Dann suchst du dir 'ne neue."

„So eine wie die findet man nicht oft."

Er ballt die Fäuste. Sieht so aus, als tue ihm seine Hand nicht mehr weh. Ich hole besser meine Kanone wieder raus.

„Hab das Gefühl, wir müssen uns nochmal unterhalten. Und versuch nicht wieder, den Blödmann zu spielen. Ich jag dir 'ne Kugel in den Kopf."

„Hab ich gar nicht vor. Das Ganze stinkt mir gewaltig. Versteh nur Bahnhof."

„Und warum wolltest du mir eben wieder an die Gurgel?"

„Wegen der Kleinen."

„Ach! Ritterliche Gefühle? Ist ja ganz was Neues. Gestern abend sah das aber völlig anders aus, als du meiner Freundin an den Arsch gepackt hast..."

„War ich nicht. War der Albino. Ich hab ihm gesagt, er soll mit dem Scheiß aufhören."

„Stimmt. Ist auch nicht so wichtig. Gehn wir rein. Weiterreden."

Bébert setzt sich auf einen hier üblichen Sessel, in dem vorher wohl algerische Zitrusfürchte waren. Ich bau mich vor dem Früchtchen auf.

„So, du wirst mir jetzt Informationen über dieses Mädchen liefern, Kumpel. Und zwar schnell und vollständig."

Er schüttelt den Kopf.

„Wenn Sie sich da mal nicht irren. Ich kenn die Kleine gar nicht."

„Hat die keinen Namen?"

„Doch. Christine. Weiter hab ich nicht gewühlt."

„Tja, dann werden wir wohl zusammen wühlen müssen. Also, Christine. Und weiter?"

„Keine Ahnung."

„Hast du ihre Taschen nicht durchsucht?"

„Bin doch kein Flic."

Das überhöre ich.

„Da mußte irgendwas drin sein, in der Tasche", denke ich laut.

Ich seh zum Bett rüber.

„Sie hat sie unbedingt mitnehmen wollen."

„Mehr kann ich Ihnen nicht sagen."

„Oh, doch! Bestimmt."

„Außerdem reicht's mir jetzt. Würd Ihnen gerne mehr erzählen. Aber was ich weiß, das macht Sie auch nicht viel schlauer."

„Erzähl erst mal."

„Also gut. Sie ist jetzt genau fünf Tage hier. Hab sie auf der *Foire du Trône* getroffen, zusammen mit der Clique. Sie war alleine, schien sich mächtig zu langweilen. Wir haben sie angequatscht, wie üblich. Sie hätten sehen müssen, wie die uns Bescheid gesagt hat! War aber nur Schau. Nach 'ner Weile ist sie mit uns weitergezogen. So!"

„Wieso ‚so'?"

„Na ja, ‚so' eben!"

„Was heißt das? Daß du sie dir als Boß geschnappt hast und mit ihr ins Bett gegangen bist?"

„Genau das. Am selben Abend noch. War gar nicht so einfach, aber das konnte ich mir doch nicht entgehen lassen, oder? Wir haben uns also hierher verdrückt, denn... wie das so ist: jemanden mit aufs Hotelzimmer nehmen, ist verboten."

„Im Prinzip. Aber 'ne Menge Portiers drücken 'n Auge zu."

„Meiner gehört nicht zur Menge. Er ist darin pingelig. Hatte zwei- oder dreimal Ärger deswegen. Jetzt paßt er auf wie'n Schießhund."

„So 'n Pech."

„Nicht unbedingt. Sie werden sehen. Also, Hotel kam nicht in Frage, wir gehen hierher..."

„Gib mir mal die Adresse des Hotels."

Er gibt sie mir und fährt fort:

„Und das Lustige daran... Jetzt werden Sie verstehen, warum das mit dem Hotel gar nicht so'n Pech war... Wenn ich sie ins

Hotel mitgenommen hätte, wäre nichts gelaufen. Sie wär gar nicht erst mitgegangen."

„Ach!"

„Ja. Am nächsten Tag hab ich nämlich meinem Hotelwirt erklärt, daß ich mit 'ner Frau zusammenleben will und ob ich nicht... usw. Da sagt er: 'ne wilde Ehe, das ist was anderes, als irgendeine heimlich abzuschleppen, die vielleicht Ärger hat mit den Flics. Und wenn die Papiere in Ordnung wär'n, hätte er nichts dagegen. Würde nur die Miete erhöhen, 'n paar Sou. Ich erzähl das Christine. Aber die sagt: Nein, nicht ins Hotel. Auf gar keinen Fall. Ich fühl mich hier sauwohl. Bißchen bescheuert, hm?"

„Oder Ärger mit den Flics. Daran hast du nicht gedacht?"

„Hm... na ja, vielleicht; aber nicht lange. War nicht mein Bier. Und ich wollte so'n Mäuschen dadurch nicht verlieren. Denn so eine", fügt er bitter hinzu und sieht mich schräg an, „so eine find ich nie wieder."

Er träumt vor sich hin. Denkt wohl an die entgangenen Sinnesfreuden. Ich versteh ihn. Diese Christine... bessere Figur als 'ne Königin, hübsches Gesicht, herrliche Beine, Brüste zum Verrücktwerden...

Ich reiß ihn aus seinen Träumen. Vielleicht träumt er auch gar nicht. Vielleicht hat er mir nur was vorgelogen und holt jetzt Luft oder wartet auf neue Ideen. Würde mich aber wundern, offen gesagt. Er ist eine Großschnauze, ein Möchtegern-Boß, einer, der vielleicht aus Scheiße Geld machen will. Aber keiner, der sich Geschichten ausdenken kann, einfach so, für mich. Man muß sich nur seinen intelligenten Gesichtsausdruck ansehen. Nein, das Ganze ist wohl etwa so abgelaufen, wie er's mir erzählt hat.

„Nein, so bald wirst du so eine nicht wieder finden", sage ich. „Weiß nicht, ob dir das aufgefallen ist; aber der Klunker an ihrem Finger war nicht aus Glas. Und ihre Kleidung... elegant, teuer. Bestimmt nicht von der Stange."

Er seufzt.

„Und drunter auch! Hab mich davon überzeugt. Meinen Sie, der Stein war echt?"

„Ganz bestimmt."

„Wo die das wohl her hat? Also ich sag's nochmal: ich kenn sie nicht. Hab Ihnen alles gesagt, was ich weiß."

„Vielleicht ist das Marie-Chantal. Ein Mädchen von ganz oben, das von deinem roten Hemd hingerissen war. Deinem Bizeps, deinem versauten Benehmen, deinem Haarschnitt und deinem sehnsüchtigen Blick in die Ferne, auf grüne Weiden. Eine von denen, die Feuer im Arsch haben und von James Dean träumen, der Leiche, bei der alle rot werden und stottern. Eine, die sich gerne bei euch rumtreibt. Oder die Sache liegt ganz anders. Vergessen wir nicht, daß sie von dem Foto wie vom Donner gerührt war. Lieber ist sie abgehaun – mit meinem Wagen, übrigens –, als mir ihre seltsame Reaktion zu erklären..."

„Sie hat sich wegen Ihrer Reaktion verpißt. Sah so aus, als wollten Sie sie fressen."

„Möglich. Trotzdem... das Foto..."

„Was soll das denn, mit dem Foto?"

„Das ist ein Gangster. Lancelin. Vielleicht schon von ihm gehört. Wollte einen andern auf der Achterbahn umbringen, ist aber selbst dabei draufgegangen. Der andere war schneller."

„Ja, hab ich in der Zeitung gelesen. Ein Privatflic, der... Scheiße!"

„Genau! Der Schnelle, der war ich."

Er schluckt ein paarmal, sieht mich fast respektvoll an. Wörtlich drückt er seine Gefühle mit einer Reihe von Flüchen aus. Als sein Vorrat erschöpft ist, sagt er:

„Also, Christine und dieser Gangster..."

„Möglich, daß sie sich gekannt haben. Sie hat sich erschrokken, als sie was von Privatflic hörte. Und vorher schien sie Angst zu haben. Sieht die immer so aus?"

„Muß wohl ihr plötzlicher Auftritt gewesen sein. Normalerweise war sie nämlich ruhig und gelassen."

„Wie lange wohnt ihr jetzt hier?"

„Heute wär's die fünfte Nacht gewesen."

Er stößt einen Klagelaut des Bedauerns aus.

„Kontrollieren die Flics nie, wer sich hier so rumtreibt?"

„Wir werden von denen aus den Baracken gedeckt. Arbeiterbaracken, die der Abbé Pierre fürs erste da hingestellt hat. Um die Leute kümmern sich die Flics nicht."

„Mit anderen Worten, ihr habt indirekt davon profitiert, daß das ruhige, anständige Arbeiter sind?"

„Genau."

„Gut. Weiter."

„Wie: weiter?"

„In deinem Liebesroman mit der schönen, geheimnisvollen Unbekannten."

„Da gibt's nicht mehr viel. Bloß nicht ins Hotel, hat sie gesagt. Kein Hotel. Also richten wir uns hier ein. Mit Campingmöbeln..."

„Neu."

„Hab ich extra hierfür gekauft."

„Von welchem Geld?"

„Von ihrem..."

Er faßt sich in die Brusttasche seines Blaumanns und zieht ein paar Zehntausendfrancsscheine raus.

„Ich weiß nicht, was ein Privatflic alles darf", sagt er und gibt mir die Scheine. „Vielleicht können Sie mich für Diebstahl drankriegen. Jedenfalls will ich den Zaster nicht. Stinkt mir immer mehr, die ganze Sache. Möchte mich da raushalten. Das Geld gehört ihr. Hab's ihr nicht geklaut. Sie hat's mir gegeben."

Ich zähle die Scheine. Sechzigtausend Francs. Zum neuen Wagen wird's nicht reichen, aber ich steck sie vorsichtshalber ein.

„Dann hatte sie also mindestens hundert Riesen bei sich?"

„Kann sein."

„Und sie heißt Christine. Wie weiter? Erzähl mir nicht wieder, daß du ihre Tasche nicht durchwühlt hast! Als Bandenboß... eben hab ich solche Märchen noch geglaubt, aber jetzt... Kannst du dir ja vorstellen. Deine Christine kannte Lancelin. Und ich bin jetzt zwei Tage hinter irgend jemandem her, Mann oder Frau, der den Killer gekannt hat. Ich hab 'ne Spur, und die werd ich so schnell nicht aufgeben. Übrigens ermitteln die Jungs von der Tour Pointue in derselben Richtung. Du hast dir Christines Tasche vorgenommen. Du kennst ihren Namen und ihre Adresse. Und die wirst du jetzt ausspucken. Sonst bring ich dich zu den Flics."

Ich setze ihm auseinander, was ich gegen ihn vorbringen kann. Als ich fertig bin, steht er auf.

„Also, gehn wir zu den Flics", sagt er resigniert. „Ich kann Ihnen nicht erzählen, was ich nicht weiß. Klar, ich hab ihre Tasche durchwühlt. Keine Papiere, nichts. Außerdem war mir das auch scheißegal, wer sie war und woher sie kam. Sogar wenn sie 'n Ausweis gehabt hätte... wüßte nicht, ob ich mich jetzt noch erinnern könnte, was drinstand. Weiß gar nicht mehr, warum ich die Tasche aufgemacht habe."

„Weil 'n Boß das immer macht."

„Tja, muß wohl so sein."

Was für ein Idiot! Wenn ich mir überlege, daß so ein tolles Mädchen wie Christine sich ihm an den Hals geworfen hat! Die muß wirklich bescheuert sein... oder vor etwas besonders Schrecklichem fliehen. Denn Bébert hat sie hier prima versteckt, auch wenn er das nicht gemerkt hat... Sie fühlte sich hier sauwohl! Wer sollte sie auch suchen, in diesem Waggon? Nicht mal die Flics kommen vorbei. Hier wohnen ja nur die Schützlinge von Abbé Pierre.

„Also war nichts in der Tasche?" frage ich, mehr mich selbst. „Und trotzdem ist sie nicht ohne abgehaun."

„Wegen dem Geld. Sie hat mir nicht alles gegeben. Da waren mindestens noch fünfzigtausend drin."

„Die Kleine kriegt anscheinend 'n ganz schönes Taschengeld, hm?"

Bébert zuckt die Achseln.

„Los, gehen wir zu den Flics", sagt er nur.

Ich sehe ihn an. Hab ihn ausgequetscht wie 'ne Zitrone. Glaub nicht, daß er Märchen erzählt hat. Mehr wird nicht rauszuholen sein.

„Scher dich zum Teufel!" fordere ich ihn auf.

„Sie sich auch!" faucht er. „Sie haben sie verscheucht. Sie hat sich wegen Ihnen verpißt! War auch zu schön, um wahr zu sein. Jeden Morgen, wenn ich zur Arbeit ging, hab ich mir gesagt: heute abend, wenn du wiederkommst, ist sie weg. Das ist keine Frau für dich. Muß 'n Irrtum sein. Und jeden Abend, wenn ich wiederkam, war sie noch da. Aber jetzt ist sie tatsächlich weg. Kommt nicht mehr wieder. Das ist Ihre Schuld!"

„Deine! Wenn du gestern auf der *foire* nicht den wilden Mann markiert hättest, wär ich hier nicht aufgetaucht. Aber du konntest ja nicht ‚nein' sagen, als deine Bande dich abgeholt hat! Bist ja kein Schlappschwanz. Du bist ihr Boß, der Chef im Ring. Schön doof bist du!"

„Die sollen bloß nicht wiederkommen, verdammt nochmal!"

Donnerwetter! Scheint so, als hätte diese Christine ihn rundumerneuert. Fragt sich nur, für wie lange! Schade, daß ihr Lancelins Foto nicht gefallen hat. Ach ja, ich könnte mal schnell den Waggon durchsuchen. Dauert wirklich nicht lange. Viele Verstecke gibt's hier nicht. Ich finde nichts und hau ab, ohne ein Wort. Bébert sagt auch nichts. Denkt bestimmt über seine Romanze nach. Aus und vorbei... auf Nimmerwiedersehen. Verschwunden, mit meinem Wagen. Sogar die größten Idioten dürfen so was erleben. Romanzen, meine ich. Das macht die Liebe zu was Höherem.

Aber vielleicht denkt er auch gerade daran, daß er bis vor zehn Minuten noch sechzigtausend Francs hatte und daß er sie jetzt nicht mehr hat!

10

Überraschungen

Ich geh die Avenue Emmanuel-Laurent hinauf zum Boulevard Soult. Weit und breit kein Zwerg zu sehen. Hat wohl Lunte
gerochen und gemacht, daß er wegkam. Gute Reise! Auf der
Fahrbahn ist ein Ölfleck. Mehr ist nicht von meinem Wagen
geblieben. Ein ölig schillerndes Souvenir. Ich betrachte es mit
bitterer Melancholie. Der dynamische Detektiv läßt sich seinen
Wagen klauen. So 'ne verdammte Scheiße! Bis auf weiteres muß
ich mich im Taxi fortbewegen.

Beim Gedanken an ein Taxi muß ich an Simone Blanchet denken. Mein Verdacht war falsch. Sie hat die Schlägerei mit Béberts
Bande nicht ausgeheckt. Aber so ganz sauber ist sie trotzdem
nicht. Überhaupt nicht.

Mal sehen:

Als ich gestern zum zweiten Mal bei ihr aufgekreuzt bin, war
sie gerade mit dem Taxi wiedergekommen. „Hatte was zu besorgen." Eingekauft hatte sie nichts. Vielleicht fantasiere ich. Zwar
ist das keine Methode, aber manchmal kommt was dabei rum,
wenn man alle möglichen Leute kreuz und quer verdächtigt.
Wie eben bei Bébert und Christine. Ich fantasiere also weiter.
Und meine Fantasie sagt mir, daß es unter Umständen von Nutzen sein könnte rauszukriegen, was die schöne Simone zu besorgen hatte. Zufällig hab ich mir die Taxinummer gemerkt, die auf
der Visitenkarte der *Compagnie Taxito* stand. In einer Viertelstunde treffe ich mich mit Charles Montolieu. Soll er warten. Ich
gehe in ein Bistro, um zu telefonieren.

„Hallo? *Compagnie Taxito?*"

„Ja, M'sieur."

„Ist der Fahrer Nr. 7501 da?"

„Ich seh mal nach. Wohin soll er kommen?"

„Nur an den Apparat. Muß ihn was fragen."

„Ich seh mal nach."

Er sieht mal nach und kommt zurück.

„Sie haben Glück", sagt er. „Er ist da. Sekunde. Kommt sofort."

Die Sekunde ist vorbei.

„Hallo?" meldet sich eine junge Stimme.

„Sind Sie der Fahrer der 7501?"

„Ja, M'sieur."

„Erinnern Sie sich daran, gestern am frühen Abend eine Frau in die Rue de la Brèche-aux-Loups gefahren zu haben? So gegen sieben."

„Rue de la Brèche-aux-Loups?" wiederholt er. „12. Arrondissement, hm?"

„Ja. Die Frau war groß, brünett, sehr hübsch. Hatte zwar was an, sah aber aus, als wär sie nackt. Kleiner Trick von ihr. Würd mich wundern, wenn Sie das nicht bemerkt hätten."

„Witzbold!" Er lacht. „Ja, hab's bemerkt. Nicht das, was Sie meinen. Aber ich erinnere mich, eine junge Brünette gegen sieben in der Rue de la Brèche-aux-Loups abgesetzt zu haben."

„Wo ist sie eingestiegen?"

„Richelieu-Drouot."

Würd ihm gerne noch 'n paar Fragen stellen. Aber das verwahr ich mir für später. Wenn er vor mir steht...

„Vielen Dank."

„Keine Ursache, M'sieur."

Ich wähl eine zweite Nummer: Béberts Hotel. Will wissen, ob er tatsächlich dort wohnt. Ja, M'sieur. War aber seit drei oder vier Tagen nicht hier. Danke. Bitte. Ich geh zurück an die Theke, trinke aus, zahle und geh hinaus auf den Boulevard Soult.

* * *

Das Haus von Charles Montolieu steht in der Nähe der Eisenbahnlinie, die auf einem Viadukt die Avenue Saint-Mandé schneidet und die Rue du Gabon entlangführt. Ein stattliches Eckhaus mit Ecktürmchen und Veranda. Natürlich auch die üblichen Türen und Fenster. Davor ein Garten mit zwei Bäumen. Der eine streckt seine Äste über die Gartenmauer auf die Avenue. Sehnt sich wohl nach den Kollegen am Straßenrand. Im 12. gibt's nicht grade wenig davon. Bestimmt das Arrondissement mit den meisten Bäumen. Hoffentlich noch lange. Mit ihrer Manie, alles kurz und klein zu bebauen, und bei den Verkehrsproblemen sind sie imstande, in nächster Zeit alles abzuholzen, was sich ihnen in den Weg stellt.

Ich seh auf die Uhr. Fünf nach acht. Monsieur Montolieu wird mir die kleine Verspätung hoffentlich verzeihen. Sieht so aus, als wolle er mich möglichst schnell mit seinen Problemen belästigen. Er selbst öffnet auf mein Klingelzeichen. Hat er hinter der Gardine gelauert?

Ein Mann von rund fünfzig Jahren. Sieht aus wie einer, der in der Patsche sitzt. Aber das ist nichts Besonderes. Die meisten meiner Klienten sehen so aus. Ziemlich dick, leicht rotes Gesicht, kräftiges Kinn, wenig Haare, sinnliche Lippen. Augen metallgrau. Treten sofort nach der üblichen Begrüßung in Aktion. Monsieur Montolieu mustert mich, versucht selbständig, ohne fremde Hilfe, sich eine Meinung über meine Fähigkeiten zu bilden. Ich weiß nicht, was er beruflich macht. Aber wenn er Geschäftsmann ist – was ich vermute –, dann ist mit ihm wohl nicht gut Kirschen essen.

Er führt mich in einen Salon. Komfortabel und luxuriös eingerichtet. Eine Frau erhebt sich aus einem Sessel. Madame Montolieu, wie sich sofort herausstellt. Vorname Marthe, wie sich später herausstellt. Montolieu sieht schon nicht fröhlich aus, aber seine Frau...

Sie ist bestimmt älter als ihr Mann. Verblüht, aber etwas hochmütig im Benehmen. Muß wohl früher mal 'ne Schönheit gewesen sein. Sie mustert mich von oben bis unten. Ein Familientick oder... Ach! Mir fällt ein, daß noch immer die Spuren der gestrigen Schlägerei in meinem Gesicht zu sehen sind. Bin eben der Held der Vermischten Nachrichten!

„Setzen Sie sich doch bitte", sagt Montolieu.

„Darf ich Ihnen etwas anbieten? Wein? Ich schlage immer Wein vor, weil ich nämlich welchen verkaufe. Aber der, den ich meinen Gästen anbiete, ist nicht der, den ich verkaufe."

„Sie sind Weinhändler?"

„In Bercy."

Schön. Dann werd ich hier wenigstens nicht verdursten. Der Wein ist hervorragend. Mein Gastgeber trinkt auch ein Glas. Seine Frau nicht. Sie hat sich wieder hingesetzt und rührt sich nicht.

„Also", beginnt mein zukünftiger Klient. „Ich habe Ihren Namen in der Zeitung gelesen. Deswegen hab ich mich an Sie gewandt. Sagen Sie..." – musternder Blick – „... ziemlich außergewöhnlich, was Ihnen neulich passiert ist, nicht wahr?"

Ich muß an seinen Satz am Telefon denken: „Haben Sie keine Angst. So gefährlich wie auf der Achterbahn wird's nicht!" Hält der mich für'n Schißhasen? Höchste Zeit, den Supermann zu spielen.

„Ach", sag ich, bescheiden wie 'n Veilchen. „So was Besonderes war das auch nicht."

Das wirkt. Ich bin gerächt.

„Äh... Finden Sie?" stammelt er.

„Ich hab 'ne lange Praxis in außergewöhnlichen Dingen."

„Ach ja? Um so besser. Also..." Er windet sich wieder, wie am Telefon. „Also... kommen wir zu ernsthaften Dingen. Ich... oh! Entschuldigen Sie bitte. So meinte ich das nicht. Was Ihnen passiert ist, ist natürlich ebenso ernst... sehr ernst bestimmt, aber..."

„Ich bitte Sie", sage ich lächelnd. „Ich verstehe, was Sie meinen."

„Danke. Entschuldigen Sie, daß ich so herumstottere, aber... wir sind besorgt... und wenn man besorgt ist... na ja, Sie verstehen..."

„Ich verstehe sehr gut. Worüber sind Sie besorgt?"

„Über unsere Tochter... äh... meine Stieftochter. Die Tochter meiner Frau. Sie ist... hm... Ich bin nicht ihr Vater und möchte nicht schlecht über sie reden... es könnte falsch verstanden werden..."

Er sieht seine Frau an.

„Entschuldige, Marthe. Aber ich glaube, wir dürfen nichts verschweigen..."

Mit einer Handbewegung gibt sie freie Fahrt.

„Sie ist ein eigensinniges Kind", fährt er fort. „Unberechenbar, unabhängig, leichtsinnig, verlogen. Da kommt ziemlich viel zusammen, finden Sie nicht? Aber das ist die ungeschminkte Wahrheit. Man sagt, das sei die Jugend von heute. Ich weiß nicht. Wir meinen, sie ist seelisch nicht im Gleichgewicht. Sie könnte Dummheiten machen..."

Er macht eine Pause, um mir Zeit zu lassen, mich mit den Fehlern seiner Stieftochter anzufreunden. Ich tu mein Bestes. Dann bemerke ich:

„Mir scheint, Sie sollten sich besser an einen Arzt wenden. Ein Privatdetektiv kann da nicht viel machen."

„Oh, doch! Leider... Sie ist nämlich verschwunden. Aus dem Haus geflüchtet."

„Seit wann?"

„Seit fünf Tagen."

Ich muß mich beherrschen, daß ich nicht laut loslache. Aber innerlich kann ich mir's nicht verkneifen. Die Welt ist noch viel kleiner, als der Volksmund behauptet.

„Fünf Tage. Sie haben lange gewartet, bevor Sie etwas unternommen haben..."

„Wir haben uns nicht sofort Sorgen gemacht. Wir haben erst mal herumgehört. Bei unseren Bekannten, ihren... na ja, überall da, wo sie sein könnte. Das hat 'ne Weile gedauert. Dann hab ich Ihren Namen in der Zeitung gelesen, die Lobreden auf Ihre Fähigkeiten. War gar nicht so einfach, Sie zu erreichen."

„Und die Polizei?"

Er hebt die Hand.

„Wir wollen die Polizei nicht einschalten. Sollte unsere Tochter eine Dummheit begangen haben, möchten wir das ohne Aufsehen regeln."

„Na schön. Also, bevor wir weiterreden, möchte ich gerne ein Foto von unserem Nestflüchter sehen."

„Das dachte ich mir."

Er nimmt ein Album vom Tisch, schlägt es auf und reicht mir ein Foto. Sie ist es. Béberts Freundin. Dieser elegante Käfer aus dem Güterwaggon.

„Sie heißt Christine, nicht wahr?"

„Ja. Christine Delay. Aber…"

Spät schaltet er, aber er schaltet. Das Ehepaar Montolieu fährt hoch.

„Woher wissen Sie, daß…"

„Ich weiß es eben. Und Sie haben recht: sie könnte Dummheiten machen. Mindestens zwei hat sie schon gemacht. Sie ist einem jungen Strolch in die Finger geraten. Und sie hat mein Auto geklaut."

Die beiden sind platt. Charles Montolieu rappelt sich hoch:

„Ich begreife nicht…"

Das begreife ich sehr gut. Ich lache.

„Sie sehen, Monsieur", sage ich, „was in der Zeitung stand über meine Fähigkeiten, war nicht übertrieben, hm? Ich finde Vermißte wieder, bevor man mich damit beauftragt. Was will man mehr? Allerdings… kurz nachdem ich Ihre Tochter gefunden habe, hab ich sie gleich wieder verloren. Ich mußte heute nachmittag – aus persönlichen Gründen – zu einem kleinen Gangster, der in einem umfunktionierten Güterwaggon haust, auf einem unbebauten Gelände. Bei ihm war ein junges Mädchen, Christine, Ihre Tochter. Sie hatte Angst vor… vor irgendetwas… vor mir vielleicht. Jedenfalls ist sie mit meinem Wagen abgehaun."

Bedrücktes Schweigen. Drückend.

„Das ist außergewöhnlich", sagt Montolieu.

„Darauf bin ich eben spezialisiert. Hab ich Ihnen doch schon gesagt. Sie geht zur *Foire du Trône*, trifft einen jungen Mann. Hübscher Kerl. Nicht sehr vornehm, aber fotogen und lässig. James Dean für verträumte kleine Mädchen. Sie ist mit ihm in den Waggon gegangen."

„Wollen Sie damit sagen..." ruft Madame Montolieu.

„Ja, Madame. Die beiden jungen Leute werden nicht nur die Sterne gezählt haben."

„Mein Gott!"

Sie bedeckt ihr Gesicht mit den Händen. Ihr Mann räuspert sich.

„Und... Und sie hat Ihren Wagen gestohlen?"

„Ja. Wie gesagt, sie hatte Angst."

„Wovor?"

„Vielleicht können Sie's mir sagen."

Ich taste nach Lancelins Foto. Aber zuerst finde ich das Geld, das Bébert mir gegeben hat. Ich halte es dem Weinhändler vor die Nase und erkläre ihm, woher ich's habe. Er nimmt die Scheine und legt sie neben das Album auf den Tisch.

„Und jetzt", sage ich, „das, wovor Ihre Tochter offensichtlich Angst hatte. Es sei denn, mein Benehmen wär der Grund. Hab nämlich nicht sehr beruhigend gewirkt, als ich merkte, daß sie das Foto interessiert ansah. Kennen Sie den Mann?"

Ich geb ihm das Foto. Wieder ist er platt.

„Sie... sie hatte... warum hatte sie das Foto bei sich?"

„Sie hatte es gar nicht. Ich hatte es. Sie kennen also diesen Mann?"

„Ja, natürlich. Es sei denn, ich verwechsle ihn..."

„Das Foto ist rekonstruiert worden. Vielleicht sind einige Partien frei erfunden."

„Aber... aber wie kommen Sie an das Foto?"

„Ich interessiere mich für diesen Mann. Wer ist das? Zwei Namen kenne ich schon von ihm. Vielleicht wissen Sie noch einen dritten?"

„Roger Lecanut", sagt er.

Er steht auf und zeigt das Foto seiner Frau.

„Er ist es doch, oder?"

Sie nickt wortlos. Montolieu kommt zurück, stirnrunzelnd, völlig aus der Fassung.

„Das ist Roger Lecanut", wiederholt er. „Aber verdammt nochmal... warum interessieren Sie sich für ihn?"

„Werd ich Ihnen gleich sagen. Können Sie mir Genaueres über ihn mitteilen?"

„Ja, natürlich. Obwohl ich nicht verstehe... Christine bekam Angst, als sie das Foto sah? Sie hatte überhaupt keinen Grund dafür."

„Ich sagte Ihnen doch: sie hatte vielleicht mehr Angst vor meinem bedrohlichen Auftreten. Aber immerhin... das Foto schien sie sehr zu interessieren."

„Wohl die gleiche Wirkung wie bei mir. Sie hat sich bestimmt gefragt, woher Sie das Foto haben."

„Möglich. Erzählen Sie mir doch bitte ein wenig von Lecanut, ja?"

„Nun ja, Delay und ich... Delay ist Christines Vater... Ich war sein Kompagnon, im Weinhandel. Wir drei haben uns beim Militär kennengelernt. Im Krieg waren wir in derselben Einheit, im selben Gefangenenlager in Deutschland, zu Anfang. Dann sind wir durch verschiedene Arbeitskommandos getrennt worden. Aber da verband uns schon eine enge Freundschaft. Nach der Befreiung dann haben wir uns wiedergetroffen. Lecanut schien nicht grade in Geld zu schwimmen. Wegen der gemeinsamen Zeit in der Gefangenschaft hat Delay ihn eingestellt. Als Vertreter und so."

„War er gut?"

„Aber ja! Und wir betrachteten ihn weniger als Angestellten. Mehr als Freund. Aber ich versteh immer noch nicht..."

„Kommt noch. Sie sprechen von ihm in der Vergangenheit. Ist ihm was passiert?"

„Nicht daß ich wüßte. Aber 52 oder 53 hat er unser Haus verlassen."

„Haben Sie ihn seitdem gesehen?"

„Nein. Er hat uns geschrieben, von Zeit zu Zeit. Aus der Provinz. Schien viel unterwegs zu sein. Das stand aber nicht in seinen Briefen. In seinen Briefen stand nur: mir geht's gut, hoffe von euch dasselbe. Na ja, die üblichen Höflichkeitsfloskeln von jemandem, der den Kontakt nicht völlig aufgeben, aber im Moment nicht viel dafür tun will. Aber..." Er weist mit dem starken Kinn auf das Foto. „… ich verstehe nicht…"

„Schreibt er Ihnen immer noch?"

„Seit zwei, drei Jahren haben wir nichts mehr von ihm gehört."

Inzwischen ist seine Frau näher an uns rangerückt. Er wendet sich an sie:

„Nicht wahr, Marthe?"

„Ja."

„Sie werden wohl auch nicht mehr von ihm hören", sage ich.

„Warum?"

„Weil er tot ist."

„Tot?"

„Ja. Vor kurzem. Lecanut war der Mann von der Achterbahn."

Das Ehepaar Montolieu stößt einen Schrei aus. Mehrere sogar. Versteh ich sehr gut.

„Aber… hören Sie mal", stößt Montolieu hervor. „Das ist doch nicht möglich!"

Er steht auf, geht gestikulierend im Salon auf und ab.

„Nicht möglich! Ich hab davon in der Zeitung gelesen. Ich wäre über seinen Namen gestolpert…"

„Er hatte mehrere. In den Zeitungen hieß er Lancelin."

Montolieu bleibt stehen und reibt sich die Nase.

„Stimmt. Und es gab kein Foto. Jedenfalls hab ich keins gesehen."

„Es konnte keins geben. Die Fotos von der Morgue eigneten sich nicht zur Veröffentlichung."

Madame schlägt wieder die Hände vors Gesicht.

„Dies hier", erkläre ich, „ist eine Rekonstruktion. Ich wollte ein Foto von dem Mann haben. Und wie Sie sehen: es hat was genützt!"

„Unglaublich… Er wollte Sie… Kapier ich nicht. Sie… Hatten Sie sich für ihn interessiert? Wegen…"

„Im Gegenteil. Er hat sich für mich interessiert. Er war kein Heiliger, müssen Sie wissen. Als er Ihr Geschäft verlassen hat… war das sein Wunsch, oder haben Sie ihn vor die Tür gesetzt?"

108

„Er ist auf eigenen Wunsch gegangen."

„Alleine oder mit der Kasse?"

„Ach! Deswegen wollten Sie wissen, ob wir ihn vor die Tür gesetzt haben? Wir hatten keinen Grund dazu. Er war immer anständig."

„Tja, nicht immer. Ihnen gegenüber vielleicht. Vor kurzem ist er in eine Sache verwickelt gewesen. Und vor dem Krieg ist er zwei- oder dreimal wegen Diebstahls verurteilt worden."

„Das wußten wir nicht."

„Ist aber so."

Nach ein paar Schritten zwischen den Möbeln des Salons stellt sich der Weinhändler vor mich hin.

„Und jetzt?" fragt er. „Was soll ich tun? Das hat uns grade noch gefehlt... bei den Sorgen, die wir haben... Meinen Sie, daß... soll ich zur Polizei gehen und ihnen sagen, daß dieser Lance... Lance... Wie war das noch?... Na ja, daß dieser Mann auf der Achterbahn... daß ich ihn kannte... unter dem Namen Lecanut? Roger Lecanut."

„Das wissen die schon."

Er fährt wieder auf.

„Daß ich ihn kannte?"

„Daß er Lecanut hieß. Wenn Sie ihn seit 52 oder 53 nicht mehr gesehen haben... glaub nicht, daß Ihre Aussage irgendwie nützlich sein kann. Ich an Ihrer Stelle würde mich nicht melden. Außer, wenn der Name Lecanut in der Zeitung steht. Dann müssen Sie sich melden. Bis jetzt ist das aber geheim. Oder wenn Sie Angaben über Lecanuts Bekannte machen können. Auch dann müssen Sie sich melden. Leute, die er während der Zeit hier gekannt hat und mit denen er in Verbindung geblieben ist. Das würde die Polizei nämlich interessieren."

„Warum denn?"

„Er war in eine große Sache verwickelt, die die Polizei gerne aufklären möchte."

Mehr will Montolieu nicht wissen. Er reibt sich wieder die Nase.

„Wirklich außergewöhnlich", sagt er dann. „Man meint,

jemand zu kennen. Aber in Wirklichkeit weiß man nichts von ihm. Merkwürdig! Wenn ich so recht drüber nachdenke... viel haben wir nie über ihn gewußt. Er war eher ein geheimnisvoller Mensch. Wen er kannte? Nun ja, ich muß sagen: ich weiß es nicht, offen gesagt. Außer denen, die mit ihm und mit uns arbeiteten..."

„Keine Frauengeschichten?"

„Oh, doch! Wie jeder. Er war nicht verheiratet. Einmal hat er mir eine junge Frau vorgestellt. Aber zu uns zum Essen kam er immer alleine."

Ich muß an Simone Blanchet denken, frag nach. Wie war der Name? Natürlich weiß er das nicht. Wie lange ist das jetzt her? Vielleicht sieben oder acht Jahre. Wie alt war die Frau? Ungefähr sein Alter. Hatte er sie bei der Arbeit kennengelernt? Arbeitete die Frau vielleicht auch in Bercy? Dabei habe ich immer Simone Blanchet im Hinterkopf. Nein, bestimmt keine, die in Bercy gearbeitet hat. Also vergessen wir Simone Blanchet.

„Nun", sage ich abschließend, „ich glaube nicht, daß das der Polizei von Nutzen sein kann. Wenn ich Sie wäre, würd ich mich da raushalten. Solange der Name Lecanut nicht in der Zeitung steht."

„Ich möchte keinen Ärger kriegen."

„Werden Sie auch nicht. A propos Ärger... kommen wir wieder zu Ihrem zurück... und zu meinem. Christine ist mit meinem Wagen abgehauen. Ich werde wohl den Flics Meldung machen müssen. Oh, haben Sie keine Angst", füge ich schnell hinzu, als ich Madame Montolieus aufgerissene Augen sehe. „Ich werde keine Anzeige erstatten. Niemand wird das Gesicht verlieren. Schließlich hat Ihre Tochter noch keine richtigen Dummheiten gemacht. Ein Skandal ist also nicht zu befürchten..."

Im Stillen denke ich: falls die Kleine nicht an den heimischen Herd von Bébert zurückkehrt. Aber auch das kann man vor Freunden und Bekannten geheimhalten.

Ich frage, ob ich mal telefonieren darf.

„Ah, da sind Sie ja", faucht Florimond Faroux.

„Ja. Gerade zur rechten Zeit, um Ihre Bulldoggenlaune zu vertreiben. Sie werden lachen, mein Lieber. Stellen Sie sich vor: man hat mir meinen Wagen gestohlen. Ein Witz..."

„Ich weiß", unterbricht er mich schroff.

„Ach! Und da wird immer gesagt, die Polizei tauge nichts."

„Ein junges Mädchen. Ohne Papiere. Weigert sich, ihren Namen zu sagen. Sehr geheimnisvoll. Man ist hinter Ihnen her. Hätte gern 'n paar Erklärungen. Gehen Sie in die Rue du Rendez-Vous. Sie kennen ja den Weg. Ich rate Ihnen dringend, gehen Sie hin!"

„Sofort."

„Moment. Hab grade fünf Minuten Zeit. Lange kein Märchen mehr gehört. Fehlt mir richtig. Also, worum geht's diesmal?"

„Kein Märchen, kein Geheimnis. Nur 'ne ganz einfache Erklärung." Ich halte die Hand vor die Sprechmuschel und wende mich an Montolieu: „Die Polizei hat Wagen und Fahrerin gefunden. Kann ich die Wahrheit sagen?"

„Tun Sie, was Sie für richtig halten", seufzt er.

„Mein Gott!" stöhnt die Frau. „Hoffentlich hat sie nichts angestellt!"

„Würd mich wundern. In so kurzer Zeit... Hallo?" wende ich mich wieder an Faroux.

„Ist das Lügenmärchen fertiggestrickt?" lacht Faroux.

„Nein. Deswegen erzähl ich Ihnen jetzt, wie's wirklich ist: das junge Mädchen heißt Christine Delay. Bin gerade bei ihren Eltern. Die hatten mich beauftragt, ihre Tochter zu suchen. Ich hab sie gefunden, aber sie ist mir durch die Lappen gegangen... am Steuer meines Wagens. Sie ist jetzt auf dem Revier? Wie kam das?"

„Sie hatte einen Unfall. Sie müssen einen Kotflügel ausbeulen lassen, Burma. Scheint nicht so richtig gewußt zu haben, was sie machte. Hat ein anderes Auto gerammt. Place de la Nation. Wollte wohl abhaun. Keine Papiere, kein Führerschein, nichts. Der Kollege hat sie mitgenommen in die Rue du Rendez-Vous. Anhand des Nummernschildes ist dann der Halter des Fahrzeugs ermittelt worden. An Ihren Namen konnten die sich natürlich noch erinnern. Kam ihnen ziemlich komisch vor, diese merkwürdigen Zwischenfälle mit Ihnen... Deswegen bin ich benachrichtigt worden. So. Und jetzt gehen Sie schleunigst hin und erklären das den Flics."

„Schon unterwegs."

„Noch was. Steht das in irgendeinem Zusammenhang mit..."

„In keinem."

Ich lege auf und erzähle den Montolieus, was ich soeben gehört habe. Dann schlage ich ihm vor, mit mir zu kommen und Christine abzuholen. Das verstehe sich doch von selbst. Darauf wäre er auch ohne meinen Vorschlag gekommen. Auch seine Frau will mit. Zieht sich nur noch 'n leichten Mantel über.

Ich nutze die Zeit für ein Telefongespräch mit dem Kommissariat der Rue du Rendez-Vous. Nicht um dem Empfangskomitee Zeit zu geben, die Knüppel zur Hand zu nehmen. Möchte nur wissen, ob der Chef da ist. Lieber hätte ich's mit dem Lieben Gott zu tun. Mit dem würde ich besser fertig als mit diesen Heiligen. Der Kommissar ist tatsächlich zu sprechen. Ich teile ihm mit, daß Faroux mich angerufen hat und daß ich zusammen mit den Eltern des Mädchens aufs Revier komme, um alles zu klären.

„Also, gehen wir", sagt Montolieu.

Von der Garage aus geht's auf eine kleine Nebenstraße der Avenue de Saint-Mandé. Auf zum Rendezvous in die Straße desselben Namens!

* * *

Der Wagen mit dem verbeulten Kotflügel gehört mir. Christine sitzt im Revier auf der Sünder-Bank, Beine übereinandergeschlagen, Blick abwesend. Der jüngste der anwesenden Flics schielt auf ihre Beine. Madame Montolieu stürzt sich auf ihre Tochter, erstickt sie mit ihren Umarmungen. Der Weinhändler und ich erklären dem Kommissar die Situation. Die gesellschaftliche Stellung von Montolieu macht einen hervorragenden Eindruck. Färbt auch ein bißchen auf mich ab. Hab ich bitter nötig.

Mein Ruf hier ist etwas lädiert. Vorsichtig ausgedrückt. Schließlich kommt alles wieder ins Lot. Christine kehrt in den Schoß der Familie zurück, und ich darf frei verfügen über mich und meinen Dugat. Kopfschüttelnd blickt der Kommissar uns nach. Denkt bestimmt, daß es kein Wunder ist, wenn dieses Mädchen sich wie 'ne Besoffene aufführt. Bei einem Weinhändler als Stiefvater!

* * *

„Mein armes Mädchen! Mein böses kleines Mädchen!" jammert Mutter Montolieu vorwurfsvoll.

Das böse kleine Mädchen sitzt trotzig im Salon, aufrecht, die Brüste wie Pfeile unter ihrer Hemdbluse. Ihre ganze Haltung drückt aus: „Ihr habt mich wieder eingefangen, aber ich hau wieder ab!" Und wenn ihr Blick zufällig auf mich fällt, lese ich darin Worte, die sie von Bébert gelernt haben muß.

„Wie konntest du nur einfach so weggehen?" jammert die Mutter weiter. Ihr rückblickender Kummer läßt sie meine Anwesenheit vergessen. „Hast du es nicht gut hier? Dir fehlt doch nichts! Warum machst du mir solche Sorgen?"

„Ich bitte dich, Mama!"

Mama drückt das Mädchen in einem Anflug von Leidenschaft an sich. Plötzlich verliert die Kleine die Nerven. Sie fängt an zu heulen, als wär sie zehn Jahre oder noch jünger.

„Oh, Mama! Meine liebe kleine Mama…"

Montolieu verbirgt seine Verlegenheit oder Rührung hinter einem kurzen Räuspern. Er geht zu den beiden Frauen. Gleich heult er auch noch los. Die Wiedersehensfreude der Heiligen Familie. Aber das idyllische Bild ist nicht von Dauer. Christine richtet sich auf. Tränenüberströmtes Gesicht, zitternder Körper. Sie stampft mit dem Fuß auf.

„Komm, Mama, komm", sagt sie. „Ich möchte ins Bett… Ich bin müde. Komm, Mama…"

Sie gehen langsam hinaus, stützen sich gegenseitig. Charles Montolieu räuspert sich wieder kurz, reibt sich die Nase, sieht mich an, zuckt die Achseln.

„Ein Stiefvater ist kein Vater", sagt er, als wär das 'ne ganz neue Erkenntnis.

Ich nicke höflich.

„Hier."

Er nimmt das Geld vom Tisch, das ich ihm eben gegeben habe.

„Nehmen Sie das..."

„Das kann ich nicht annehmen", sage ich. „Ich habe Christine rein zufällig gefunden."

„Mag sein. Aber sie hat Ihr Auto beschädigt. Nehmen Sie."

Ich nehme das Geld. Da wir uns wirklich nichts mehr zu sagen haben und mich genausowenig an diesem zurechtgeflickten heimischen Herd hält, verabschiede ich mich.

11

Königin Christine

Mich hält wirklich nichts mehr in diesem Haus. Aber mein Instinkt rät mir, noch nicht wegzufahren, sondern es zu überwachen. Ich setze mich in meinen Wagen. Den hab ich ja schneller und in besserem Zustand wiedergekriegt, als ich gehofft hatte. Der zerbeulte Kotflügel zählt nicht. Ich fahre los. Aber nicht weg. Biege in die Rue de la Voûte ein, beschreibe einen Bogen und kehre beinahe zu meinem Ausgangspunkt zurück.

Die Nacht ist endgültig hereingebrochen. Ellbogen auf das Lenkrad gestützt, Pfeife im Mund, beobachte ich das Haus des Weinhändlers. Ab und zu tauchen in den erleuchteten Fenstern die Umrisse von Personen auf.

Vielleicht warte ich hier für die Katz. Aber im Moment hab ich sowieso nichts Besseres zu tun. Warten und Denken. An Christine, zum Beispiel. Sie ist wie Quecksilber. Weder Mutter noch Stiefvater können sie halten. Hab das Gefühl, daß ihr das Haus unerträglich ist. Würd mich nicht wundern, wenn sie noch heute nacht wieder abhaut. Und genau darauf warte ich. Mit beschränkter Hoffnung allerdings. Denn nach der soeben beendeten Flucht könnten die Eltern ihr Schätzchen vielleicht im Zimmer einschließen. Aber sie können die Kleine nicht ständig an die Kette legen. Würde an Freiheitsberaubung grenzen. Irgendwann wird Christine ihr hübsches Näschen wieder in den Wind halten...

Die Zeit vergeht. Eine provinzielle Stille liegt über dem Viertel. Nur der Autolärm von der breiten Avenue de Saint-Mandé stört den Frieden. Gerade um diese Zeit rasen die Autos, als wär's 'ne Autobahn.

Ich schrecke hoch. Das eiserne Garagentor der Montolieus ist geöffnet worden. Die Limousine fährt heraus, Montolieu selbst steigt aus und schließt das Garagentor. Laut. Ohne sich um den Lärm zu kümmern, den er verursacht. Einer, der wütend ist und es auch zeigt. Kein Ehemann, der heimlich zur Geliebten fährt. Er steigt wieder in den Wagen und fährt weg. Ich lasse den Zündschlüssel wieder los, den ich automatisch angefaßt habe. Charles Montolieu wird irgendwo was trinken gehen oder einfach nur so rumfahren, um sich zu beruhigen. Hat sich bestimmt mit seiner Frau wegen der Stieftochter in die Wolle gekriegt.

Die Zeit verstreicht langsam. Bei Familie Montolieu brennt kein Licht mehr. Die ganze Straße liegt in tiefem Schlaf und ... Nein! Nicht die ganze Straße. Durch das Törchen neben der Garagentür schlüpft ein Schatten. Anmutiger Gang, sinnlich, aufregend. Man kann sich gar nicht satt sehen. Kein Zweifel. Ich starte. Schnell bin ich neben ihr. Bei dem Motorengeräusch ist sie ängstlich stehengeblieben. Ich beuge mich hinaus und zische:

„He! Chris!"

Sie weicht zurück, die Hand auf dem Mund.

„Psst!" sage ich leise. „Schreien Sie um Gottes willen nicht. Sonst wird Ihr Verschwinden sofort bemerkt."

Sie reißt die Augen auf.

„Ich hab auf Sie gewartet", erkläre ich. „Hab geahnt, daß Sie gleich wieder weg wollten. Steigen Sie ein, und sagen Sie mir, wohin ich Sie bringen soll."

Christine rührt sich nicht. Ihre Augen bekommen wieder Normalgröße.

„Das ist nicht wahr", sagt sie leise. „Sie spionieren mir nach. Erst sollten Sie mich wiederfinden und..."

Jetzt setze ich mein verführerischstes Lächeln auf.

„Genau deswegen will ich Ihnen Ihre Flucht erleichtern. Dann kann ich Sie wieder suchen. Und jedesmal werd ich neu bezahlt. Sie sehen, ein Karussell, das Gewinn abwirft für mich."

Ihr Gesichtsausdruck wird etwas heiterer. Sie rührt sich aber immer noch nicht vom Fleck.

„Hören Sie, meine Liebe. Vergessen wir, was heute nachmittag passiert ist. Hab mich wirklich auf Sie gestürzt, als wollte ich

Sie fressen. Entschuldigen Sie. Nicht daß Sie nicht zum Anbeißen wären... Dieses Foto hat uns beide überrascht. Aber von mir haben Sie nichts zu befürchten. Vielleicht geht das in Ihren hübschen kleinen Kopf rein. Steigen Sie ein. Dann können wir alles in Ruhe klären."

Kein Ton. Keine Bewegung.

„Verdammt! Denken Sie doch mal nach! Wenn ich bezahlt würde, um Sie vom Abhaun abzuhalten, würd ich Ihnen dann 'ne Rede halten? Ich würde Sie am Arm schnappen, und in Nullkommanix säßen Sie wieder im Salon."

Sie seufzt nur.

„Vielleicht wissen Sie's nicht: Ihr Stiefvater ist eben weggefahren."

„Weiß ich."

„Er kann jeden Augenblick um die Ecke biegen. Wenn er uns hier auf der Straße zusammen sieht... wär peinlich für alle Beteiligten. Und dann wird er Sie in Ihrem Zimmer einsperren."

Das Argument überzeugt sie. Sie setzt sich neben mich. Sie weiß zwar nicht, was ich mit ihr vorhabe. Aber offensichtlich zieht sie meine Gesellschaft der ihres Stiefvaters noch vor. Ich fahre los. Das Geflüster hat meine Stimmbänder beansprucht. Ich räuspere mich. In normalem Tonfall frage ich:

„Wo möchten Sie hin?"

„Nirgendwohin."

„Kein bestimmtes Ziel?"

„Weg. Mehr nicht."

„Na schön, dann fahren wir etwas spazieren. In Ordnung?"

Keine Antwort. Also in Ordnung. Wir fahren über die breiten Verkehrsadern des 12. Arrondissements.

„Ich wollte mit Ihnen reden", sage ich. „Ihre Eltern mochte ich nicht fragen, als wir vom Kommissariat zurück waren. Erstens war's nicht der richtige Augenblick. Und zweitens soll das unter uns bleiben. Sie gefallen mir, Chris. Sie sind hinreißend, sympathisch..."

Sie lächelt kokett.

„Oh, Sie sind in mich verliebt?"

Ist das ein Biest!

„Das will ich nicht abstreiten. Aber ich will auch nicht behaupten, daß ich nur auf Sie gewartet habe, um Ihnen den Hof zu machen. Im Augenblick wollte ich nur ein wenig mit Ihnen plaudern. Hab den Eindruck, daß Sie Ärger haben. Und weil ich Sie mag, möchte ich was für Sie tun. Also... Was ist los in dem Haus, daß Sie immer abhaun müssen?"

„Ich ersticke."

„Schon länger?"

„Schon immer, glaub ich. Aber vor allem in letzter Zeit."

„Warum?"

„Weiß ich nicht. Als hätte ich Angst..."

„Angst? Wovor? Vor Lecanut?"

Chronologisch kann das nicht stimmen. Sie ist von zu Hause abgehaun, bevor Lecanut nach Paris zurückkam. Aber die Frage hat denselben Effekt wie das Foto heute nachmittag.

„Oh nein!" ruft sie. „Warum sollte ich vor Monsieur Lecanut Angst haben? Damals vielleicht. Hat mir nie gefallen. Wahrscheinlich hab ich sein Gesicht deshalb so gut vor Augen. Aber heute... kein Grund, vor ihm Angst zu haben."

„Warum?"

„Weil wir uns seit mehreren Jahren nicht mehr gesehen haben."

„Aber sein Foto hat Sie heute nachmittag erstarren lassen."

„Weil ich an meinen Stiefvater denken mußte. So was nennt man eine Gedankenassoziation."

„Erklären Sie das mal", bitte ich. „Und zur Belohnung erzähl ich Ihnen 'ne Geschichte. Mögen Sie Kriminalromane? Ich hab einen für Sie auf Lager. Aber erst müssen Sie mir Ihr Verhalten in dem Waggon erklären... und warum Sie bei diesem Bébert geblieben sind – wenn auch nur für'n paar Tage."

„Sie mögen ihn nicht, hm?"

„Nicht besonders, nein."

„Wissen Sie, er ist kein schlechter Kerl."

„Doch. Aber man merkt's nicht sofort, weil er zusätzlich auch noch blöd ist."

„Sie mögen ihn nicht", wiederholt sie achselzuckend. „Wenn man jemanden nicht mag, ist das genauso, als wenn man jemanden liebt. Man weiß nicht, warum. Man tut's instinktiv. Aber manchmal merkt man später, warum das gar nicht so falsch war."

„Genug philosophiert. Zur Sache", unterbreche ich die Klugscheißerin.

„Na ja", sagt sie; plötzlich hat sie Vertrauen, oder sie will ihr Herz ausschütten. „Ich bin von zu Hause weggelaufen und wollte nicht, daß man mich wiederfindet. Deswegen bin ich nicht zu irgendwelchen Freunden gegangen. Wußte nicht, was ich machen sollte. Völlig durcheinander. Auf der *Foire du Trône* wollte ich mich zerstreuen. Letztes Jahr war ich fast jeden Tag da. Aber dieses Jahr war's das erste Mal. Na ja, da hab ich die... äh... diesen Albert getroffen..."

Das deckt sich mit dem, was der Halbstarke mir erzählt hat. Zögernd fügt sie hinzu:

„Sie... Sie werden jetzt sicher schlecht von mir denken, nicht wahr?"

„Ich denke überhaupt nichts."

„Hm... Also, ich hab mir gesagt: bei Albert bist du in... äh... Sicherheit. Hier wird dich niemand suchen."

„Wie im Film, hm? Brachte 'n bißchen Abwechslung in den bürgerlichen Alltag."

„Vielleicht. Und außerdem war er sehr nett, dieser Albert..."

„Bitte! Verschonen Sie mich mit Einzelheiten. Und als ich in den Waggon gekommen bin?"

„Erst hab ich überhaupt nichts kapiert. Dann dachte ich, ich würde was kapieren. Aber wahrscheinlich hab ich immer noch nichts kapiert. Und als Sie sagten, Sie seien Privatdetektiv, dachte ich, Sie kämen von meinen Eltern. Dann haben Sie das Foto gezeigt. Ich war mir ganz sicher. Ein Foto von Monsieur Lecanut, einem Freund unserer Familie... Kein Zweifel: Sie kamen von meinen Eltern. Ich verstand zwar Ihre Komödie nicht so ganz, aber für mich stand fest, daß Sie mich gesucht hatten. Jetzt würde es wieder zurück nach Hause gehen. Ich hab den Kopf verloren und... äh... na ja... Ihr Auto geklaut. Entschuldigen Sie, M'sieur."

„Vergessen Sie's."

„Als ich wegfuhr, ist mir erst aufgefallen, wie blöd ich mich benommen hatte. Ich war ganz weggetreten, und da hab ich ein Auto gerammt."

„Und den Flics wollten Sie Ihren Namen nicht verraten."

„Nein."

„Immer noch aus demselben Grund? Damit man Sie nicht nach Hause bringen konnte?"

„Ja. Lieber wär ich ins Gefängnis gegangen."

„Weil Sie sich da sicher gefühlt hätten, nicht wahr? Wie im Güterwaggon."

„So ähnlich, ja."

„Hören Sie, Chris", sage ich ernst. „Ich hab Ihnen die Frage eben schon mal gestellt. Und Sie haben auch schon geantwortet. Aber ich frag nochmal: was ist los in diesem Haus, daß Sie lieber in einem Güterwaggon sind oder sogar im Gefängnis?"

„Ich hab dort Angst."

„Aber wovor? Vor wem?"

„Weiß ich nicht. Instinktiv. Mein Gott! Ich weiß es nicht..."

Plötzlich bricht sie in Schluchzen aus. Ich beruhige sie, so gut ich kann. Dann fahre ich fort:

„Mir ist gesagt worden, Sie seien eigenwillig und leichtsinnig. Aber ich glaube, Sie sind vor allem übersensibel. Bei Ihnen wirkt ein Trauma nach, manchmal mehr, manchmal weniger. Der Ursprung liegt Jahre zurück. Ich kenne diesen Ursprung, die Ursache des Traumas. Monsieur Montolieu ist Ihr Stiefvater. Ein Stiefvater ist kein Vater. Hat er selbst gesagt. Sie lieben ihn nicht, Chris. Sie haben Angst vor ihm."

„Meinen Sie?"

„Ich bin sicher."

„Aber ich habe gar keinen Grund, Angst vor ihm zu haben."

„Unbewußt. Er hat den Platz Ihres Vaters eingenommen, an der Seite Ihrer Mutter. Würd mich wundern, wenn Sie ihn lieben."

„Sie haben recht", gesteht sie. „Ich liebe ihn nicht."

„Und von da bis zur Angst ist es nur ein kleiner Schritt. Wie alt waren Sie, als Ihre Mutter wieder geheiratet hat?"

„Das war vor drei Jahren. Ich war siebzehn. Als Papa starb, war ich kaum fünfzehn."

„Sie liebten ihn sehr, Ihren Vater?"

„Oh, ja", sagt sie mit versagender Stimme. „Er war ein schlechter Mensch, aber ich habe ihn geliebt."

„Ein schlechter Mensch?"

„Mama hat oft geweint wegen ihm. Und eines Tages hatte sie genug..."

Genug? Ich sehe Christine ungläubig an. Sollte... Also, keine Witze, hm? Nicht noch mehr Geheimnisse. Sonst verlier ich den Überblick. Verlogen soll die Kleine auch sein... Vielleicht will sie mir jetzt erzählen, daß ihre Mama sich den Mann vom Hals geschafft hat, der sie so traurig gemacht hat!

„Genug? Wie meinen Sie das?"

„Na ja, sie hat sich einen Liebhaber genommen."

Uff! Ich atme tief durch. Einen Liebhaber. Also nichts Ernstes. Die übliche Ablenkung. Wird sogar empfohlen.

„Aber auch mein Stiefvater hat Mama oft zum Weinen gebracht", fährt Christine fort. „Aus denselben Gründen. Andere Frauen..."

Sehr schön. Delay und Montolieu teilten nicht nur die Liebe zum Wein, sondern auch die zu Röcken. Wer sich ähnlich ist, tut sich zusammen. Aber worüber beklagt sich die Ex-Witwe? Die Gründe für ihre Heirat mit Montolieu waren doch sicher kommerzieller Natur.

„Ihm verzeihe ich das aber nicht", fährt mein Fahrgast fort. „Ich würde ihn gerne überführen. Aber das ist unmöglich."

Fehlt nur noch, daß sie mich engagieren will, Beweise für das Lotterleben des Herrn Stief-Papa zu liefern!

„Er hält sein Spiel geheim. Oder besser gesagt: er hält seine Geliebte geheim. Oder seine Geliebten. Darin ist er sehr geschickt. Schon als Papa noch lebte, wußte niemand... und auch Papa wußte nicht..."

Sie schweigt.

„Was wußte er nicht?" hake ich nach.

„Sie haben erst vor drei Jahren geheiratet... aber so lange haben sie... nicht gewartet... Ja, schon als Papa noch lebte... Ich war noch ganz klein... begriff nichts... aber später, als ich älter wurde, verstand ich... Und auch darum bin ich ihm böse. Ich hasse ihn!"

Sie schlägt die Hände vors Gesicht und schluchzt. Wie Mama.

„Arme Mama!... Meine liebe Mama... ich liebe sie... liebe sie... so sehr..."

Ich laß das Mädchen ein wenig schluchzen. Dann:

„Wenn Sie Ihre Mutter so sehr lieben, dann müssen Sie auch konsequent sein und Sie nicht zusätzlich noch zum Weinen bringen. Aber vielleicht ist das zuviel verlangt. Meinen Sie, Ihre Ausflüge machen ihr Spaß? Meinen Sie, sie ist glücklich, wenn sie gleich oder morgen früh in Ihr Zimmer kommt und feststellen muß, daß Ihr Bett leer ist?"

„Mein Gott! Was soll ich denn tun? Ich habe Angst, wirklich."

„Dummes Zeug! Seien Sie vernünftig, verdammt nochmal! Sie haben keinen Grund, Angst zu haben. Ihnen kann nichts passieren. Es sei denn, Sie spielen weiter verrückt. Auch die Geduld Ihrer Mutter ist irgendwann mal erschöpft. Und dann wird sie, zusammen mit ihrem Mann, Maßnahmen ergreifen. Oder sind Sie schon volljährig?"

„Nein. Erst in fünf Wochen. In fünf Wochen werde ich herrschen!"

Ihre Stimme klingt seltsam erregt. Ich sehe sie an. Nicht nur die Stimme. Auch das Gesicht hat sich verändert. Etwas bekloppt muß sie tatsächlich sein. Das, was sie mir soeben erzählt hat, ist wohl mit Vorsicht zu genießen. Dichtung und Wahrheit. Soll nicht meine Sorge sein. Ich hab andre.

„Genau", sage ich lächelnd. „Herrschen. Wie eine Königin. Königin Christine. Aber bis es soweit ist, rate ich Ihnen folgendes: Sie gehen jetzt schön brav nach Hause, ins Bett. Sie haben nichts zu befürchten. Sollte etwas sein – aber, zum Teufel, ich

122

frage mich, was sein sollte –, hier meine Karte mit Adresse und Telefon. Und hier noch zwei weitere Telefonnummern. Von meinen Mitarbeitern. Müßte schon mit dem Teufel zugehen, wenn Sie keinen erreichen können, wenn Sie einen erreichen wollen. Aber ich bin sicher, Sie werden keinen von uns brauchen. Nur zu Ihrer Beruhigung. Das ist das einzige, was Sie brauchen."

„Vielen, vielen Dank", sagt sie mit übertriebener Dankbarkeit.

Ja, so ist sie. Neigt zu Übertreibungen.

„Gut. Fahren wir zurück in die Avenue de Saint-Mandé?"

„Ja."

„O.K.! Und jetzt, mein liebes Fräulein, weil Sie so brav und vernünftig waren und soviel Vertrauen zu mir hatten, hier die Belohnung. Die versprochene Kriminalgeschichte. Eventuell werden Sie davon Alpträume kriegen. Aber bestimmte Dinge sollten Sie wissen."

Ich erzähle ihr nicht alles. Nur daß Lecanut ein Gangster war, welche Schweinerei er mit mir vorhatte und warum ich sein Foto habe.

„Großer Gott!" ruft sie. „Sehen Sie. Der Kerl hat mir nie gefallen... Er machte mir Angst... ohne daß ich wußte, warum..."

„Ja, ja. Seit wann haben Sie ihn nicht mehr gesehen?"

„Hab ich Ihnen doch schon gesagt. Seit mehreren Jahren. Seit er die Stellung in der Weinhandlung aufgegeben hat. Ungefähr ein Jahr nach Papas Tod."

„Wer war enger mit Lecanut befreundet: Ihr Vater oder Ihr Stiefvater?"

„Monsieur Lecanut war mit beiden gleich gut befreundet."

Ich versuche, ihr noch weitere Würmer aus der Nase zu ziehen. Aber mehr weiß sie nicht über Lecanut. Kein Wunder. Ich erfahre nichts Neues.

An der Kreuzung Saint-Mandé – Michel-Bizot biege ich in die Rue de la Voûte ein, beschreibe denselben Bogen wie eben und halte in einiger Entfernung vor dem Haus des Weinhändlers. Immer noch alles ruhig und friedlich.

„So, Mademoiselle Delay", sage ich. „Weiter bringe ich Sie nicht. Und jetzt bitte direkt nach Hause."

Sie steigt aus.

„Vielen Dank. Sie... Sie sind prima, M'sieur. Jetzt geht's mir viel besser."

Sie gibt mir die Hand. Eine zarte, schöne Hand.

„Sagen alle! Gute Nacht, Mademoiselle Delay..." Ich muß lachen. „... Delay! Komischer Name für einen Weinhändler, finden Sie nicht?"

Sie lächelt.

„Oh ja. Aber... ich will Sie nicht ärgern, vor allem nicht beim Verabschieden. Aber der Witz ist nicht neu, wissen Sie..."

„Dachte ich mir. Ich glaub, ich selbst hab ihn auch schon mal gemacht."

Sie entzieht mir ihre Hand, beugt sich zu mir runter.

„Gute Nacht", sagt sie. Wie gehaucht.

„Gute Nacht, Chris."

Da geht sie hin. Ich sehe ihr nach. Sie eilt auf ihr Haus zu, hüpft leichtfüßig über das trübe Rinnsteinwasser. Ein hübscher Käfer, der Angst hat. Vielleicht doch nicht ohne Grund. Uneingestanden, aber deswegen nicht weniger konkret. Warum sollte dieser Schürzenjäger Montolieu schließlich gegen die verführerischen Reize seiner Stieftochter immun sein? Jung und schön. Schön und gut. Plötzlich dreht sich alles bei mir. Ich versinke in einem unwirklichen Gefühl. Wie in einem Traum. Als hätte ich alles schon mal gesehen, gehört, erlebt. *Déjà-vu*. Delay... Weinhändler... Christine... wie in einem Traum. Bin wohl das Spielzeug dieses Momentangedächtnisses. Kann vorkommen, wenn man nicht ganz in Form ist. Dieses Gefühl hatte ich neulich schon mal, unter dem Eisengerüst der Achterbahn, als die beiden Flics in Zivil auftauchten. Wie 'ne Art Projektion. Ich sah nämlich nicht Garbois und seinen Kollegen, sondern Grégoire und mich, an der Gare de Lyon, mitten unter den Reisenden. Und in diesem Moment hatte sich meine Theorie über Lancelin zu bilden begonnen. Unbewußt natürlich. Nur eine einfache Projektion...?

12

Im Rebensaft

Ich fahre zum Schlafen ins Büro. Dabei bin ich aufgekratzt wie kein zweiter. Schlaf werde ich bestimmt nicht finden. Aber wenigstens ausruhen muß ich mich. Schließlich bin ich nicht der Eiserne Heinrich. Die Prügel von gestern abend stecken mir immer noch in den Knochen. Und die Arbeit fängt erst an! Also muß ich schlafen. Wenn's sein muß, mit 'nem halben Röhrchen Schlaftabletten. Es muß sein.

* * *

Das Telefon weckt mich. Auf meiner Uhr ist es kurz nach elf. Ich nehme den Hörer ab und gähne in den Apparat.

„Hier Faroux!" dröhnt es am anderen Ende. Als wollte er mich vom Quai des Orfèvres aus fressen; mich, das Telefon und die Zehnkilometerleitung. „Schlafen Sie noch? Dann wecke ich Sie jetzt. Hören Sie! Ich will nicht die letzten Steuergroschen verschleudern, um alle Nase lang zwei Leute bei Ihnen vorbeizuschicken. Und vorladen will ich Sie auch nicht. Könnte sein, daß Sie gar nicht reagieren. Also telefoniere ich…"

„Hab ich begriffen. Aber Ihre ellenlange Einleitung, die versteh ich nicht."

„Offensichtlich nicht das einzige, was Sie nicht kapieren. Zum Beispiel haben Sie nicht kapiert, daß Sie sich erstens raushalten und zweitens bei mir melden sollen, wenn Sie sich schon nicht raushalten."

„Was hab ich denn jetzt schon wieder gemacht?"

„Was Sie besser nicht gemacht hätten. Sie haben einen Zeugen ausgegraben, der Lecanut gekannt hat. Und nicht nur, daß Sie nicht Bescheid gesagt haben…"

„Keine Zeit.“

„Schnauze! Keine Zeit! Daß ich nicht lache! Sie haben dem Zeugen sogar geraten, nicht zur Polizei zu gehen. Jetzt erzählen Sie mir nicht, Sie wollten uns überraschen. Zum Glück denkt dieser Mann staatsbürgerlicher als Sie. Seine Aussage war zwar 'n Dreck wert, aber immerhin... er ist zu uns gekommen. Sie wissen doch, von wem ich spreche, hm?“

Ich seufze ergeben.

„Von einem Weinfritzen namens Charles Montolieu, stimmt's?“

„Ganz genau. Hört sich an, als langweile ich Sie.“

„Überhaupt nicht. Müßte schon schlimmer kommen.“

„Sie haben so komisch geseufzt. Gefiel mir gar nicht.“

„Hab 'n Kater. Der hat miaut. Gibt's jetzt 'n Seufzererlaß von der Tour Pointue...? Herrgott nochmal! Was soll das denn mit dem Zeugen, der keiner ist und deshalb besser die Schnauze halten sollte? Sie haben selbst gesagt, daß seine Aussage...“

„Seine Aussage, ja. Aber er hat uns auf Leute aufmerksam gemacht, die Lecanut während seiner Zeit in Bercy gekannt hatte und die eventuell noch mit ihm in Verbindung standen.“

„Ach, wissen Sie, die Leute, mit denen er gearbeitet hat...“

„Ihre Meinung ist mir scheißegal. Deswegen ruf ich nicht an. Ich ruf an, um Sie anzuschnauzen und nochmal dran zu erinnern, daß Sie hübsch brav sein sollen. Was ich hiermit getan hab. Salut!“

Er knallt den Hörer auf die Gabel. Ich geh etwas zarter mit dem Apparat um. Was du nicht willst, das man dir tu... Ich fühl mich zum Kotzen. Daß man zum Rasieren auch immer in den Spiegel sehen muß! Ich mach 'ne Grimasse.

„Salut, Bébert“, begrüße ich mich. „Du hier?“

Es gibt Tage, an denen sehe ich genauso schlau aus wie er.

Kaum bin ich mit dem Rasieren fertig, da klingelt das Telefon wieder. Am anderen Ende stottert der Weinhändler in die Muschel:

„War nicht ganz fair von mir. Ich hätte Sie davon unterrichten müssen, daß ich Ihrem Rat, mich still zu verhalten, nicht gefolgt bin. Hab drüber nachgedacht, und heute morgen...“

„Ich weiß. Sie sind zur Polizei gegangen und haben den Flics erzählt, daß Sie Lecanut gekannt haben. Kommissar Faroux hat mich grade angeschissen."

„Tut mir leid, aber... Sie müssen meine Situation verstehen..."

„Aber natürlich. Die Pflicht als Staatsbürger. Reden wir nicht mehr drüber."

„Sind Sie verärgert?"

„Aber nein. Nur reden will ich nicht mehr drüber. Doch, ein Wort noch. Sie haben also Kommissar Faroux Angaben über Personen gemacht, die Lecanut gekannt hatte. Warum haben Sie mir nichts davon erzählt? Ich interessiere mich nämlich auch dafür..."

„Aber, hören Sie mal!" entrüstet Montolieu sich. „Wir haben doch darüber gesprochen, gestern. Wenn Sie mich nach Namen gefragt hätten, hätte ich sie Ihnen genannt."

„Stimmt auch wieder. Entschuldigung. Hab 'ne Stinkwut. Kommt von dem Anschiß."

„Schon gut. Aber sagen Sie mal... Was soll dieses Theater um Lecanut? Die Leute bei der Kripo sehen so aufgeregt aus... Sicher, er hat versucht, Sie umzubringen..."

„Reicht das nicht? Aber Sie haben recht. Da ist noch was anderes. Haben die Flics nichts gesagt?"

„Nein."

„Dann muß ich mich auch zurückhalten. Berufsgeheimnis. Davon mal abgesehen... Wie geht's Christine?"

„Ausgezeichnet. Vielen Dank."

„Sie mag Sie nicht, stimmt's?"

„Hm... tja... Sie sind 'n Schnellmerker, Monsieur Burma."
Der übliche Quatsch, aber mit 'nem Schuß Wut im Bauch und in der Stimme.

„Nicht immer, Monsieur Montolieu. Darüber hab ich gerade nachgedacht, als Sie anriefen. Und ich war gar nicht stolz auf mich. Um auf Christine zurückzukommen: Sie sollten sie zu Freunden oder Verwandten in die Provinz schicken. Zu Freunden oder Verwandten Ihrer Stieftochter. Sonst haut sie wieder ab, und Sie müssen ihr wieder nachlaufen. Die physische Anwesenheit ihres Stiefvaters ist ihr unerträglich."

„Also, ich muß schon sagen…"

In seiner Stimme liegt jetzt offener Zorn.

„Entschuldigen Sie. Die Anschnauzerei von eben stößt mir immer noch auf."

Er wird wieder sanfter.

„Tut mir leid", sagt er. „Das ist alles meine Schuld. Und Christine… Ja, Sie haben recht… Ich bin sehr unglücklich darüber…"

„Grüßen Sie sie von mir. Sagen Sie ihr, wenn ich mal in der Gegend bin…"

„Sie sind bei uns immer herzlich willkommen, Monsieur Burma."

Wir legen auf. Ich stopfe mir eine Pfeife, zünde sie an, gieß mir ein Glas ein, als Frühstück, und lege mich hin. Ich rauche, trinke, denke nach. Ich meinte, irgendetwas zu haben. Aber das stimmt alles hinten und vorne nicht. Ich schnappe mir das Telefon.

„Hallo! *Compagnie Taxito?*"

„Ja, Monsieur", antwortet eine piepsige Jungenstimme.

„Hier Agentur Fiat Lux, Rue des Petits-Champs. Ich möchte einen Wagen. Die 7501."

„Moment… 7501… ist gerade unterwegs, Monsieur. Aber wir können…"

„Nein, ich warte lieber. Wann kommt der Wagen zurück?"

„Jeden Augenblick."

„Gut. Schicken Sie ihn mir, sobald wie möglich. Nochmal die Adresse: Rue des Petits-Champs, Agentur Fiat Lux, Nachforschungen, Beschattungen."

„O.k., Inspektor."

„Und keine Dummheiten, ja? Die 7501. Wagen und Fahrer."

„Den Wagen oder den Fahrer?"

„Gehören die nicht zusammen?"

„Tja… heute ist der Stammfahrer von 7501 nämlich nicht da."

„Ist ihm was passiert?"

„Nein. Er ist nicht da, mehr nicht."

„Ach so, verstehe. Sein freier Tag."

„Nein, M'sieur. Ist einfach weggeblieben."

„Ach! Na schön... Sag mal, mein Junge... Hat mir verdammt gut gefallen, dein ‚O.k., Inspektor'. Wirklich prima! Kriminalfilm- und -roman-Fan, *Mystère-Magazine*, *Suspense* und den ganzen Kram, hm?"

„Klar", sagt er lässig.

O.k.!, wie er sagt. Mit dem kann ich offen reden. Ich gebe ihm meine Telefonnummer.

„Sobald der Fahrer auftaucht... übrigens, wie heißt er?"

„Kann ich Ihnen sofort sagen..."

Er knallt den Hörer auf den Tisch. Kurz darauf ist er wieder an der Strippe.

„Elie Grainard, M'sieur."

„Gut. Also, wenn dieser Grainard in eurem Laden wieder auftaucht, morgen oder übermorgen, egal zu welcher Uhrzeit, sagst du mir sofort Bescheid und schickst ihn zu mir. Klar?"

„O.k.!"

Ich lege auf. Dann wähle ich die Nummer der Weinhandlung Henri-Marc in Bercy.

„Simone Blanchet, bitte."

„Sie ist nicht da, Monsieur. Ist heute nicht zur Arbeit gekommen."

„Danke."

Heute ist wohl Blauer Montag! Ich kippe noch ein zweites Glas. Dann geh ich essen. Aber vorher geh ich noch bei zwei Handwerkern vorbei, die sich mit Schlössern und Schlüsseln auskennen. Ich zeige ihnen den Schlüssel, den Lecanut bei seinem Tiefflug verloren hat. Aber sie können mir nicht weiterhelfen. Hab zwar keine übermäßige Hoffnung in den alten Schlüssel gesetzt, aber auch das bißchen wird mir jetzt völlig genommen. Also doch nur ein Souvenir an mein Erlebnis auf der Achterbahn.

Nach dem Essen setze ich mich in meinen Wagen mit dem zerbeulten Kotflügel und fahre in die Rue Brèche-aux-Loups. Wenn Simone Blanchet heute nicht arbeitet, ist sie vielleicht zu Hause. Nein, sie ist nicht zu Hause. Typisch Simone! Egal. Wenn nicht Simone, dann eben Christine. Also, es gibt Jahre, da hab ich Frauen in rauhen Mengen. Kommt auf den Jahrgang an. Wie beim Wein.

In der Avenue de Saint-Mandé öffnet mir Christine. Noch nicht wieder unterwegs. Sehr schön. Ich werde noch glauben, daß die Frauen mir zuhören und meinen Rat befolgen. Ich seh sie an. In ihren Augen steht noch etwas Angst, aber es ist schon weniger geworden.

„Ich war hier in der Gegend", erkläre ich meinen Besuch. „Hab 'n Stündchen Zeit, und da dachte ich..."

„Das ist sehr nett von Ihnen."

Sie führt mich in den Salon. Ihre Mutter arbeitet trübsinnig an einer Art Wandteppich. Ich drücke der Penelope meinen Respekt aus, erkundige mich nach der Gesundheit ihres Gatten (was völlig überflüssig ist; außerdem ist mir seine Gesundheit scheißegal). Danke, es geht ihm sehr gut. Nein, er ist nicht zu Hause. Er ist in seinem Weinlager in Bercy. Schön, schön. Nachdem der ganze Quatsch ausgetauscht ist, bitte ich Madame Montolieu um die Erlaubnis, Christine mit auf eine Spazierfahrt zu nehmen, falls ihre Tochter will. Würde mich sehr wundern, wenn sie nicht will. Wo sie doch so gerne was unternimmt... Christine ist begeistert.

„Wo möchten Sie hin?" frag ich, als wir im Wagen sitzen. „Oder wissen Sie's wieder nicht so genau?"

Sie lächelt:

„In den Zoo."

Gut. Ab in den Zoo. Das erinnert mich an Bébert. Der kürzeste Weg wär über den Boulevard Soult. Aber ich möchte nicht, daß sie zu nah an seinem Waggon, ihrer Fluchtburg, vorbeikommt. Ich nehme also einen Umweg zur Porte Dorée.

„Hat Ihre Mutter gestern abend gemerkt, daß Sie weg waren?"

„Nein. Hat alles gut geklappt."

„Und Ihr Stiefvater?"

„Der ist lange nach mir gekommen. Hab ihn gehört."

„Ich hab ihm heute mittag am Telefon vorgeschlagen, Sie für 'ne Zeit wegzuschicken..."

„Ich weiß. Er hat beim Essen davon gesprochen. Wahrscheinlich werde ich bald in den Süden fahren, zu Verwandten von Papa."

„Sehr gut."

* * *

Und jetzt stehen wir hier und versuchen, ein Stückchen Brot in den klebrigen Rüssel eines Elefanten zu schieben. Wir lachen vor einem Affenkäfig um die Wette. Die Affenhorde balgt sich um einen alten Büstenhalter, den ein Spaßvogel ihnen zugeworfen hat.

Nach diesem Schauspiel setzen wir uns ins Bistro im Zoogebäude. Vor uns schreitet langsam und majestätisch das Kamel entlang. Oben drauf 'n Haufen Kinder, denen die Sache nicht ganz geheuer ist.

„Christine!" sage ich. „Königin Christine! Hab mich gestern abend gefragt, ob Sie nicht dummes Zeug redeten. ‚In fünf Wochen werde ich herrschen.' Und in welchem Ton! Aber ich glaube, jetzt hab ich's verstanden. In fünf Wochen sind Sie volljährig und... Sie werden doch bestimmt die Leitung des Geschäfts übernehmen, nicht wahr?"

„Ja. Das steht im Testament von Papa. Die Weinhandlung gehört mir. Mit 21 werd ich Inhaberin."

„Und was wird aus Ihrem Stiefvater? Sie mögen ihn nicht. Werden Sie ihn bei Ihrer Thronbesteigung abservieren?"

Ihre Augen verengen sich.

„Lust hätte ich schon. Aber ich glaub nicht, daß das so einfach geht. Wenn ich ihm seinen Anteil nicht abkaufe – ich weiß nicht, ob das möglich ist –, bleibt er mein Kompagnon. Aber er wird nicht mehr das Sagen haben."

„Sondern Sie."

„Ich oder jemand anders, der meine Anweisungen befolgt. Ein Bevollmächtigter oder so. Und ich werde jemanden aussuchen, der nur tut, was ich ihm sage. Mein Stiefvater wird seine Funktion haben, mehr nicht."

„Bravo!" sage ich lächelnd. „Ich kann Sie mir zwar nicht als Weinhändlerin vorstellen, aber ich werd Sie nicht davon abbringen. Werd Sie mir warmhalten! Denn... man kann nie wissen... wenn wieder alles rationiert wird... Dann komm ich nämlich nach Bercy. Da sitzt die liebe Christine, und hopp!, roll ich 'n Riesen-Weinfaß nach Hause."

Christine schüttelt den Kopf, daß die kastanienbraunen Haare nur so fliegen. Sie sieht mich finster und ernst an.

„Oh nein!" sagt sie entschieden. „In Bercy wird man mich nicht sehen. Nie."

„Warum?"

„Ich hasse diese Weinkeller."

„Der Gestank, hm?"

Im *Hamlet*, glaub ich, in der Oper, wird gesungen: „Wein vertreibt die Traurigkeit." Der Wein vielleicht. Aber nicht, wenn man nur von ihm spricht. Christine sieht mich traurig an.

„Nein, nicht der Gestank..." sagt sie schleppend. „Die Erinnerung. Papa ist dort gestorben. Er war ein schlechter Mensch, aber er war mein Vater."

„Ach! Er ist eines plötzlichen Todes gestorben? Dann hat er wenigstens nicht gelitten, meine Liebe."

„Doch."

Ihre Augen füllen sich mit Tränen.

„Er ist ertrunken. Ein Unfall."

Sie sieht mich flehend an.

„Bitte, stellen Sie mir keine Fragen. Ich kann darüber nicht sprechen. Es ist zu scheußlich..."

Sie steht auf.

„Sollen wir gehen?"

Sie lächelt mich tapfer an.

„Sind Sie mir nicht böse?"

Ich heb die Schultern. Sie sind leicht wie Schwanendaunen.

„Was suchen Sie da?"

Heftig nimmt sie meine Hand.

„Sie sind so nett... Und ich hatte gestern Angst vor Ihnen...
Dabei sind Sie so nett... und so mitfühlend... doch, das sehe
ich!"

„Ja, ja", sage ich nur.

Ich fahre Christine zurück in die Avenue de Saint-Mandé.
Dann nehme ich Kurs auf den Boulevard de Bercy.

* * *

Ich parke meinen Wagen an der hohen Mauer des Güterbahnhofs. Sie zieht sich endlos hin, traurig und düster. Durch das Tor
an der Place Lachambaudie (der Bacchus-Poet, sagen manche)
gehe ich in die *Cité des Vins*. Der Pförtner zeigt auf die Büros
und Keller des Hauses Delay und Montolieu. Sie liegen ganz
hinten, fast an der Rue de Vouvray. Hier tragen nämlich alle Straßen Namen von renommierten Weinen oder Weinbergen.

Ich begebe mich in das Labyrinth des kleinen Weinstädtchens.
Es wird durch hohe Gitter vor dem Ansturm der durstigen Keh-
len geschützt, aber nicht vor dem Hochwasser der Seine, da es
tiefer liegt als die Quais.

Überall stehen Fässer, Bottiche, riesige geschwärzte Trichter,
Werkzeuge der Küfer. In einer Nebenstraße steht ein einsamer
Waggon. Wie ein Besoffener, der seinen Rausch ausschläft. Ein
paar Schritte weiter liegt eine kaputte Korbflasche. Der Wein
zieht sich wie ein Netz über das Kopfsteinpflaster. Der Geruch
der Weinfässer hängt in der Luft. Den Bäumen scheint es nichts
auszumachen. Die können was vertragen. Aus den kleinen Pavil-
lons, die den Händlern als Büros dienen, hört man Telefone läuten, seltener Schreibmaschinengeklapper. Geräusche, die mehr
mit Wein zu tun haben – zum Beispiel das Hämmern auf Fässer-
reifen –, kommen aus den Faßbindereien. Aus den Laborato-
rien, wo Chemiker den Wein verschneiden, kommt nichts. Und
schon gar nicht das Geheimnis ihrer Zauberformeln.

Endlich stehe ich vor dem Hause Delay und Montolieu. Das

weinrote Feston (Branche verpflichtet!), das das schräg abfallende Dach schmückt, schreit nach einem ordentlichen Pinsel. Hinter dem Pavillon stapeln sich Fässer, und noch weiter, auf einer Art Abstellgleis, stehen zwei Tankwaggons. Auf den gerundeten Seiten les ich den Namen „Delay" in großen schwarzen Buchstaben, die mit der Zeit verwischt sind.

Charles Montolieu, Hut auf dem Kopf, Pekarilederhandschuhe in der Hand, ist über mein Erscheinen ziemlich erstaunt.

„Was verschafft mir das Vergnügen?" ruft er mir entgegen. „Fünf Minuten später, und Sie hätten mich nicht mehr angetroffen. Ich muß weg. Was kann ich für Sie tun?"

Ich schenke ihm mein bezauberndstes Lächeln.

„Ich wollte gegen Sie eine Strafe verhängen. Ihretwegen haben mich die Flics angeschnauzt. Von dem Geschrei hab ich Durst gekriegt. Sie schulden mir 'n paar Flaschen."

„Sie lassen sich nicht unterkriegen, hm?"

„Kommt auf den Tag an."

Er seufzt.

„Also, welche Farbe? Weiß? Rot?"

„Beides. Und noch etwas Rosé, für die Schaltjahre…"

Er hebt die Schultern, als wolle er sagen: ‚Besoffene sind mein Geschäft.'

„Ich werde Ihnen etwas zusammenstellen lassen."

Er ruft einen Jungen zu sich, gibt ihm Anweisungen. Dann sieht er auf die Uhr.

„Jetzt muß ich aber wirklich los. Entschuldigen Sie mich."

Wir geben uns die Hand. Verlegen sagt er:

„Es tut mir wirklich leid, daß Sie Ärger mit der Polizei hatten. Ich konnte nicht wissen, daß…"

„Schon gut. Mit Ihrem Wein werd ich schon drüber wegkommen."

Er verschwindet.

Kurz darauf tu ich's ihm gleich, unter jedem Arm drei Flaschen. Nicht weit vom Büro sehe ich einen Alten vor einem Weinkeller stehen. Bestimmt ein Zeitgenosse von Marcelin Albert, dem heroischen Weinbauern aus dem Hérault.

134

„Entschuldigen Sie", spreche ich ihn an. „Monsieur Montolieu hat mir Wein geschenkt. Ich kenn mich da nicht aus. Ist das guter?"

Der Alte sieht sich die Flaschen an.

„Ausgezeichneter", entscheidet er und mustert mich unter seinen buschigen Augenbrauen hindurch, den Kopf leicht schief wie ein Stier, der zustoßen will.

„Vielen Dank. Arbeiten Sie schon lang hier bei Delay und Montolieu?"

„Dreißig Jahre." Wieder mustert er mich eingehend. „Sie sind auch einer von denen."

„Von wem?"

„Polizei natürlich."

„Nein. Wieso, läuft Polizei hier rum?"

„Ja. Wegen einem, der früher mal bei uns gearbeitet hat. Lecanut hieß er. Hab ihn gekannt. Aber was soll ich sagen... mit Arbeitern wie mir hatte der nichts am Hut. Grüßte kaum. War'n Freund der Chefs. Krieg, Lager und so. Ist 53 von hier weg. Anscheinend Gangster geworden. Ich weiß nichts. Als ich ihn kannte, war er noch kein Kriminaler. Hab ich schon den beiden Inspektoren erzählt. Sie wär'n dann der dritte."

„Nein, ich bin nicht von der Polizei. Interessier mich aber trotzdem für so Sachen. Waren Sie auch hier, als Monsieur Delay seinen Unfall hatte?"

„Natürlich."

„Das war..."

„52. Oktober 52."

„Wie ist das passiert? Ertrunken, hm?"

„Im Gärbottich, ja. Schöner Tod für'n Weinhändler. Aber trotzdem! Hab acht Tage keinen Tropfen angerührt. Der Chef hat sich zu weit rübergebeugt, über den Bottich. Ist richtig besoffen geworden. Die Dämpfe... Da ist er in die Brühe gefallen. Er war alleine. Abends. Keiner wußte, daß er noch da war. Am nächsten Morgen haben wir ihn gefunden. War natürlich nichts mehr zu machen."

13

Woher kam Simone Blanchet?

„Hallo! Sind Sie's, Chris?"

„Ja."

„Hier Nestor Burma. Guten Tag."

„Guten Abend schon eher."

„Stimmt. Machen Sie sich nichts draus. Ich rufe Sie wegen Ihrer bevorstehenden Reise an. Sie wissen, ich geb manchmal gute Tips. Ich glaub, Sie machen 'ne Scheißzeit durch. Schieben Sie die Reise nicht auf. Kann Ihnen nur guttun."

„Es ist alles schon entschieden. Nur noch 'ne Frage von Tagen. Vielleicht auch nur von Stunden."

„Je früher, desto besser. Sie brauchen dringend Tapetenwechsel."

„Glaub ich auch. War's das, was Sie mir sagen wollten?"

„Ja. Gute Nacht, Chris."

„Gute Nacht."

Ich lege auf, lasse die Hand noch einen Augenblick auf dem Hörer liegen. Wie ein Idiot betrachte ich das Ganze. Wie ein Idiot wiederhole ich, ganz alleine für mich: „Gute Nacht, Chris." Scheiß-Schicksal!

Ich schüttle mich in die Wirklichkeit zurück. Dann zünde ich mir eine Pfeife an, stell ein volles Glas neben mich und denke nach.

Florimond Faroux wäre der einzige, der mir helfen könnte. Aber an den möchte ich mich nicht wenden. Immer wenn wir uns sehen, schnauzt er mich an. Nur... ohne die Hilfe des Kommissars kann ich praktisch nichts tun. Und ich will auch gar nicht jetzt sofort was tun. Bis zur Stunde der Wahrheit hab ich vielleicht einen Dreh gefunden, wie ich Faroux ohne viel Ärger

136

einspannen kann... oder wie ich das umgehen kann. Aber im Augenblick könnte ich schon eine kleinere Attacke reiten. Attacke ist vielleicht nicht das richtige Wort. Vortasten... eine Lücke suchen... eine Bresche.

Ich seh auf die Uhr. Zwanzig nach zehn. Dem Glücklichen schlägt keine Stunde. Dem Tapferen und der Nervensäge auch nicht. Ich stopfe mir eine neue Pfeife, trinke noch ein Gläschen und verlasse mein Büro.

Ich setze mich in meinen Wagen und fahre zur Brèche-aux-Loups.

* * *

In dem Haus scheint alles zu schlafen. Ich gehe die Treppe hinauf zur Wohnung von Simone Blanchet. Ich klopfe an die Tür. Kein Ton. Weder in der Wohnung der schönen Simone noch sonstwo. Ich versuche, das Schloß zu überreden. Es sagt nicht nein. Aber der Riegel ist dagegen. Ich geb meinen Einbruchsversuch auf und gehe frische Luft schnappen.

Eine Stunde später versuche ich's nochmal. Immer noch Fehlanzeige. Ich setze mich in meinen Wagen und warte, daß sie aus dem Kino kommt... falls sie im Kino war. Das Kino ist zu Ende, und tatsächlich belebt sich die Straße mit einigen huschenden Gestalten, die nach Hause gehen. Dann schließen sich die Türen, die Lichter werden gelöscht. In einer Nebenstraße singt sich ein Besoffener in den Schlaf.

Keine Simone.

Um ein Uhr geh ich auch schlafen.

* * *

Christine nimmt an einer Quizsendung teil. Ihre Aufgabe besteht darin, auf einem Brett zu balancieren, das über einem riesigen Gärbehälter liegt. Der Behälter ist randvoll mit Wein. Darin schwimmen häßliche Leichen, die durch Strudel von unten reptilartig bewegt werden. Auf ein Klingelzeichen hin, das der Quizmaster als „fatal" bezeichnet, soll Christine in den Bottich gestoßen werden. Ich höre das Klingelzeichen, will das Mädchen ihrem Schicksal entreißen... und finde mich auf dem Bettvorleger wieder. Aber es klingelt immer noch. Das Telefon. Ich nehme den Hörer.

„Hallo!"

„Agentur Fiat Lux, Nachforschungen, Beschattungen?" fragt eine leise Stimme.

„Burma am Apparat."

„O.k.! Hier Philip Marlowe."

Ich bin jetzt nicht zum Scherzen aufgelegt und überschütte den Anrufer mit Flüchen. Gute-Morgen-Flüche, die sich die ganze Nacht ausgeruht haben und kräftig zuschlagen können.

„Aber, M'sieur", protestiert der Junge. „Kennen Sie die Klassiker nicht? Philip Marlowe, Privatdetektiv. Raymond Chandler."

„Ach so! Agentur Taxito, hm?"

„Ja, M'sieur. Grainard ist wieder da."

„Gut, dann schick ihn her, Kleiner!"

„O.k.!"

Ich lege auf. Halb sieben. Ich weiß nicht, was der Tag bringen wird. Aber er fängt früh an.

* * *

Der Wagen mit der Aufschrift „Taxito" hält vor mir. Ich habe unten auf dem Bürgersteig gewartet. Der junge Kerl am Steuer hat wässrige, gerötete Augen und 'n grauen Teint. Die Spuren einer Sauferei. Beim Rasieren konnte er sich nicht so recht entscheiden. Eine Wange mußte alleine zusehen, wie sie zurechtkam. Ich mache mich bemerkbar.

„Ich hab das Taxi bestellt. Würden Sie bitte mit nach oben in die zweite Etage kommen? Ich muß was mitnehmen. Soll Ihr Schaden nicht sein."

Er kommt hinter mir her. Als er das Schild an meiner Tür sieht, zuckt er zurück, sagt aber nichts. Im Büro frage ich ihn:

„Was macht der Kater heute morgen?"

„Sieht man das?"

„Man riecht es vor allem."

„Übertreiben Sie nicht, Chef. Also... Was soll ich mitnehmen?"

Ich drücke ihm ein Glas in die Hand.

„Nimm erst mal 'n Whisky. Wird dir guttun."

„Hab nichts dagegen."

Er schluckt den Whisky wie Wasser.

„Also... Was soll ich mitnehmen?" fragt er wieder.

„Geld. Oder was vor die Fresse. Kannst du dir aussuchen. Und wenn ich dir Geld anbiete, dann nur, weil ich so nett bin. Du könntest dir sowieso sonst nur Nasenbluten holen."

„Was soll das denn? Spielen den starken Mann, Chef?"

„Ich spiele nicht den starken Mann. Eher einen, der übers Ohr gehauen wurde. Ich bin ein friedlicher Mensch, der nicht mag, wenn man ihm Knüppel zwischen die Beine wirft. Und der nicht mag, wenn ihn ein versoffener Kerl verarschen will. Und jetzt setz dich."

„Also... äh... kapier ich nicht. Und das mit 'm dicken Kopf..."

„Setz dich, Grainard."

Völlig verdattert setzt er sich.

„Sie wissen, wie ich heiße?"

„Ja. Und ich weiß auch, daß du gestern blaugemacht und auf den Putz gehauen hast. Weil du nämlich Geld gekriegt hast, als Belohnung für'n Gefallen. Das hast du sofort auf den Kopf gehauen. Das Geld hat dir 'ne Frau gegeben. Nicht persönlich. Hat's dir zugeschickt, mit der Post. Groß, hübsch, brünett, fünfundzwanzig, Figur wie 'ne Königin, sieht aus, als wär sie nackt, egal, was sie anhat. Die Beschreibung hab ich dir vor drei Tagen am Telefon gegeben..."

„Ah jajajaja", erinnert sich Grainard. „Jetzt kapier ich so langsam..."

„Wie schön! Ich hab dich gefragt, wo die Frau eingestiegen ist. Richelieu-Drouot, hast du gesagt. Ja, Scheiße! Ich hab sofort

139

gemerkt, daß das abgesprochen war. Hast zu schnell geantwortet, zu hilfsbereit – obwohl du mich verarscht hast –, dein Gedächtnis war zu gut. Bist vielleicht 'n prima Taxifahrer, aber nur 'n mittelmäßiger Schauspieler."

Er zuckt die Achseln.

„Ach, wissen Sie, M'sieur, ich hab gemacht und gesagt, was sie mir gesagt hat, für den Fall, daß jemand danach fragen würde. Was wollen Sie? Die Kleine war hübsch. Galant wie ich bin... Ja, ganz hübsch, die Puppe. Hab ich wohl gemerkt. Können Sie sich ja denken. Sogar am Telefon... die hat 'ne Stimme! Wird einem ganz anders... Und das andere stimmt auch. Die kann anhaben, was sie will. Sieht immer splitternackt aus. Sieht man selten, hm?"

„Ach, Gott! Ich hab öfter mit solchen Sonderbegabungen zu tun. Also, sie hat dir durchs Telefon Anweisung gegeben?"

„Ja."

„Wohl am Morgen nach der Fahrt, oder? Ziemlich früh."

„Sie wissen ja alles ganz genau."

„Manchmal schiebt sich 'n Riegel davor. Aber dieser Riegel hat mir einiges verraten."

„Hm?"

„Ja."

Ja, ein Riegel. Als ich bei ihr geschlafen hab, war er vorgeschoben. Hatte Simone selbst gemacht. Aber am nächsten Morgen brauchte sie nur den Türknopf zu drehen, um die Tür zu öffnen. Simone war also ganz früh schon draußen gewesen. Zum Frühstück gab's nur schwarzen Kaffee. Also hatte sie weder Milch noch Croissants geholt. Nein, der Grund war ein anderer, klammheimlicher. Ein weiteres Detail für den Verdacht, den ich sowieso schon hatte...

„Und was hat sie dir am Telefon gesagt?" frage ich Grainard.

„Tja... daß sie irgendein Scheißkerl schikanieren würde und wüßte, daß sie ein Taxi genommen hatte. Und daß er bestimmt wissen wollte, woher sie kam, und das durfte er nicht wissen... es ging um ihre Ehre, hat sie gesagt. Und ich wär doch 'n Gentleman... hm... da hatte sie recht... ich bin nämlich 'n Gentleman. Also sollte ich sagen, sie wär auf den Boulevards eingestiegen. O.k. Ich geb ihr Namen und Adresse, und sie hat mir fünf Tausender geschickt."

„Und wo ist sie tatsächlich eingestiegen?"

„In Saint-Mandé. In einer Straße, wo man normalerweise gar nicht mit 'ner Fahrt rechnen kann. Bin nur so rumgefahren, auf der Suche nach Kunden."

„Hm. Komischer Taxifahrer. Fährt rum und sucht Kunden in Straßen, wo normalerweise keiner zusteigt..."

„Werd's Ihnen erklären. Ich hab gar nicht auf den Weg geachtet, und plötzlich steh ich vor 'ner Baustelle. Da mußte ich Umwege fahren. So bin ich in der Straße gelandet."

„Wie hieß die?"

„Keine Ahnung."

„Aber du erkennst sie doch wieder?"

„Klar."

„Na, dann nichts wie hin."

Wir gehen runter und steigen ins Taxi.

* * *

„Hier", sagt Grainard. „Das ist die Straße."

Die Rue Louis-Lenormand ist sehr ruhig. Der eine Abschnitt ländlich, der andere städtisch. Grainard hält in dem ländlichen Teil, wo auch die Baustelle ist. Unvermeidlich und überflüssig. Denn je mehr gebaut wird, desto weniger Wohnungen gibt es.

„Ja, hier ist es", wiederholt der Fahrer nickend. „Todsicher. Und... Ja, kann's nicht beschwören, aber ich glaube, sie ist aus einem dieser Kästen gekommen."

Er zeigt auf zwei Villen, die ziemlich weit auseinanderstehen.

„Gut. Fahr weiter. Halte da hinten."

Er tut, was ich sage. Ich gehe zu Fuß zurück. Die erste Villa ist offensichtlich bewohnt. Die zweite auch, aber anscheinend nicht im Moment. Es herrscht die große Stille. Ein ziemlich alltäglicher Bau mit einer Etage und ausgebautem Dach. Die Fensterläden stehen offen. Weiße Gardinen hängen vor den geschlossenen Scheiben. Im Vorgarten stehen zwei herrliche Kastanien. Die Mauer ist efeubewachsen.

Nachdenklich ziehe ich an meiner Pfeife. Simone kann sowohl aus dem einen wie aus dem anderen Haus gekommen sein. Sie kann aber auch von ganz woanders hergekommen sein und das Taxi hier angehalten haben. Nein! Wenn sie die Vorsichtsmaßnahme getroffen hat – unvorsichtige Vorsicht! –, ihre Spur zu verwischen, dann doch deshalb, weil ich nicht wissen sollte, wo sie ins Taxi gestiegen ist. Also ist das hier die Stelle, die sie mir verheimlichen wollte. Also liegt hier der Schlüssel des Geheimnisses.

Ich sehe durch das Gittertor in den Garten. Eine Mischung aus Rasen und Wildwuchs. Ungepflegt und ungefällig. Auf dem Boden liegt eine Plane, die an den vier Ecken mit Steinen beschwert ist. Die Fensterläden im Erdgeschoß sind geschlossen. Vergeblich suche ich am Tor ein Schild mit dem Namen des Besitzers oder der Villa. Nichts. Ich ziehe an der Kette, die vor meiner Nase baumelt. Im Haus läutet es, aber niemand reagiert, niemand ist zu sehen.

Da zieh ich lieber an meiner Pfeife. Zwischen meinen zwei Besuchen neulich bei Simone ist das Mädchen hiergewesen. Entweder wollte sie von unserem ersten Gespräch berichten oder Instruktionen holen. In diesem Haus müßten nützliche Hinweise zu finden sein.

Auf der Straße ist weit und breit niemand zu sehen. Außer Grainard und seinem Taxi. Der wird mich wohl durchs Rückfenster beobachten. Egal. Zwanzig nach sieben morgens. Völlige Stille herrscht in dieser ländlichen Gegend. Von der Villa nebenan droht keinerlei Gefahr. Sehr gut. Das Efeu wird mir netterweise behilflich sein, über die Mauer zu klettern. Ich hab's schon in der Hand, als mir 'ne Idee kommt. Ich taste nach dem Schlüsselbund, das Lecanut auf der Achterbahn verloren hat. Hoffentlich hab ich's bei mir. Hab ich. Ich stecke den dicken Schlüssel in das Schloß des Gittertores und drehe ihn rum. Man muß nur auf das Unfaßbare gefaßt sein. Das Tor öffnet sich ohne das geringste Quietschen. Keinen Mucks gibt es von sich. Wie du schon sagtest, Nestor: In diesem Haus müßten nützliche Hinweise zu finden sein!

Ich schließe das Tor hinter mir. Wenn jemand im Haus ist, würde er sich jetzt melden. Nichts passiert. Der Kasten steht offensichtlich leer. Ich geh auf die Eingangstür zu. Abgeschlossen. Aber auch dieses Schloß verhält sich lammfromm, als ich einen der kleinen Schlüssel aus Lecanuts Sammlung ausprobiere. Vorsichtig mach ich mich an die Hausdurchsuchung.

Die Küche ist sauber, wird selten benutzt. Der Salon ist nett möbliert, ebenfalls sauber, aber nicht übertrieben. Oft wird hier nicht gewohnt. Das Schlafzimmer ist eine wahre Augenweide. Wohlduftend und alles. Indirekte Beleuchtung, unaufdringlich und sinnlich. Samtvorhang vor den geschlossenen Fensterläden. Ein kuscheliges Liebesnest mit einem gemütlichen Bett – völlig zerwühlt –, einem Schrank voller Reizwäsche und einem breiten Spiegel an der Wand. Wer hätte das gedacht, von außen?

Jetzt die erste Etage. Ziemlich vernachlässigt, die erste Etage. Ich kann sie vernachlässigen. Scheint fürs Vernachlässigen geschaffen zu sein, genauso wie das Schlafzimmer fürs Vergnügen. Ich gehe wieder runter ins Schlafzimmer. Nur so zum Vergnügen.

Ein sehr hübsches Zimmer. Aber irgendwas fehlt hier. Ein Badezimmer oder so was. Kann ich mir gar nicht erklären. So was braucht man doch! Endlich entdecke ich das Badezimmer hinter einer Tapetentür. Nicht grade riesig. Tageslicht – sehr wenig Tageslicht – kommt durch 'ne Art Schießscharte. Ich knipse die Lampe an. Ein sehr hübsches Bad für ein sehr hübsches Schlafzimmer. Waschbecken, Bidet, Klosett, Badewanne. Eine sehr hübsche Badewanne.

Sehr hübsche Beine in der Wanne. Haben nichts von ihren aufregenden Formen verloren. Aber von dem sehr hübschen Gesicht ist nicht viel übriggeblieben.

* * *

Mir krampft sich der Magen zusammen. Zum Glück bin ich in einem Badezimmer.

Danach geht es mir besser. Ich beuge mich über die Leiche. Sie ist steif wie ein Brett. Simone Blanchet ist schon mehr als vierundzwanzig Stunden tot. Kein Zweifel: sie ist es, obwohl man sie übel zugerichtet hat. Sie trägt das blaue Kleid, das sie neulich auf der Achterbahn angehabt hat. Aber wie sieht das jetzt aus! Überhaupt nicht mehr kleidsam, geschweige denn aufreizend enganliegend. Voller geronnenem Blut, zerrissen. Hier hat wohl ein erbitterter Kampf stattgefunden. Oder man hat es erst im nachhinein zerfetzt. Gut möglich. Sieht nicht nach sauberer, präziser Arbeit aus, das Ganze. Eher nach scheußlicher Schlachterei in unkontrollierbarem Wutanfall. Der Hals der Toten weist Spuren auf. Sie ist erwürgt worden. Wahrscheinlich ist das die Todesursache. Aber dann hat sich der Mörder mit einem stumpfen Gegenstand auf sein Opfer gestürzt, so als genüge ihm der Tod allein nicht. Oder er war wütend über Simones Tod. Vielleicht wollte er nicht so weit gehen. Hat nicht damit gerechnet, daß sie ihm buchstäblich zwischen den Fingern abkratzte.

Möchte wissen, was Simone getan hat, um solch eine Behandlung zu verdienen. Ein Irrtum, eine Dummheit, die jemandem nicht gefallen hat. Mehr jedenfalls, als dieser Jemand ertragen konnte. Der Tod ist keine Entschuldigung, wie Jules Vallès sagt. Auch kein Unschuldsbeweis. Im Gegenteil: der Tod der jungen Frau ist der Beweis dafür, daß die junge Frau in dem ganzen Durcheinander eine Rolle gespielt hat. Das beweisen alleine schon ihre Besuche in einer Vorortvilla, zu der Lecanut die Schlüssel besaß. Eine hochinteressante Person, diese Simone Blanchet. Hab ich sofort gemerkt! Nur... jetzt kann ich ihr schlecht irgendwelche Würmer aus der Nase ziehen... übrigens eine unglückliche Formulierung, geschmacklos unter den gegebenen Umständen.

Bevor ich mich aus dem Staub mache, werfe ich noch einen letzten Blick auf das Arrangement. In einer Ecke entdecke ich einen Bettvorleger. Da gehört er aber wirklich nicht hin. Sollte mich wundern, wenn der nicht auch voller Blut wär. Brauche ich mir gar nicht näher anzusehen. Unter dem Waschbecken liegt ein schwerer Aschenbecher. Bronze. Nicht nötig, ihn zu untersuchen. Die Waffe, mit der dem unglücklichen Opfer das Gesicht bearbeitet wurde. Ich rühre nichts an.

Ich knipse das Licht aus, gehe hinaus und schließe die Tür hinter mir. Jetzt stehe ich wieder im Schlafzimmer. Sieht gar nicht mehr so kuschelig aus. Höchstwahrscheinlich hat sich hier das Drama abgespielt, in dem Liebesnest. Das Bett ist zerwühlt. Die Ursache ist aber eine andere als die, die ich eben angenommen habe. Ich hebe Decke und Laken hoch. Beides ist voller Blut. Dem zerwühlten Knäuel hat man das nicht angesehen. Ich leg alles wieder an seinen Platz. Dann schnüffle ich noch ein wenig hier und da rum.

In einem Schrank finde ich einen Koffer mit Herrenunterwäsche. Sie trägt das Zeichen eines Ladens in Marseille. Bestimmt Lecanuts Gepäck. Das wär dann alles für den Moment. Nichts wie weg hier. Wenn ich will, kann ich jederzeit wiederkommen. Hab ja die Schlüssel. Bevor ich den tragischen Ort verlasse, verwische ich sorgfältig meine Spuren.

Im Garten sehe ich die Plane. Ich gehe hin und hebe sie etwas an. Sie verdeckt ein Loch, das noch in Arbeit ist. Darin liegen Steine und die komplette Ausrüstung des Freizeit-Totengräbers. Der Mörder muß ein komischer Kauz sein. Gräbt ausgerechnet hier Simones Grab, wo der steinige Boden jede Menge Schwierigkeiten macht. Muß wohl ein leicht verwirrter Geist sein. Na ja, Mörder sind seltsame Leute. Nur, der hier ist besonders bescheuert.

14

Die Nacht von Saint-Mandé

Ich geh zum Taxi zurück und laß mich wieder in mein Büro bringen. Grainard wird fürstlich entlohnt. Dann verschwindet er aus meinem Leben, ein komplizenhaftes Lächeln auf den Lippen, das Diskretion signalisieren soll.

Ich setze mich ans Steuer meines Dugat und fahre zurück nach Saint-Mandé. Was ich jetzt zu tun habe, ist kein Kunststück: mich über den Mörder zu informieren oder zu warten, bis er an den heimischen Herd zurückkommt. Arbeit für einen Anfänger.

Ich halte vor dem Totenhaus und hupe. Kann sein, daß jemand in der Zwischenzeit eingetrudelt ist. Wär einfacher und schneller. Aber nein. Keine Reaktion.

Ich spreche in dem Nachbarhaus vor. Die Hausfrau, die ich über ihren Nachbarn ausfrage, hat kein wahnsinniges Talent für Personenbeschreibungen. Kann mir nicht sagen, wie er aussieht, der Herr Nachbar. Weiß nicht mal seinen Namen. Hat ihn auch sozusagen nie zu Gesicht bekommen. Außerdem wohnt sie erst seit kurzem hier. Sie meint, er komme vor allem nachts, und das unregelmäßig. Was die Gartenarbeit zu bedeuten hat, weiß sie nicht. Muß wohl nachts buddeln, der Kerl. Der einzige interessante Tip ist die Information, daß möglicherweise das Immobilienbüro Bonchamps, Rue Ledru-Rollin, die Villa verwaltet, genauso wie die Villa meiner Interviewpartnerin. Je mehr ich vor unserer unvermeidlichen Begegnung über den Kerl rauskriege, desto besser. Also fahre ich zum Büro Bonchamps.

* * *

„Monsieur Bonchamps?"

146

„Mein Name ist Triaire", antwortet ein schmächtiges Kerlchen, das wie ein Gerichtsvollzieher aussieht.

Bonchamps ist also nicht da oder existiert überhaupt nicht.
Egal. Triaire ist mir genauso lieb. So verschlüsselt wie möglich
erkläre ich den Grund meines Besuches. Das Kerlchen kommt
mir mit dem Berufsgeheimnis. Haben Makler so was auch?

„Eine Villa? In Saint-Mandé. Rue Louis-Lenormand? Mit
zwei Kastanien im Garten? Ja, wir verwalten das Objekt...
Nein, über den Mieter kann ich Ihnen nichts sagen. Das Haus
gehört Madame Parmentier. Wenn sie Ihnen mehr sagt...
obwohl..." Er sieht mich mißbilligend an. „... wir jedoch..."

Soll ich ihm sagen, was im Badezimmer des „Objektes" rum-
liegt? Wie würde er mich dann wohl ansehen? Den Spaß verwahr ich mir für später.

„Und wo finde ich diese Madame Parmentier?"

Er muß erst nachsehen.

„Boulevard Poniatowski."

Der Name des napoleonischen Marschalls kommt ihm nur
schwer über die Lippen. Treibt ihm beinahe Tränen in die
Augen.

* * *

Madame Parmentier ist eine Witwe von rund fünfundsiebzig
Jahren. Dünn wie'n Hering. In ihrem ausgemergelten Gesicht
blitzen äußerst flinke, erstaunlich junge Äuglein hinter einer
großen Hornbrille. Sie trägt beinahe zerlumpte Kleidung, aber
nicht aus Geiz oder Geldmangel. Hat nur einen exzentrischen
Geschmack. Die Wohnung am Boulevard Poniatowski könnte
moderner möbliert sein, aber nicht kostspieliger.

Kurz nach Mittag kreuze ich bei der Witwe auf. Sie ißt gerade,
wird bedient von einem Dienstmädchen, das kaum jünger ist als
sie. Dünn ist sie wohl von Natur aus. Denn eine Diät hält sie
offenbar nicht ein. Sie empfängt mich ohne Umstände. Ich störe
sie nicht die Bohne, und sie fährt fort, sich in meiner Anwesenheit vollzustopfen. Sie ist mir auf Anhieb sympathisch. Auf der

147

gestickten Tischdecke liegt ein Kriminalroman mit blutrünstigem Umschlag. Andere Bücher vom selben Kaliber liegen auf einem Stuhl, zusammen mit einem Päckchen Gauloises. Neben einer Flasche Burgunder steht auf dem Tisch ein halbvoller Aschenbecher. Ich glaube, mit Madame Parmentier kann ich ein offenes Wort reden. Offener jedenfalls als mit diesem Affen im Maklerbüro. Dem Dienstmädchen, das mir geöffnet hat, hab ich gesagt, ich käme wegen der Villa von Saint-Mandé. Keine näheren Angaben, kein Name. Bei Madame Parmentier kann ich aufhören, um den heißen Brei herumzureden. Ich sage ihr offen, wer ich bin. Wie vorauszusehen, hüpft sie fast vor Freude von ihrem Stuhl und läßt die Gagatohrringe tanzen. Sie weiß, was sich gehört. Ohne Zögern beauftragt sie das Mädchen, ein Glas für Monsieur zu holen, um mir dann von ihrem ausgezeichneten Burgunder anzubieten. Dann erzähle ich ihr, was ich will.

„Nur 'n paar Informationen über Ihren Mieter von Saint-Mandé. Name, Aussehen, na ja, alles. Ich weiß nichts über ihn. Aber ich führe gerade Ermittlungen durch. Und dafür muß ich mehr über ihn wissen."

Die Augen der alten Dame leuchten.

„Ist er in einen Fall verwickelt?" fragt sie aufgeregt.

Ich lächle.

„Die Leute, über die sich Privatdetektive informieren, müssen nicht zwangsläufig in undurchsichtige Geschichten verwickelt sein, Madame. Ich kann Ihnen leider im Moment nicht mehr verraten. Aber es wird mir ein Vergnügen sein, Ihnen alles bis ins kleinste zu erzählen, wenn ich den Fall abgeschlossen habe."

„Das hoffe ich!" ruft sie mit leuchtenden Augen. „Und ich hoffe auch, daß das in keinem Verhältnis zu dem steht, was ich Ihnen erzählen kann, Monsieur. Denn ich fürchte, ich kann Ihnen keine große Hilfe sein. Mein Mieter heißt Roussel... oder Rousset. Nein, Roussel. Hab ihn nie gesehen. Fromentel kümmert sich darum, müssen Sie wissen..."

„Fromentel?"

„Die Agentur, die meine Interessen wahrnimmt."

„Ich dachte, das wär das Maklerbüro Bonchamps?"

„Für mich ist das dasselbe. Aber Sie haben recht. Bonchamps hat die Agentur Fromentel gekauft. Fromentel war es noch, der mit Monsieur Roussel verhandelt hat. Das war... Warten Sie... Also wirklich! Ich weiß nicht mal genau, wann das war. Vor mehreren Jahren. Die Unterlagen sind natürlich in der Agentur. Die kümmern sich um alles. Ich kassiere nur die Miete."

„Ja, ja, natürlich. Ich komme gerade von dem Makler. Hab mit einem gewissen Triaire gesprochen. Aber der sagt nichts. Ich glaub, auch wenn Sie ihm die Anweisung dazu geben würden..."

„Ach, Triaire!" unterbricht sie mich. Kann ihn anscheinend nicht riechen. „Sie müssen zu Monsieur Bonchamps gehen. Aber der ist im Moment in Urlaub. Wenn es Ihnen auf ein paar Tage nicht ankommt, werde ich ihn fragen, wie mein Mieter aussieht. Schließlich hab ich ein Recht, das zu wissen, oder? Und da mußten erst Sie kommen, daß ich mir Gedanken darüber mache... na ja... Was sagte ich noch? Ach, ja... Ich werde mit Monsieur Bonchamps reden und Ihnen Bescheid geben."

„Vielen Dank, Madame."

„Das ist doch das mindeste."

„Inzwischen", versuche ich noch mein Glück, „könnte ich vielleicht mit Monsieur Fromentel sprechen. Schließlich hat er mit Roussel verhandelt..."

„Fromentel kann Ihnen von keinerlei Nutzen sein."

„Warum?"

„Er ist tot."

Sie sagt das wie eine Figur von Agatha Christie. Ein Tonfall, der vermuten läßt, daß Fromentel mindestens in Stücke gehackt und seinen verschiedenen Freunden und Bekannten als Geburtstagsgeschenk zugeschickt wurde. Ich spiele mit:

„Gestorben?... Eines... natürlichen Todes?"

„Ja", seufzt sie.

Es klingt wie „Leider!"

Zu viele Kriminalromane. Bevor ich mich verabschieden kann, plaudern wir noch ein Weilchen. Ein „Weilchen" ist stark untertrieben. Als ich endlich draußen bin, ist es fast vier Uhr. Ich mußte ihr so gut wie mein ganzes Leben erzählen. Über den Mieter von Saint-Mandé hab ich aber nichts mehr erfahren. Wenn ich's recht besehe, hab ich 'n paar Stunden meines Lebens vertrödelt. Aber ich tröste mich. Der Kerl wird mir schon nicht weglaufen. Endlich hat mich die sympathische alte Dame zur Tür begleitet, Zigarette im Mund, gerade wie 'ne 1, leicht wie 'ne Feder und lebendig wie 'ne junge Ziege.

„Also, ich werde mit Bonchamps sprechen und Ihnen Bescheid geben", hat sie wiederholt. „Wie aufregend!"

Was wird sie wohl erst sagen, wenn sie erfährt, daß ihre Villa, das alte Familienerbstück, als Schlachthaus gedient hat? Triaire wird 'n Drama draus machen. Aber Madame Parmentier wird im siebten Himmel sein, ganz sicher. Vielleicht wird sie nirgendwo anders mehr wohnen wollen als in dem Totenhaus von Saint-Mandé.

* * *

Ich fahre wieder hin. Das Haus steht immer noch am selben Platz. Nichts hat sich verändert. Niemand anwesend, außer der Leiche. Ich fahre zurück nach Paris. An der Theke eines Bistros esse ich 'ne Kleinigkeit. Dann fahr ich in mein Büro. Werd mich etwas ausruhen müssen. Die kommende Nacht wird bestimmt ungemütlich. Im Moment hab ich nichts Besseres zu tun als mich auszuruhen und zu warten. Ich stelle den Wecker auf zwanzig Uhr. Als ich mich gerade hingelegt habe, meldet sich das Telefon zu Wort.

„Hallo! Monsieur Burma?"

„Oh! Guten Tag, Chris."

„Guten Tag. Sie wissen's schon?" fragt sie fröhlich.

„Was denn?"

„Daß ich morgen nachmittag in den Süden fahre, mit dem *Mistral*. Wollte es Ihnen sagen. Schließlich war's Ihre Idee..."

„Prima, Chris."

„Kommen Sie zum Bahnhof?"

„Wann?"

„Dreizehn Uhr zehn."

„Werd's versuchen. Ist Ihr Stiefvater da?"

„Er ist in Bercy."

„Ich will ihn nicht stören. Hat mir gestern 'n paar Flaschen geschenkt. Richten Sie ihm meine Grüße aus, falls Sie ihn sehen?"

„Ich werd's Mama sagen."

„Wie Sie meinen. Wiedersehn, Chris."

„Bis morgen."

Ich lege auf und stelle das Telefon ab, damit ich nicht mehr gestört werde. Ich seh aus dem Fenster. Der Himmel bewölkt sich. Nicht zu ändern. Ich lege mich wieder hin und versuche, noch 'ne Runde zu schlafen.

* * *

Von einer ländlich klingenden Kirchturmuhr schlägt es Mitternacht, friedlich und beruhigend. Die Stunde, wie der Dichter sagt, „schwarz wie das Gefieder des Raben." Der Dichter wußte gar nicht, wie recht er damit hatte. Die Nacht ist rabenschwarz in der provinziellen Rue Louis-Lenormand. Keine Neonlampen. Kein Mond. Und keine Hoffnung, daß er im Laufe der Nacht aus den dichten Wolken hervorkommt.

Gegen neun bin ich in die Villa geschlichen. Kurz darauf hat es angefangen zu regnen und seitdem nicht mehr aufgehört. Ein monotoner Regen, der manchmal bei einem Windstoß gegen die Fensterscheiben peitscht. Ein aufdringlicher Regen, eine Dusche für die rauschenden Kastanien. In der Mitte der Plane, die das noch nicht vollständig ausgehobene Grab abdeckt, wird sich wohl ein kleiner See bilden. Wasser läuft aus der kaputten Dachrinne. Ein scheußlicher Regen.

Jetzt stehe ich schon drei Stunden hier hinter dem Fenster Wache. Totenwache für Simone Blanchet, die immer noch in der Wanne liegt. Ich warte auf den Mörder. Er kann das Ganze nicht einfach so liegenlassen. Er muß das Grab noch zu Ende schaufeln. Aber sicher nicht bei diesem Sauwetter.

Egal. Ich warte. Liege hinter einem Fenster in der ersten Etage auf der Lauer. Wenn es etwas heller wäre, hätte ich einen prima Blick auf Garten und Gittertor. Ich sitze auf der Armlehne eines Sessels. In Reichweite liegt meine Kanone. Ich warte. Als Komplizen hab ich nur die tausend Geräusche der nächtlichen Stille, das einschläfernde Trommeln des Regens, manchmal das entfernte Bellen eines Hundes oder das nahe Knacken der alten Möbel. Ich warte auf Simones Mörder... auf Lecanuts Komplizen...

* * *

Ich fluche vor mich hin. Meine persönliche Art, die Morgenröte zu begrüßen. So unbequem meine Haltung auf der Armlehne auch war, ich bin eingeschlafen. Und jetzt bricht der Morgen an. Ich seh auf die Uhr. Gleich fünf. Der Himmel sieht frisch gewaschen aus. Es regnet nicht mehr. Aber erst seit kurzem. Alles ist naß. Wie vorausgesehen, hat sich auf der Plane eine Lache gebildet. Keiner hat während der Nacht weitergeschaufelt. Sicher, ich hätte nicht pennen sollen. Aber es war niemand da. Ich verspüre so was wie Erleichterung.

Im Moment ist hier nichts zu machen. Der Tag fängt gut an. Morgen nacht wird es vielleicht nicht regnen. Ich werde wiederkommen. So oft wie nötig. Ich stecke meinen Revolver ein, stelle den Sessel wieder an seinen Platz und verwische auch alle anderen Spuren meiner Nachtwache. Dann gehe ich hinunter.

Auf der letzten Treppenstufe bleibe ich wie angewurzelt stehen. Nestor, der Schlauberger! Er und seine Nachtwache! Heute nacht war doch jemand hier, du Blödmann! Aber der dynamische Detektiv hat geschlafen. Auf den Fliesen der Küche sind ganz deutlich Spuren zu sehen, schmutzig und feucht. Und neben der Tür zum ehemaligen Liebesnest und jetzigem Schlachthaus liegt ein Lappen oder Handtuch oder so was. Gestern lag das noch nicht da.

Irgend jemand ist gekommen... und vielleicht noch da.

Ich hole meinen Revolver wieder raus und lausche. Nichts.

Totale Stille. Auf Zehenspitzen wage ich mich in den Salon. Niemand da. Auch nicht in der Küche. Jetzt ins Schlafzimmer. Zuerst nehme ich den Lappen vom Boden. Er entpuppt sich als Unterhose. Bestimmt aus Lecanuts Koffer. *Bini, rue Vacon, Marseille* steht auf dem Etikett. Ich werf die Unterhose in die Ecke und betrete das Liebesnest. Leer. Gut. Der Kerl ist also gekommen und wieder verschwunden. Direkt vor meiner Nase. Zum Glück ist er nicht hochgekommen. Wer schläft, den kann man bequem abmurksen. Hätte der Kerl bestimmt getan. Nächstes Mal muß ich 'n paar Wachmacher schlucken. Inzwischen... Warum ist er hergekommen, bei dem Regen? Verdammt! Sollte er zufällig die Leiche mitgenommen haben? Ich stürze ins Badezimmer. Simone liegt immer noch drin. Fängt so langsam an zu stinken. Schnell schließe ich die Tür zu ihrem Sarg aus Keramik, Steingut und Porzellan. Da sehe ich in einer Ecke des Zimmers Lecanuts Koffer. Offen, durcheinander, ganz kaputt, das Futter zerrisssen. Wie Simones Leichenhemd. Aber diesmal war Wut nicht der Grund für den Vandalismus. Jedenfalls nicht ausschließlich. Der Kerl hat was gesucht. Deswegen der nächtliche Besuch, trotz des Regens. Aber was hat er gesucht? Und hat er gefunden, was er suchte? Nicht die leiseste Ahnung. Wenn ich hierbleibe, werd ich nicht schlauer. Woanders allerdings auch nicht.

Ich laß alles so, wie es ist, schließe sorgfältig die Türen hinter mir ab und gehe zu meinem Wagen, den ich gut einen Kilometer weiter weg geparkt habe, vorsichtig wie ich bin.

Ich fahre nach Hause, stelle den Wecker auf elf Uhr, lege den Hörer neben's Telefon und mich selbst ins Bett. Die neue Methode des dynamischen Detektivs, speziell für diesen Fall entwickelt: Schlafen als Hauptbeschäftigung.

15

Der Wein ist abgefüllt

Mein Wecker spielt mir einen Streich. Funktioniert einfach
nicht. Als ich die Augen öffne, ist der *Mistral* schon längst durch
Fontainebleau durch. Chris sitzt in einem luxuriöser ausgestatteten Waggon als dem von Bébert. Ich rufe Montolieu an. Teil
ihm mein Bedauern mit, seine Stieftochter versetzt zu haben. Ja,
sagt er, Christine sei tatsächlich enttäuscht gewesen. Wir hoffen
beide, daß diese unbedeutende Panne dem guten Verlauf der
Reise nicht schaden wird.

Dann gehe ich spazieren, um irgendwie die Zeit totzuschlagen.
In den Zeitungen steht nichts von dem, was mich interessieren
könnte. Florimond Faroux hält die Festnahme von Troyenny,
dem Feuerschlucker, immer noch geheim. Auch nichts über die
Ermittlungen aufgrund Montolieus Aussage, die von den Flics
unter den möglichen Bekannten Lecanuts durchgeführt wurden.
Ich nehm die vermischtesten der *Vermischten Nachrichten* unter
die Lupe. Weder von den Nachbarn noch von den Arbeitgebern
ist Simone Blanchets Verschwinden gemeldet worden.

Ganz langsam naht die Stunde, zu der ich wieder nach Saint-
Mandé fahren muß, zurück auf meinen Wachposten. Der Himmel ist klar. Die Nacht wird wunderbar geeignet sein für Erdar-
beiten. Heute bin ich vorsichtiger. Während der üppigen Mahl-
zeit, die ich mir gönne, schlucke ich eine Dosis Aufputschtablet-
ten. Dagegen wirken Martine Carol und Brigitte Bardot zusammen wie das reinste Schlafmittel. Wieder parke ich den Wagen
weit weg von der Rue Louis-Lenormand. Das letzte Stück gehe
ich zu Fuß. Ohne Zwischenfälle schleiche ich mich in die Villa.
Sieht so aus, als sei in der Zwischenzeit niemand hiergewesen.
Ich setze mich und warte, frei von Sorgen.

* * *

Er kommt gegen elf. Zu Fuß. Auf leisen Sohlen. Das Gittertor ist gut geölt und sagt auch keinen Ton. Aber die Nacht ist sternenklar. Ich kann zwar die Gesichtszüge des Mannes nicht erkennen, aber ich sehe einen menschlichen Schatten über den Weg kommen. Instinktiv trete ich zurück. Doch der Mann hat keinen Blick für die Fenster in der ersten Etage. Er ahnt nicht im geringsten, daß ich ihn belaure. Ich habe die Tür zur Treppe offengelassen. Vorsichtig schleiche ich mich hinaus und lausche. Der nächtliche Besucher kommt ins Haus, schlägt die Tür zu, schließt sie aber nicht ab. Er macht Licht, geht im Salon auf und ab, schiebt Möbel hin und her, so als mache er Hausputz. Ich wage mich auf die Treppe vor, Kanone in der Hand. Jetzt kann ich was sehen, ohne gesehen zu werden. Der Kerl geht ins blutige Schlafzimmer. Ungerührt, völlig ruhig. Durchschnittsbürger, in seinen eigenen vier Wänden. Monsieur Roussel. Ein ziemlich korpulenter Mann, dunkler Anzug, dunkle Haare, dunkler Schnurrbart. Das Lampenlicht spiegelt sich in den Gläsern der Hornbrille (wie die von Madame Parmentier!). Lecanuts Unterhose, die immer noch auf dem Boden liegt, überrascht ihn nicht. Er hebt sie auf und nimmt sie mit ins Schlafzimmer. Hausputz, wie gesagt. Ich gehe die letzten Stufen runter und werfe einen Blick durch den Türspalt. Das typische Geräusch der Wasserspülung verrät mir, daß er im Badezimmer ist. Der richtige Moment, um ihn zu fragen, was die Leiche in der Wanne soll und warum sie bei ihm keine der üblichen Reaktionen hervorruft, einen Schrei oder so was. Draußen könnte er behaupten, er habe keine Ahnung.

Auf Zehenspitzen gehe ich durch das Schlafzimmer. Der kaputte Koffer ist nicht mehr da. Wahrscheinlich hat ihn der Hausmann weggeräumt. Dieser hat sich über die Wanne gebeugt, mit dem Rücken zu mir. Versucht gerade, die Leiche in eine Decke zu wickeln. Besser hätte ich's mir nicht träumen lassen. Das Schießeisen fest in der Hand, rufe ich lachend:

„In Ordnung, Roussel. Du kannst sie fallenlassen. Ihr tut jetzt nichts mehr weh."

Der Kerl läßt die Leiche tatsächlich fallen! Simones Kopf knallt gegen den Badewannenrand. Ein unangenehmes Geräusch. Der Totengräber wirbelt herum, springt sozusagen vor Schreck an die Decke. Er ist so verdutzt, daß er keinen Ton rausbringt.

„Hände hoch, Roussel! Und zwar etwas flott!"

Er gehorcht. Seine grauen Augen funkeln vor Wut hinter den Brillengläsern. Sein kräftiger, eckiger Kiefer fällt runter. Plötzlich findet er die Sprache wieder.

„Nestor Burma!" faucht er.

Und dann bricht es aus ihm heraus. Die blanke Wut überkommt ihn. Er spuckt einen besonders dreckigen Fluch in Richtung Leiche und tritt gegen einen Arm, der über den Wannenrand hängt. Wie der Arm von Marat, nachdem Charlotte Corday da war. Der leblose Arm schwebt einen Moment lang in der Luft, wie zum Gruß, und fällt dann wieder auf den Rand. Jetzt kapier ich endgültig, warum er Simone umgebracht hat. Ich stürze mich auf ihn und schüttle ihn an den Revers seines gutgeschnittenen Anzugs. Die Brille zersplittert auf dem Boden. Egal. Er sieht besser als ich. Allerdings nicht im nächsten Augenblick. Ich verpasse ihm nämlich einen erstklassigen Schlag mit dem Revolver. Halb k.o. fällt er über die Leiche. Ich ziehe ihn wieder hoch, nutze seinen weggetretenen Zustand, um ihm die Hand- und Fußgelenke mit dem Gürtel seiner eigenen Hose und einem Handtuch zu fesseln. Dann schleife ich meinen Gefangenen in den Salon, der taghell erleuchtet ist. Wie ein Wäschepaket werfe ich ihn in einen Sessel. Bei diesen Gymnastikübungen sind seine falschen Haare verrutscht. Ich rücke sie wieder zurecht.

Auf dem Buffet steht eine Flasche mit gutem alten Wein. Daneben ein Kristallglas, aus dem vor kurzem noch getrunken worden ist. Der Kerl hier hat sich bestimmt Mut angetrunken. Von weitem betrachtet, wirkte er völlig ruhig. Aber so ruhig war er wohl gar nicht. Ich hole ein zweites Glas aus dem Schrank und gönne mir einen guten Schluck. Und nun zu meiner Wahrsager-Nummer! Wenn es eine Gerechtigkeit gibt, müßte eigentlich die Prämie des *Pariser Konsortiums für Edelmetalle* dabei rausspringen. Und daß es eine Gerechtigkeit gibt, davon bin ich überzeugt.

Einmal ist keinmal! Die Prämie hab ich so gut wie in der Tasche. Ich stecke meine Kanone wieder ein und setze mich.

„Also", beginne ich, „mein lieber... äh... Montolieu, nicht wahr? Lassen wir das mit Roussel. So was taugt doch nur für Makler, hm?"

Er sagt keinen Ton. Sieht mich nur an.

„Verdammter Montolieu! Der Wein ist abgefüllt. Jetzt muß er getrunken werden. Der Wein!" Ich zwinkere ihm zu. „Sie sehen, ich weiß, wo die Goldbarren liegen, hm? Einfach und geschmackvoll. Verdammter Montolieu! Ehrenwerter Bürger, darauf bedacht, mit seinem Gewissen und der Polizei im Einklang zu leben! So sehr, daß er den wohlmeinenden Rat eines Privatflics in den Wind schlägt, sich ruhig zu verhalten. Auch wenn der besagte Privatflic von einem Kommissar deshalb angeschnauzt wird. Also, ich muß sagen, du hast mich ganz schön von der Rolle gebracht. 'n Moment lang fühlte ich mich so schlau wie Bébert. Ich hatte mir eine Theorie zurechtgelegt. War wohl zu wacklig. Deine Aussage hat sie total umgeworfen. Hab ich erst hinterher kapiert. Die Flics würden sowieso rauskriegen, daß du Lecanut gekannt hast. Also besser, die Initiative ergreifen... die sofort Früchte tragen konnte. Du wolltest die Flics gegen mich aufhetzen. Oder warum hast du sonst erzählt, daß ich dir geraten hatte, die Schnauze zu halten? Sie sollten mir das Leben schwermachen. Solange ich mich mit ihnen auseinandersetzen müßte, käme ich zu nichts anderem mehr. Pech für dich, Montolieu: Faroux hat mich nur angepfiffen, mehr nicht. Aber warum eigentlich hast du dich in die Höhle des Löwen begeben und hast mich damit beauftragt, deine Stieftochter zu suchen? Ich wär zwar sowieso auf dich gekommen, klar, aber das konntest du ja nicht ahnen. Simones Idee, hm?"

Er antwortet nicht. Ich lächle.

„Simone! Falls du dir noch nicht klar darüber bist, werd ich's dir sagen: es war ein Fehler, deine Geliebte abzumurksen. Aber sie hat das Schicksal herausgefordert. Wollte ganz besonders schlau sein. Vielleicht hab ich selbst sie auch etwas animiert, als ich mich für sie interessiert habe... Wie dem auch sei, jedenfalls hat sie dir diesen besonders genialen Trick eingeredet. Christines Verschwinden gab dir einen ausgezeichneten Vorwand, dich mit mir in Verbindung zu setzen. Gleichzeitig konnte Simone ihrerseits versuchen, mich auszuschalten. Müßte doch mit dem Teufel zugehen, wenn das nicht klappen würde! Aber als wir uns dann gegenüberstanden, du und ich, hast du geahnt, daß das in die Hose gehen mußte. Du warst so wütend auf Simone und ihre Tricks, daß du sie erwürgt hast... vielleicht ohne es zu wollen... bestimmt... du siehst, ich gesteh dir mildernde Umstände zu: Herbeiführen eines gewaltsamen Todes ohne Tötungsabsicht. Aber tot ist tot. Du hast dich wie wild auf die Leiche gestürzt; denn durch ihren Tod wurde nichts besser... im Gegenteil."

Ich hole Atem. Er nutzt die Pause, um mir entgegenzuhalten:

„Nestor Burma, Sie sind ein Idiot. Ich kapier nichts von Ihrem Gequatsche. Gut, ich habe meine Geliebte getötet, in einem Wutanfall. Aber weil sie mich betrogen hatte, deshalb. Und jetzt bitte ich Sie, mich mit Ihren verrückten Ideen zu verschonen und mich zur Polizei zu bringen."

Also wirklich! Hut ab! Ganz schön dreist, der Junge. Dem fällt immer noch was ein. Na warte! Dir werd ich schon das Maul stopfen!

„Gut, gut. Sie hat dich also betrogen, du hast rot gesehen und zack!, Hände um den Hals, Erwürgen und Schlagen mit dem Aschenbecher auf's Zifferblatt, um ihr Manieren beizubringen. Gut und schön. Aber wie erklärst du, daß diese Schlüssel hier..." – Ich zeig sie ihm – „... zu dieser Villa gehören und in Lecanuts Besitz waren? Der hat sie nämlich bei seinem Trapezakt auf der Achterbahn verloren. Und wie erklärst du, daß Lecanuts Koffer in einem Schrank lag, hm?"

Stille. Dann:

„Aus dem einfachen Grund, weil Simone mich mit Lecanut betrogen hat."

„Gut. Du bist einer nach meinem Geschmack. Hast auf alles 'ne Antwort. Toll. Mal sehen, wie lange du das durchhältst. Mußt du dich verkleiden – Schnurrbart, Toupet, Brille –, wenn

158

du nachts herkommst und das Grab für dein Opfer schaufelst?"

„Hier heiße ich nicht Montolieu, sondern Roussel. Das wissen Sie doch. Hab keine Lust, daß mein Liebesleben ans Tageslicht kommt. Es muß niemand wissen, daß Montolieu und Roussel identisch sind."

„Hm... Diese Antwort befriedigt mich nicht."

„Sie müssen sich wohl damit zufriedengeben."

Ich antworte nicht, sondern steh auf und hol meinen Revolver wieder raus. Mir ist so, als hätte ich ein Geräusch gehört. Im Haus oder draußen. Schwer zu sagen. Da wird auch schon die Tür geöffnet, und im Türrahmen steht ein Mann.

Deswegen also hat mein Weinhändler das Aussehen verändert! Hat jemanden erwartet, dem er sein wahres Gesicht nicht zeigen wollte.

Ich bedrohe den neuen Gast mit meiner Kanone und befehle ihm, die Hände hochzunehmen. Er gehorcht. Sein scharfer Blick wandert von mir zu dem Schnürpaket, dann wieder zum Schießeisen.

Der Neue ist ein Mann von vierzig Jahren, fett, Hakennase, gut gekleidet, an fast jedem Finger einen Ring. Die Krawattennadel alleine ist schon soviel wert wie 'n ganzes Wäschegeschäft. Offensichtlich überrascht ihn der Revolver in meiner Hand. Aber erschüttert ist er nicht. Die gesellschaftliche Stellung dieses Herrn ist mir so ungefähr klar.

„Treten Sie ein", sage ich. „Die Vorstellung ist kostenlos!"

Er kommt herein, die Hände immer noch erhoben. Ich dirigiere ihn in den hinteren Teil des Salons und schiebe mit dem Fuß die Tür zu.

„Reizender Empfang", bemerkt der Kerl trocken, und zu Montolieu gewandt, der jetzt etwas bedrückter aussieht als vorher: „Was hat das zu bedeuten?"

„Achten Sie nicht drauf", antworte ich. „Haben Sie das Geld?"

„Welches Geld?"

Ich mustere ihn von Kopf bis Fuß.

„Nein, Sie haben's wohl nicht. Sonst hätten Sie mindestens

ein kleines Köfferchen bei sich. Ganz schön vorsichtig, hm?"

„So vorsichtig, daß ich Ihnen in die Falle gegangen bin. Reden Sie keinen Quatsch, Monsieur. Ich bin nur ein friedlicher einsamer Spaziergänger…"

„Wie Rousseau, hm?"

„So ungefähr. Nur daß ich mich ungerne in den Arsch treten lasse. Merken Sie sich das!"

„Einsamer Spaziergänger! Von wegen! Sagen wir Goldhändler oder Hehler. Das kommt der Sache schon näher. Umdrehn!"

Er gehorcht. Ich nehm ihm das Schießeisen ab, das er unter der Achsel mit sich rumschleppt. Dann taste ich weiter. Er beklagt sich, weil ich ihn kitzle. Plötzlich läßt er den Arm fallen und nimmt mich in den Schwitzkasten. Mein Hals ist wie in einem Schraubstock eingeklemmt. Dann dreht er sich um, hebt mich fast hoch dabei. Mir bleibt die Luft weg. Ich hab noch das Gefühl, daß ein Dritter hinzugekommen ist. Dann kassiere ich den üblichen Schlag hinter die Ohren. Ich stürze zu Boden. Zur Begleitung läuten Glocken das Harry-Lime-Thema.

* * *

Ich kippe zwar nicht aus den Latschen, bin aber völlig manövrierunfähig. Um mich herum entsteht Bewegung. Wie durch einen roten Schleier hindurch sehe ich verschwommene Gestalten. Ich merke, wie man mich durchwühlt und mir Hand- und Fußgelenke fesselt.

„Ich mag keine Arschtritte", höre ich jemand sagen.

Ja, aber selbst welche austeilen! Ich kriege einen erster Güte verpaßt. Dann werd ich hochgehoben und mehr oder weniger bequem in einen Sessel gelegt. Eine Ohrfeige bringt mich zu mir. Fast sofort kann ich wieder ganz normal sehen und hören. Nur noch leichte Kopfschmerzen.

Meine drei Richter stehen vor mir. Montolieu (jetzt wieder ohne Fesseln), der Kerl mit den Ringen und der, der mir eins über die Rübe gegeben hat. Ein Bläßling mit glanzlosen Augen in einer schmalen Fresse. Ausdrucksvoll wie'n Bügeleisen.

Bestimmt 'n gefürchteter Pokerspieler. In seiner Hand seh ich einen Revolver. Der Kerl sieht aus wie'n Leibwächter, einer für die Drecksarbeit. Der mit den Ringen hat auch einen Revolver in der Hand, aber außerdem noch meine Papiere.

„Privatdetektiv", sagt er mit seiner tonlosen, ruhigen Stimme. „Welche Rolle spielt der?"

„Werd's Ihnen erklären", verspricht Montolieu. „Später. Ist nämlich 'ne lange Geschichte."

„Das kann er jetzt sofort selbst erklären. Ist doch nicht geknebelt..."

Stimmt. Die haben mich nicht geknebelt. Nett von ihnen. Sag ich dem Ringo.

„Die Nachbarn sind weit genug weg", sagt er achselzuckend. „Sie können ruhig schreien. Aber... Würde Ihnen nicht raten zu schreien."

Er läßt vielsagend sein Schießeisen im grellen Licht der Deckenlampe blinken. Pokerface imitiert ihn.

„Ich schrei schon nicht", versichere ich. „Bin doch kein Kind. Tja... meine Rolle... 'ne lange Geschichte, wie Monsieur schon so richtig sagte."

„Verstehe. Keiner will auspacken, hm? Gefällt mir immer weniger. Verdammte Scheiße..." Er sieht Montolieu an. „Ich komm hierher, vertrauensvoll..."

„Von wegen, vertrauensvoll!" unterbricht ihn der Weinhändler und lacht bitter. „Vertrauensvoll! Haben nicht mal 'ne Anzahlung mitgebracht."

„Weil ich vorsichtig bin, wie der Flic da erraten hat. Zum Glück! So'n nächtliches Rendezvous in 'ner einsamen Vorstadtvilla kann Überraschungen bringen. Deswegen sind wir auch nicht zusammen reingekommen. Félix..." – er zeigt auf den Bläßling – „... und ich. Man kann nie wissen. Einer im Hintergrund kann verdammt nützlich sein. Hat man ja gesehen. Und daß ich kein Geld mitgebracht habe... hm... Goldbarren seh ich hier auch nicht."

„Weil keine hier sind", mische ich mich ein. „Die sind in Bercy, in einem runden Tankwaggon."

„Schnauze!" Das ist Montolieu. „Dich hat keiner gefragt."

„Doch. Eben."

Monsieur Félix wird ungeduldig. Er flucht.

„Dauert das Theater noch lange?" fragt er. „Was machen wir, Monsieur Raymond? Hab das Gefühl, das haut hier nicht hin."

„Gefällt mir immer weniger", wiederholt Raymond.

„Sie sollten erst mal im Badezimmer nachsehen", schlage ich vor.

„Warum?"

„Weiß ich nicht. Würd Ihnen vielleicht noch weniger gefallen... oder noch mehr."

„Um den kümmern wir uns lieber nicht", sagt Montolieu. „Der versucht nur, uns aufs Kreuz zu legen. Hier geht's um Millionen, verdammt nochmal! Für Sie wie für mich. Wir sollten in aller Ruhe darüber reden..."

Er geht zum Buffet, holt Gläser raus, schnappt sich die Flasche und stellt alles auf den Tisch. Er gießt ein und kippt sich sofort seine Portion in die Glatze. Raymond und Félix rühren sich nicht vom Fleck. Mißtrauisch schielen sie auf die Gläser, so als wäre Gift drin.

„Was ist denn da, im Badezimmer?" fragt mich Raymond.

„Die Leiche einer Frau."

Seine gelassene Art verläßt ihn. Er fährt auf:

„Was?"

Er dreht sich zu Montolieu und fragt noch einmal:

„Was?"

„Meine Geliebte", entschließt sich Montolieu zu sagen, nachdem er sich noch ein Glas genehmigt hat.

„Also, das ist die Krönung", ruft Raymond. „Wo ist das Badezimmer?"

Ich weise mit dem Kinn in die Richtung. Er stürzt hinaus. Montolieu ist ein ausgesprochener Weinliebhaber. Trinkt glatt noch ein Glas. Félix sagt keinen Ton. Steht unbeweglich da, unerschütterlich, die Waffe in der Hand. Ich mach mir Sorgen. Wegen der herrschenden Stille.

Raymond kommt zurück.

„So was gefällt mir überhaupt nicht", sagt er.

„Meinen Sie, mir?" antwortet Montolieu. „Verdammt nochmal! Meine Geliebte und der Flic da haben nichts mit unseren Geschäften zu tun. Die dürfen uns doch nicht davon abhalten, verdammt nochmal! Es geht um Millionen, und da werden Sie sich von einer Leiche und einem Privatflic bangemachen lassen?"

„Die Leiche interessiert mich nicht", sagt Raymond. „Zwei oder drei, vielleicht auch noch mehr, pflastern meinen Weg. Aber bei denen wußte ich immer, wo die herkamen. Diese Frau jetzt... und der Zeuge da..."

„Bringen wir den auch um. Es geht um Millionen..."

„Tja..."

Raymond runzelt die Stirn, kratzt sich mit den beringten Fingern am Kinn.

„Vielleicht haben Sie recht", sagt er lächelnd. „Schließlich geht's um Millionen... Aber... äh... unter diesen besonderen Umständen weiß ich nicht, ob ich bei der Summe bleiben kann, die wir so ungefähr vereinbart haben... Das Risiko ist beträchtlich gestiegen..."

„Ich wüßte nicht, worin..."

„Reden wir drüber."

Sie setzen sich an den Tisch. Antik. Montolieu greift wieder zur Flasche. Die beiden andern rühren ihr Glas immer noch nicht an. Sie stecken die Köpfe zusammen. Getuschel. Hoffentlich dauert ihre Lagebesprechung ziemlich lange. Mir ist es inzwischen gelungen, mich halb von meinen Handfesseln zu befreien. Aber halb ist nicht ganz.

Und da öffnet sich wieder die Tür.

Raymond und Félix wirbeln herum und halten ihr Schießeisen auf die Gestalt im Türrahmen. Eine dürre Vogelscheuche, in Lumpen gehüllt, auf dem Kopf ein Hut, Jahrhundertwende; auf der Nase eine tellergroße Brille: Madame Parmentier! Die Witwe fällt der Länge nach hin, steif wie 'n Brett.

Die allgemeine Ratlosigkeit nutze ich aus, springe auf meine gefesselten Füße, hüpfe auf den Tisch zu, wie beim Sackhüpfen, nehme die Weinflasche und hau sie auf dem erstbesten Kopf kaputt. Er gehört Raymond. Seine Kanone fällt auf den Boden. Ich heb sie auf. Gleichzeitig packe ich ein Tischbein und kippe den Tisch um. Ein prima Schutzwall! Und so nötig! Ein Schuß fällt, die Kugel dringt in die Tischplatte ein. Montolieu hat mit meinem eigenen Revolver auf mich gezielt. Raymond rappelt sich wieder hoch, flucht wie ein Wilder. Außer sich, wie im Moment alle Anwesenden, stürzt er sich auf Montolieu und schnauzt ihn an, keinen Scheiß zu machen. Aber Montolieu hat sich nicht mehr in der Gewalt. Spürt wohl, daß die Karre verfahren ist und er sie wohl nicht mehr aus dem Dreck ziehen kann. Zu viele unverständliche Dinge haben sich heute nacht in dieser Villa abgespielt. Vielleicht hat er auch zuviel gesoffen. Er ballert wieder los, diesmal auf Raymond. Félix muß natürlich seinen Boß verteidigen und schießt ebenfalls. Kann gar nicht anders. Und er ist geübter. Präzise trifft er Montolieus Hand. Die Waffe fliegt in die Ecke. Montolieu fällt um, wahrscheinlich vor Schreck. Raymond und Félix wollen sich den Weinhändler vornehmen, da geht die Tür auf...

Nein. Sie geht nicht auf, sie ist offengeblieben, seit Madame Parmentiers Auftritt. Die Neuankömmlinge fühlen sich gleich wie zu Hause, steigen oder springen über die alte Dame hinweg. Einer stolpert über sie. Inspektor Grégoire baut sich vor meinem Schutzwall auf.

„Na?" sagt er. „Diesmal freuen Sie sich doch sicher, mich zu sehen, oder?"

16

Bis zur Neige

Zwei Tage später besuche ich die Witwe Madame Parmentier, Boulevard Poniatowski. Bin ich ihr auch schuldig.

„Sie haben mir das Leben gerettet", sage ich. „Wenn Sie nicht aufgetaucht wären und die Aufmerksamkeit unserer Helden für ein paar Sekunden abgelenkt hätten, ohne die Panik..."

„O je!" sagt sie lächelnd. „Bin ich denn so häßlich?"

„Sie wissen doch, wie ich das meine. Die Kerle haben nichts mehr kapiert. Vor allem Montolieu. Der ging mit seinen Nerven sowieso schon zu Fuß. Also, ohne Ihr Erscheinen hätte ich nicht gewußt, wie ich da rauskommen sollte. Sicher, die Polizei war ganz in der Nähe. Inspektor Grégoire hat mich überwachen lassen. Der ist mir nämlich immer noch böse. Aber vielleicht wären die Flics zu spät gekommen. Aber Sie... Ich sehe, Sie haben sich von der Aufregung wieder erholt. War's sehr schlimm?"

„Haben Sie doch selbst gesehen. Als ich in der Tür stand und diese Männer mit ihren Pistolen sah, bin ich ganz einfach umgekippt. Auf der Stelle. Großer Gott! Ich schwöre Ihnen, in Zukunft halte ich mich an meine Bücher. Auch wenn mein nächster Mieter einer wie Landru ist, werd ich nie mehr nachsehen, was in meinem Haus vor sich geht. Das war das erste und letzte Mal. Hoffe ich jedenfalls. Aber ich konnte mich nicht bremsen! Ihr Besuch hat meine Phantasie zu sehr angeregt. Kaum waren Sie weg, da hab ich beschlossen, selbst in der Villa nachzusehen. Natürlich nachts. Wenn was passiert, passiert's meistens nachts, vor allem um Mitternacht. Leider hat es geregnet, in der Nacht nach Ihrem Besuch. Ich bin zu Hause geblieben. Aber die Nacht darauf... Eine schöne Nacht, nicht wahr?"

„Nicht für alle. Die beiden Goldkäufer sind noch nicht wieder frei. Und Ihr Mieter... vielleicht haben Sie's in der Zeitung gelesen... er ist tot. Die Kugel hat nicht nur seine Hand getroffen, sondern auch noch ein wichtiges Organ. Aber bevor er starb, hat er noch einiges gestanden. Hat meine Theorie über den Fall bestätigt."

„Das ist wohl ein sehr geheimnisvoller Fall, nicht wahr?" Die alte Dame zappelt aufgeregt hin und her. Ihre Augen leuchten hinter der neuen Brille. „Ich hoffe, Sie erzählen mir alles. Haben Sie mir versprochen. Machen wir's uns gemütlich. Ich habe extra Whisky eingekauft..."

Das Dienstmädchen bringt eine Flasche Scotch. Meine Gastgeberin zündet sich eine Zigarette an. Sie ist ganz Ohr.

„Ich biete Ihnen keine an", sagt sie. „Ich nehme an, Sie rauchen lieber Pfeife."

„Muß gerade eine neue einrauchen", sage ich. „Hab sie heute morgen mit der Post gekriegt. Ein sehr seltsames Stück. Von einer unbekannten Verehrerin, aus Nizza. Ein herrlicher Beruf! Man kriegt was auf die Rübe, aber manchmal auch was geschenkt."

Ich hole die neue Pfeife raus. Sie hat die Form eines Stierkopfes, einschließlich vorstehendem Maul. Die Witwe Parmentier tut interessiert, hätte es aber lieber, wenn ich loslegte. Auf meine Verehrerinnen pfeift sie. Gut, also zur Sache! Erst *en gros*, dann *en détail*.

„Es kam mir ganz plötzlich, wie 'ne Erleuchtung. An dem Abend, als ich Christine abgefangen und dann wieder nach Hause gebracht habe. Ihr Name, ihre Angst vor dem Stiefvater, ihr Gang, ihr rätselhafter Satz: ‚In fünf Wochen werde ich herrschen'... Es ging darum, die Leitung der Weinhandlung zu übernehmen. Hat sie mir am nächsten Tag gesagt..."

„Ihr Name?" fragt die alte Dame.

„Delay. Stand an den Waggons neben denen des *Pariser Konsortiums*. Das Foto hab ich im *Détective* gesehen. Delay! Der humorvolle Name war mir ins Auge gesprungen."

„Tatsächlich, für einen Weinhändler! Und der Gang des jungen Mädchens?"

„Sie ging genauso wie Geneviève Lissert. Und Chris hat kastanienbraunes Haar, wie Gigi vor einem Jahr. Chris hatte eine unerklärliche Angst vor ihrem Stiefvater. Unerklärlich? Hm... Zuerst dachte ich, der geile Bock wollte seiner Stieftochter an die Wäsche. Aber es ging um etwas anderes. Das Mädchen ist hypersensibel. Sie witterte in ihm instinktiv einen Feind, jemanden, der ihr ohne Zögern was antun würde. Auf diese Fakten und Annahmen hab ich dann meine Theorie errichtet. Allerdings mit vielen, vielen Fragezeichen. Montolieu ist in fünf Wochen die Herrschaft über die Weinhandlung los. Warum sollte er nicht daran denken, seine Konkurrentin auszuschalten? Es könnte ihr ein Unfall zustoßen... Letztes Jahr hat es angefangen. Montolieu kannte Lecanut. Er hat ihn seit Jahren nicht mehr gesehen. Sagt *er*. Lecanut fühlt sich auf der Achterbahn anscheinend wie zu Hause. Hat er vielleicht anstelle von Christine irrtümlich ein anderes Mädchen von oben runtergeschubst? Gigi vielleicht? Der ‚Unfall‘ passierte abends. Es war schon dunkel. Die jungen Mädchen kleiden sich nach der Mode. Sehen fast gleich aus. Man verliert eine in der Menge aus den Augen, meint, sie wiedergefunden zu haben. Und dann ist es ’ne andere.“

„Moment“, meldet sich Madame Parmentier, die nicht umsonst Kriminalromane verschlingt. „Nehmen wir mal an, das stimmt. Aber offensichtlich ist dem jungen Mädchen – Christine – hinterher nichts mehr passiert. Ein Mordversuch kann scheitern, aber nicht alle. Aber sie ist immer noch gesund und munter.“

„Stimmt. Schlußfolgerung: es ist nichts mehr gegen Chris unternommen worden. Warum nicht? Vielleicht hat Montolieu Angst gekriegt. Vielleicht ist ihm eingefallen, daß seine Frau nach einem ‚Unfall‘ Verdacht schöpfen könnte. Also Schluß damit. Kein weiteres Attentat auf die Thronerbin. Aber warum wollte Montolieu seine Stieftochter eigentlich loswerden? Gut, die Weinhandlung sollte ihr gehören. Aber sie hätte ihren Stiefvater nicht rausschmeißen können. Montolieu hätte auf jeden Fall einen guten Posten behalten. Aber Vorsicht: die Thronbesteigung von Christine bedeutet Übergabe der Geschäftsbücher.

Montolieu war ein Schürzenjäger. Vielleicht war er auch Spieler? Jawohl, hat er den Flics erzählt. Er hat sich mit Christines Volljährigkeit abgefunden. Die Übergabe der Bücher läßt sich nicht vermeiden. Also muß er seine Veruntreuungen auf andere Art vertuschen, die Löcher in der Kasse stopfen. Lecanut war an dem Goldraub beteiligt. Der Überfall fand nicht weit von den Tankwagen der Firma Delay-Montolieu statt. Wenn nun die Barren in einem der Waggons versteckt wurden, anstatt auf einem Geisterschiff? Die zwei oder drei Barren am Strand von Palavas sollten von der Spur ablenken..."

„Und? War's so?"

Ich verziehe das Gesicht.

„Das war meine Erleuchtung von neulich nachts. Ich war fest davon überzeugt. Auch wenn noch einiges unklar blieb. Nur... es ist nicht ganz einfach, Faroux zu bewegen, diese Theorie zu überprüfen. Ich wußte zu dem Zeitpunkt nicht, ob die Tankwagen auf dem Foto im *Détective* tatsächlich auf einem Abstellgleis in Bercy stehen. Und selbst wenn ich's wüßte und Faroux die Waggons untersuchen lassen würde... Ich wär schön blamiert gewesen, Madame! Neulich in der Villa, bevor die beiden Goldkäufer auf der Bildfläche erschienen, dachte ich, ich hätte die Prämie schon in der Tasche. Aber ich hatte sie noch gar nicht in der Tasche. Bis jetzt noch nicht. Faroux hat nämlich inzwischen die Waggons durchsuchen lassen. O ja! Es sind dieselben, die in der Nähe des Gold-Waggons in Montpellier gestanden haben. Haben auch bestimmt zum Transport der Beute gedient, aber..."

„Sie sind leer!" ruft Mutter Parmentier mit ihrem Gespür für Unvorhergesehenes.

„Jawohl, Madame. Und Montolieu ist tot und kann uns das neue Versteck nicht mehr verraten."

„Schwierig, schwierig. Aber erzählen Sie weiter!"

Die Prämie ist der alten Dame scheißegal. Sie ist ja Hausbesitzerin!

„Am nächsten Morgen", fahre ich fort, „muß ich meine Theorie neu überdenken. Faroux erzählt mir, daß Montolieu von sich aus zur Polizei gegangen ist und ausgesagt hat, er habe Lecanut gekannt. Ich sag mir: wenn Montolieu der ist, den ich vermute, würde er niemals so handeln. Aber später merke ich, daß er mir nur 'n Knüppel zwischen die Beine werfen wollte, klar. Aber im ersten Augenblick bin ich verwirrt. Aber jetzt zu Simone und ihrer Taxifahrt. Zuerst kann ich den Fahrer nicht erreichen, aber dann schickt ihn ein hilfsbereiter Krimi-Leser zu mir. Sehr nützlich, diese Krimi-Leser. Sie sind ebenfalls ein lebender Beweis dafür, Madame."

Geschmeichelt wehrt sie ab. Ich fahre fort:

„Auch Simone kann ich nicht erreichen. Aus gutem Grund. Während ich mich mit Christine in meinem Wagen unterhielt, hat sie sich umbringen lassen. Am nächsten Tag hol ich mir bei Christine die Bestätigung für ihren königlichen Satz. Kurz darauf entdecke ich in Bercy die Tankwaggons auf dem Abstellgleis. Ich komme wieder auf meine Theorie zurück. Bin immer mehr von ihrer Richtigkeit überzeugt. Aber wie soll ich die Bombe platzen lassen? Kommissar Faroux möchte ich mich nicht anvertrauen. Ich will auf eigene Faust weiterarbeiten. Es eilt ja nicht... Doch, eine Sache eilt: Christines Abreise aus Paris. Ich empfinde viel Sympathie für sie. Möchte nicht, daß sie von Bombensplittern verletzt wird. Also schlage ich eine Reise aufs Land vor. Ich mache also auf eigene Faust weiter. Man wird ja sehn. Und man sieht. Der Taxifahrer zeigt mir die Stelle, an der Simone in sein Taxi gestiegen ist. Mit den Schlüsseln, die Lecanut auf der Achterbahn verloren hat, komme ich in Ihre Villa. Dort entdecke ich die Leiche."

„Wußten Sie sofort, wer der Mörder war?"

„Kann ich nicht sagen. Jedenfalls hat's mich nicht überrascht, Montolieu an dem Tatort anzutreffen, mit falschen Haaren, Brille usw. Als ich die Leiche entdeckte, hab ich mir nicht den Kopf über den Täter zerbrochen. Von dem Augenblick an konnte gar nichts mehr schiefgehen. Ich mußte ihm nur noch eine Falle stellen. Um ihm bei der unumgänglichen Begegnung demonstrieren zu können, wieviel ich über ihn weiß, ziehe ich Erkundigungen ein. Viel ist dabei nicht rausgekommen. Aber dafür durfte ich Sie kennenlernen, was mir sehr genützt hat."

„Das Vergnügen war ganz auf meiner Seite", sagt die alte Dame, charmant lächelnd.

Ich zünde mir wieder eine Pfeife an und fahr fort:

„Mit dem, was Montolieu auf dem Sterbebett gestanden hat, ergibt sich folgendes Puzzle: nach Delays Tod wird Montolieu Chef der Weinfirma. Bis zu Christines Volljährigkeit wird er das bleiben. Vor drei Jahren heiratet er die Witwe, mit der er übrigens schon ein Verhältnis hatte, als sein Kompagnon noch lebte. Wahrscheinlich heiratet er sie aus finanziellen Überlegungen, um seine Stellung zu festigen. Er hat andere Liebschaften, außer Haus. Er greift in die Firmenkasse. Lecanut arbeitet nicht mehr für ihn. Aber die beiden bleiben in Kontakt. Dann beschließt Montolieu, seine Stieftochter loszuwerden. Das war letztes Jahr. Er ruft Lecanut an. Die Polizei untersucht zur Zeit die Möglichkeit, ob der nicht Spezialist für manipulierte Unfälle war. Bestimmte Unfälle, vor allem die auf Jahrmärkten, kommen wieder auf den Tisch. Lecanut und Montolieu treffen sich. Nicht bei dem Weinhändler zu Hause, sondern bei Monsieur Roussel. Seit 1950 ist er nämlich unter diesem Namen Mieter Ihrer Villa. Hat sie in ein kuscheliges Liebesnest verwandelt. Lecanut leistet gute Arbeit, aber nicht gut genug. Stößt das falsche Mädchen von der Achterbahn. Schließlich hat er Christine schon lange nicht mehr gesehen. Montolieu wird nervös und läßt seine Mordpläne sausen. Gut. Aber er muß die Löcher in der Firmenkasse stopfen. Wie wär's mit Raub? Immerhin weniger schlimm als Mord. Sicher, aus dem Raub wird ein Raubmord, gleich zweifach. Aber das war nicht geplant. Montolieu kennt 'ne Menge Leute. Darunter einen wichtigen Mann vom *Konsortium für Edelmetalle*. Durch eine unbedachte Äußerung erfährt Montolieu, daß in Montpellier ein Waggon mit Goldbarren steht. Klingeling! Wieder alarmiert er Lecanut. Die Aktion wird spruchreif. Montolieu schickt seine Tankwaggons gen Süden. Lecanut bereitet alles vor, sucht Komplizen usw. Außer Troyenny, dem feuerschluckenden Ungeheuer von der *Foire du Trône*, muß er noch andere gefunden haben. Mindestens einen,

170

wie Montolieu versichert hat. An den Namen konnte er sich aber nicht mehr erinnern. Der Raubüberfall findet statt. Es gibt Tote. Aber was geschehen ist, ist geschehen. Außerdem haben unsere schweren Jungens Schwein und werden nicht erwischt. Und 150 Kilo im Werte von mehr als 80 Millionen Francs werden verladen. Dann..."

„Bitte", unterbricht mich die krimilesende Witwe, „meinen Sie, Troyenny wußte nicht, wo die Goldbarren versteckt waren? Schließlich war er dabei..."

„Etwas zu eifrig sogar. Lecanut hat ihm sicher geraten, sofort zu verduften. Bei dem Verladen war er dann schon nicht mehr dabei. Und die anderen haben ihn sicher nicht eingeweiht... Gut. Der Coup ist gelungen: Jetzt muß man nur noch warten, bis Gras über die Sache gewachsen ist. Später soll die Beute versilbert und geteilt werden. Auf jeden Fall, bevor Christine volljährig wird. Die Komplizen verstecken sich. Montolieu gibt ihnen Geld und greift darum weiterhin fleißig in die Kasse. Dann kommt die Stunde der Beuteverteilung. Lecanut, seit kurzem Lancelin, hat Hehler gefunden. Verabredung usw. Er kommt nach Paris, geht zu Monsieur Roussel, wo er die Zeit über wohnen soll. Denn hier ist er sicherer als im Hotel. Montolieu und Simone erwarten ihn. Das Mädchen weiß über alles Bescheid. Hängt wahrscheinlich irgendwie mit drin. Außerdem kennt sie Lecanut sehr gut. Darüber hat sich Montolieu nicht mehr richtig ausgelassen. Lecanut sieht einen nervösen, aufgeregten Montolieu vor sich. Die Stieftochter ist weg. Vielleicht macht sie eine Dummheit. Vielleicht auch macht seine Frau eine Dummheit. Zur Polizei wagt er natürlich nicht zu gehen."

„Großer Gott!" ruft Madame Parmentier. „Der Mann macht aus einer Mücke 'n Elefanten. Wieso sollte ihm Christines Verschwinden gefährlich werden?"

„Tja, er meint es eben. Es stand viel auf dem Spiel, die Beute war riesig. Da kann der Verstand schon mal aussetzen. Auch Lecanut ist nicht begeistert, daß das Mädchen ausgerissen ist. Und von etwas anderem ist er auch nicht begeistert: von den beiden Flics an der Gare de Lyon. Vielleicht gefällt ihm so einiges

171

andere auch nicht. Jedenfalls macht er keinerlei Angaben über die eventuellen Goldkäufer."

„Ach ja?"

„Ja. Montolieu gibt Lecanut die Schlüssel zu Ihrer Villa und fährt nach Hause. Lecanut und Simone gehen zusammen zur *Foire du Trône*. Vielleicht will Lecanut dem Feuerschlucker Troyenny Bescheid geben. Auf der Place de la Nation sieht und erkennt er mich. Er kombiniert – falsch! – und beschließt, mich aus dem Weg zu räumen. Beauftragt Simone, mich auf die Achterbahn zu locken..."

„Warum auf die Achterbahn?" will meine Zuhörerin wissen. „Simone hätte Sie überall hinlocken können. An einen finsteren Ort, wo man Sie leicht..."

„Ja, aber dann wär's Mord gewesen... Falls Lecanut überhaupt was hatte, womit er mich umbringen konnte. Eine Waffe hatte er nicht bei sich. Auf der Achterbahn wär's 'n Unfall. Auch wenn ich nicht tot wär, wär ich doch 'ne Zeitlang außer Gefecht, genauso wie Geneviève Lissert. Aber der Kampf auf der Achterbahn endet nicht zu seiner vollsten Zufriedenheit, wie Sie wissen. Und die später so kaltblütige Simone fällt in Ohnmacht."

„Oder tut so."

„Nein, ich glaube, sie kippt tatsächlich aus den Latschen. Ich hab sie im Verdacht und besuche sie am nächsten Tag. Sie ist nett, völlig ruhig. Aber kaum kehre ich ihr den Rücken, da ruft sie Montolieu in Bercy an. Er beordert sie nach Saint-Mandé. Kriegsrat. Was soll das mit dem Privatdetektiv, den Lecanut umbringen wollte? Simone hat er wohl nichts verraten. Was will er? Was sucht er? Was weiß er? Das Liebespaar beschließt, mich nicht aus den Augen zu lassen. Ich schein ja sowieso sehr anhänglich zu sein. Simone läßt ihren weiblichen Charme spielen, ohne allerdings zu weit zu gehen. Das wär mir verdächtig vorgekommen. Und warum sollte Montolieu mich nicht engagieren, seine verlorene Tochter wiederzufinden? Ein ausgezeichneter Vorwand. So als würde man den Fuchs in den Hühnerstall einladen. Aber da ich sowieso schon halb drin bin... Und so hat man mich wenigstens unter Kontrolle. Wenn das eine nicht klappt, klappt wenigstens das andere. Simone macht, daß sie so schnell wie möglich wieder nach Hause kommt. Im Taxi. Bei meinem zweiten Besuch innerhalb weniger Stunden werde ich wirklich überfreudig begrüßt. Denn Simone freut sich, daß ich von selbst angebissen habe. Ich meinerseits habe mir den Verdacht gegen sie ausgeredet. Aber nach der Schlägerei auf der *foire* kommt er mir wieder, verstärkt. Simone hat jedoch mit der Schlägerei gar nichts zu tun. Wohin mich mein Verdacht geführt hat, wissen Sie. Was soll's! Simone und ihr Liebhaber hatten keine Chance. Na ja, der Rest ist ziemlich einfach. Ich treffe mich mit Montolieu und helfe ihm, seine Stieftochter wieder einzufangen. Hatte sie ja schon gefunden, bevor ich den Auftrag bekam! Vielleicht macht ihn genau das nervös: Jedenfalls fährt er noch an demselben Abend wutentbrannt nach Saint-Mandé. Dort wirft er seiner Geliebten allerhand an den Kopf. Vergessen Sie nicht: alles geht schief. Montolieu besitzt die Goldbarren, weiß aber nicht, was er damit machen soll. Er kennt die Hehler nicht, die Lecanut angeschleppt hat. Weiß nicht, wann sie kommen oder ob sie schon längst da sind. Schließlich kann er keine Anzeige im *Crépu* oder *France-Soir* aufgeben. Er hat also allen Grund, wütend zu sein. Im Laufe der wüsten Beschimpfungen tötet er Simone, ohne Absicht. Dadurch wird nichts besser. Er hat die Idee, mich durch seine Aussage bei der Polizei vorübergehend lahmzulegen. Dann bleibt ihm nur eins: warten und sich den Kopf zerbrechen, wie er an die Hehler rankommen kann. Zum Ausgleich schaufelt er das Grab für Simone. Ich glaube nicht, daß er sich allzuviel Sorgen darüber macht, was ich über das plötzliche Verschwinden der jungen Frau denke. Wie soll ich auf ihn kommen? Keiner weiß von ihrem Verhältnis. Und daß ich vom Taxifahrer erfahre, wo Simone eingestiegen ist... Vielleicht weiß er auch gar nichts von dieser Taxifahrt. Und er weiß auch nicht, daß ich die Schlüssel zur Villa habe. Eines Nachts hat auch er eine Erleuchtung. Das muß in der Nacht gewesen sein, in der es geregnet hat. Zum ersten Mal kommt ihm die Idee, Lecanuts Koffer zu durchwühlen. Daran hätte ich selbst denken müssen. Er sieht sich also den Koffer näher an. Bekommt wieder einen Wutanfall, was aber meinen gesunden Schlaf nicht stört. Zum Glück. Denn in der Nacht darauf lohnt sich mein Auftritt noch viel mehr. Im Futter des Koffers findet er Name und Adresse des Hehlers. Er meldet sich bei ihm unter dem Namen Roussel und mit dessen Aussehen. Raymond hat schon befürchtet, den Verkäufer der Goldbarren nie zu Gesicht zu bekommen. Verbrüderung, Verabredung in Saint-Mandé. Den Rest kennen Sie."

Madame Parmentier steckt sich ihre x-te Zigarette in den Mund. Ich trinke einen Schluck Scotch. Dann stehe ich auf. Die Vorstellung ist zu Ende. Meine Gastgeberin bringt mich zur Tür.

„Summa summarum", sagt sie und stößt den Rauch durch die Nase aus, „könnte man den Fall als ‚Fall der Fehler' bezeichnen. Alle Beteiligten haben welche gemacht. Lecanut letztes Jahr, als er Mademoiselle Lissert von der Achterbahn gestoßen hat, und dieses Jahr, als er dasselbe mit Ihnen versucht hat, weil er Sie an der Gare de Lyon für einen Flic gehalten hat. Troyenny, als er nachts zu Ihnen gegangen ist. Simone, als sie ein Taxi nahm und ihre Spur verwischen wollte. Und als sie ihrem Liebhaber riet, Sie zu engagieren. Montolieu, als er diesen Rat befolgt und dann versucht hat, den Fehler durch einen andern wiedergutzumachen. Inspektor Grégoire, als er ohne weiteres annahm, daß Sie was mit Lancelin zu tun hatten."

„Ja", sage ich. „Alle haben Fehler gemacht. Nur ich nicht. Wie immer."

„Von wegen! Wenigstens einer ist Ihnen unterlaufen."

„Ach ja! Das mit dem Tankwaggon."

„Nein. Das war nur ’n halber." Sie lächelt. „Sie erwähnen den Tod von Monsieur Delay nur ganz beiläufig und meinen, ich wär damit zufrieden. Aber Sie hindern mich nicht daran, Schlüsse zu ziehen!"

Verdammte Großmutter, du! Was hast du so große Zähne, so große Augen, so lange Ohren! Nichts entgeht ihr. Fünfzig Jahre jünger, und ich würde sie vom Fleck weg engagieren! Stattdessen sag ich nur lachend:

„Sie lesen zu viele Kriminalromane."

„Beklagen Sie sich nicht!" gibt sie zurück. „Also... Kommen Sie mich mal wieder besuchen."

Sie zwinkert mir zu. Soll heißen: „Wenn Sie bereit sind, mir alles zu sagen." Hoffe jedenfalls, daß sie nicht noch was anderes damit meint.

* * *

Ich gehe zum Wagen zurück und setze mich hinters Steuer. Vor Madame Parmentier hab ich gerade den Schlauberger gespielt, das werd ich aber vor der verwitweten Madame Montolieu, verwitwete Delay, nicht tun. Ihr Kreuz ist schon schwer genug. Jetzt soll das Schicksal das Wort haben. Vielleicht finden es die Flics raus, vielleicht auch nicht. Von mir werden sie jedenfalls nichts erfahren. Ich mußte nicht erst von der alten Dame darauf gebracht werden, daß Delay nicht von alleine in den Gärbehälter gefallen ist. Das hab ich mir sofort gedacht. Der Weinhändler war seiner Frau widerlich geworden. Sie tröstet sich mit dem Kompagnon. Ab in den guten französischen Wein! Arme Witwe! Nach kurzer Zeit erweist sich der Nachfolger als genauso widerlich wie Delay. Sie hat wohl ihr Schicksal wie eine auferlegte Buße ertragen. All ihre Liebe konzentriert sie auf ihre Tochter. Um Chris zu schonen, macht sie keinen Gebrauch von ihrer einzigen Waffe gegen ihren zweiten Mann: das Mitwissen um das Verbrechen aus Leidenschaft und finanziellem Vorteil. Montolieu hatte Schwein, daß Lecanut das falsche Mädchen von der Achterbahn gestoßen hatte. Wenn Chris nicht mehr am Leben gewesen wär, hätte sie ihren Mann vielleicht nicht mehr ertragen und hätte ausgepackt. Ich bin überzeugt, Montolieu hat das kapiert. Deswegen war er wegen Christines Flucht so nervös. Weniger die Flucht als solche machte ihm Angst, sondern die möglichen Auswirkungen auf den Nervenzustand seiner Frau. Sie kannte ihren Mann und hätte vielleicht vermutet, daß er mit dem Verschwinden was zu tun hatte. Wahnsinnig vor Kummer... Wer weiß, ob sie nicht eine Dummheit gemacht hätte? Und Lecanut wittert ebenfalls die Gefahr, wird ebenfalls nervös. Montolieu hat die Polizei nicht alarmiert. Aber er kann nicht ewig warten. Ein Privatflic muß her. Einer, den man engagiert, um ihn zu kontrollieren. Und Madame Montolieu ist beruhigt. Darum befolgt er Simones Rat. Aber sofort danach bereut er's. Wie alle Verbrecher: einen Tag zu kaltblütig, den nächsten nicht kaltblütig genug. Heute verrückt vor Wut, morgen ängstlich zum Verrücktwerden. Zum Beispiel diese Idee mit Simones Grab. Der Teil des Gartens eignete sich besonders schlecht zum Graben....

Hab schon lange nicht mehr geflucht. Vor Madame Parmentier hab ich mich zurückgehalten. Jetzt bricht es aus mir hervor. Wie ein Feuerwerk. Ich starte den Wagen, halte ein paar Meter weiter, renne in ein Bistro und telefoniere. Faroux ist da.

„Die Goldbarren", sage ich.

„Haben Sie sie gefunden?"

„Ja. Sie sind in dem Vorgarten der Villa von Saint-Mandé vergraben."

„Und daran haben Sie erst jetzt gedacht?" fragt der Kommissar schadenfroh. „Hab auf gut Glück ein paar Leute zum Umgraben hingeschickt. Aber ich bin gar nicht so sicher, daß der Schatz da liegt."

„Tut er. Montolieu hätte in dem Teil nie Simones Grab geschaufelt, wenn er nicht in demselben Garten an anderer Stelle schon was vergraben hätte."

* * *

Das ist jetzt drei Tage her. Die 150 Kilo Gold lagen tatsächlich unter dem Rasen. Hab gerade den Finderlohn kassiert. Ich presse die Prämie an mein Herz. Ein leichtes rosafarbenes Viereck, das sehr schwer wiegt...

Die riesige Bahnhofsuhr sieht mir vorwurfsvoll entgegen. Als finge alles wieder von vorne an. Aber einiges wird anders laufen. Heute wird Hélène ankommen. Ganz sicher. Gare de Lyon. Letzte Woche ist ein schönes junges Mädchen, sensibel und beschwingt, genau hier in den *Mistral* gestiegen. Von mir reingestoßen, sozusagen. Das war mein Fehler, Madame Parmentier! Chris in Sicherheit zu bringen, damit die Bombensplitter sie nicht verletzten. Scheiße! Die Flics sind mit ihren Ermittlungen so weit vorgedrungen, daß Marthe Montolieu ihre Mittäterschaft an dem Mord an Delay gestanden hat. Und ihre Tochter hat es unten im Süden erfahren. Ganz alleine. Sensibel. Zu sensibel. Wenn sie hiergeblieben wäre, hätte ich sie vielleicht vor sich selbst schützen können. Aber ich habe den Fehler gemacht, sie so schnell wie möglich wegzuschicken. Für immer. Hab's im *Crépuscule* gelesen. Selbstmord. Die Zeitungen hab ich gekauft, als ich aus einem getäfelten Büro kam. Dort hatten mir korrekte Herren, ernst und gespreizt, wie aus dem Ei gepellt, mit verbindlichstem Dank soeben die Prämie überreicht, auf die ich ein Anrecht hatte.

Paris 1957

Nachgang

Gare de Lyon. Der Lyoner Bahnhof, mitten in Paris. Oder doch eher am Rande. Im Stundentakt fahren die modernen Hochgeschwindigkeitszüge nach Lyon und weiter nach Süden. Nach Marseille und Toulon, nach Nimes und Montpellier. Die Gare de Lyon ist das Tor zum Süden. Vorortzüge sind hier Beiwerk. Auf die Nebengleise abgeschobene Regularien des Fahrplans.

Die Gare de Lyon ist so etwas wie die erste Adresse für Bahnkunden, denen sonst der Airport-Flair vertrauter ist als Bahnhofsmief. Aber da der hochgelobte und international renommierte TGV die rund 450 Kilometer lange Strecke in die Handels-Metropole Lyon in gerade zwei Stunden zurücklegt, steigt auch die Kundschaft, die Diplomatenkoffer statt Rucksack trägt, immer häufiger auf den Schnellzug um.

Zu Burmas Zeiten ging es noch etwas gemächlicher zu. Aber auch da schmückte die Schalterhalle bereits ein über -zig Meter durchlaufendes Gemäldeband, das die Reisenden vorab auf die Fahrtstrecke einstimmte und alle Stationen bis hin zur Côte d'Azur Revue passieren ließ.

„Wo ich doch so gerne, ja, fast wollüstig den Kohlegeruch einer Lokomotive einatme..." Zu spät, Nestor!

Statt nach dem unnützen Geplauder mit dem mißtrauischen Inspektor Grégoire den Jahrmarkt aufzusuchen, hätte Burma besser den „Train Bleu" bestiegen, das pompöse Belle-Epoque-Restaurant, zu dem eine Freitreppe in den ersten Stock hinaufführt. Stuck beherrscht die Szene, mächtige Luster streuen das Licht auf die Wandgemälde und die tiefen Ledersessel, die sich um das Halboval der stilgerechten Bar gruppieren.

Ich widerstehe den Verlockungen der üppig ausgestatteten Cocktail-Karte und bestelle einen doppelten Kaffee. Ein polyglott bedruckter giftgrüner Karton rechtfertigt in holprigem Deutsch das überladene Dekor: „Die Gesamtheit der Gemälde gibt leuchtende Landschäfter der Bahnverbindungen." Ich schließe die Augen für einen Moment und phantasiere mich in

Der Turm der Gare de Lyon, Wahrzeichen des 12. Arrondissements

den Orient-Express. Aber als ich die Augen wieder aufmache, sitzt kein Hercule Poirot neben mir. Nicht einmal und erst recht nicht Nestor Burma. Die Zeit der Detektive scheint vorüber.

Ich zahle und verlasse den penetrant nostalgischen „Train Bleu", „wo sich alle Passanten, Touristen und Pariser fangen lassen", wie mir der giftgrüne Karton verrät, „wo sie das moderne Leben wiederfinden, wo die gerade Linie über die Kurven der Barockkunst gesiegt hat." Wie wahr.

Gerade Linien durchziehen heute das 12. Arrondissement. Der von Maurice Chevalier besungene Quai de Bercy im Süden am Ufer der Seine, der Boulevard Poniatowski im Osten, wo die Krimi verschlingende Witwe Parmentier ihr Domizil hatte, und im Norden der Cours de Vincennes, der über die Place de la Nation mit dem längst verschwundenen Foire du Trône in den langgestreckten Faubourg St. Antoine mündet, das Zentrum der Möbeltischler. Vieles, was einmal krumm und winklig war in diesem etwas abseitigen 12. Arrondissement, ist von den Stadtplanern begradigt worden. Oder einfach vom Erdboden verschwunden. So wie der Güterbahnhof von Reuilly, der fußballfeldergroß Leere gähnt. Die angrenzenden Mietskasernen sind stehengeblieben und machen den Anblick nur noch trister.

Das triste Wohnviertel am Rand der vom Erdboden verschwundenen Gare de Reuilly

Nichts mehr ist geblieben von dem exotischen Gassengewirr an der Gare de Lyon. Das Italiener-Viertel war es einmal, da doch die hier abgehenden Züge nach Süden fuhren. Dann nisteten sich die Chinesen hier ein, richtiger gesagt: die Flüchtlinge aus Vietnam, Kambodscha und Laos nach dem für Frankreich verlorenen Indochina-Krieg. All die kleinen Händler, die mit den vormaligen Kolonialherren ihre Geschäfte getrieben hatten und als Kollaborateure galten. Wenige Jahre später ging auch Algerien für die Grande Nation verloren und abermals spülte ein noch größerer Exodus heimatlos gewordene Vertriebene ins Land. Und schließlich blieb auch eine Vielzahl von Afrikanern in Paris, die als Studenten oder billige Arbeitskräfte gekommen waren und nun nicht mehr zurückkehren wollten.

Das Bahnhofsviertel um die Gare de Lyon geriet zum Schmelztiegel der vergessenen, verlorenen und eine neue Bleibe suchenden Exilanten. Aber die exotische Idylle einer Notgemeinschaft zwischen abbruchreifen Häusern entwickelte sich zum explosiven Gemisch, als Zuhälter und Drogendealer zuzogen und Bauspekulanten häuserreihenweise Grundstücke aufkauften. Die Gegend um die Rue de Chalon wurde zu einem der verruchtesten Quartiers der Stadt. Aber das von zahlreichen Großrazzien begleitete kriminelle Zwischenspiel ist eine historische Episode. Inzwischen haben die Bulldozer, die in den 70er Jahren schon das traditionelle Arbeiterviertel von Belleville überrollt hatten, auch den Südosten der Stadt erreicht. Wo heute Behelfsbrücken über provisorische Parkplätze hinwegführen, werden bald Bürobauten und Appartement-Silos aus dem Boden wachsen.

Nicht alle Ausgestoßenen hat die Macht der Stadtsanierer in das neuerliche Exil der Vorstädte vertrieben. Ein paar hundert Schritte nur entfernt von der Gare de Lyon haben sie ihren täglichen Treffpunkt, an der Place d'Aligre. Es ist der wohl farbenprächtigste, zumindest der lauteste Markt von Paris. Wahrscheinlich auch der billigste. Wer auf karibische Köstlichkeiten erpicht ist, auf tunesische Datteln und Feigen, auf koschere Küche, leuchtendrote Merguez-Würste oder Hammelhoden, ist hier bestens aufgehoben. Gleich hinter der Markthalle liegt in der Rue Théophile-Roussel der „Baron Rouge", wo Landwein und Apfelmost, aber auch Bier, vom Faß abgefüllt werden. Längst vergessen ist, daß hier am 14. Juli 1789 das Signal zum Marsch und Sturm auf die unweit gelegene Bastille gegeben wurde.

Gegärt hat es in diesem Viertel schon immer. Wohl auch, weil die Arbeiter hier am Rande der alten Innenstadt nicht einer strengen Ordnung der Zünfte unterworfen waren. Der Faubourg St. Antoine, der die Place de la Bastille und die Place de la Nation miteinander verbindet, galt in den späten Jahren des Ancien régime als Keimzelle der Revolution. Die vielen versteckten Hinterhöfe waren Schlupfwinkel und Treffpunkte der Aufrührer.

Die Faubourgs nehmen da ihren Anfang, wo die Boulevards als Verkehrsadern des Zentrums enden, wo der aufgeputzte Glanz des innerstädtischen Paris langsam verblaßt, wo der enggefaßte Rahmen Patina ansetzt.

Der jüdische Soziologe Siegfried Kracauer, den das Hitler-Deutschland erst nach Paris, wie so viele andere Emigranten, und dann nach Amerika verschlug, hat die Pariser Faubourgs, die Ausfallstraßen in Richtung Vorstadt, „Riesenasyle der kleinen Leute" genannt, „von den Unterbeamten bis zu den Arbeitern, den Gewerbetreibenden und den Existenzen, die verloren heißen, weil die anderen es sich gewonnen geben."

Wo sonst, wenn schon nicht an der Bastille, zeigte sich gebündelter Volkszorn durch die Jahrhunderte hindurch heftiger und kontinuierlicher als an der Place de la Nation? Zu Ehren Ludwig XIV war der Platz im 17. Jahrhundert angelegt worden. Zu Zeiten der Revolution wurde er in „Platz des gestürzten Thrones" umbenannt, die Guillotine mit ihrem grausigen Kopf-ab-Spektakel wurde hierher verbannt, als das Pariser Publikum der Hinrichtungen überdrüssig geworden war. Innerhalb von nur sechs Wochen fiel eintausenddreihundertsechsmal das Fallbeil. Ein schauriges Finale, in dessen Verlauf der fachkundige und routinierte Scharfrichter Samson an einem einzigen Tag innerhalb von nur 54 Minuten allein 24 Todesurteile vollstreckte.

Um dem aufkommenden Unmut der Bevölkerung kein Ventil zu lassen, war es nötig, an einer möglichst nahegelegenen und verschwiegenen Stelle ein Massengrab zu schaffen, das man im Garten des vormaligen Klosters von Picpus ausfindig machte. Der Name Picpus ist von unbestimmter Herkunft. Wahrscheinlich hat er seinen Ursprung in einer zu Beginn des 18. Jahrhunderts ausgebrochenen Epidemie, die mit dem äußeren Kennzeichen von Eiterbläschen, den Pusteln, einherging. Der Friedhof, bis heute allein den Nachfahren aus den Familien der Revolutionsopfer vorbehalten, ist ein ganz und gar tristes Terrain, dem der melancholische Charme der anderen Totenstätten von Paris völlig fehlt. Aber warum sollte ausgerechnet ein Friedhof in dieser trostlosen Gegend heimeliger sein als das graue Umfeld?

Ausgerechnet dort, wo Köpfe rollten und 1848 schließlich Aufständische den Thron Louis Philippes den Flammen preisgaben, um erneut der Republik den Weg zu ebnen, da hielt sich durch die Wirren der Jahrhunderte hindurch der Standplatz des populärsten Jahrmarktes im ganzen Land, mit dem nicht ausrottbaren Namen „Thronmarkt".

Die Leser der Chronik unseres Freundes Nestor Burma wissen ja inzwischen um sein Achterbahn-Abenteuer. Daß die Foire du Thrône, der Thronmarkt also, Mitte der sechziger Jahre in den Wald von Vincennes verlegt wurde, ist freilich weniger eine Folge dieses Zwischenfalls als vielmehr (erneut) den städtebaulichen Erfordernissen der Stadt zu verdanken. Ein an diesem regengrauen Märzsonntag mit einer Plane verhangenes Karussell dient als letzte Nachhut des Rummelplatzes.

„Ringkämpfer, Schießbuden, Karamelbonbons, Lotteriebuden, Wahrsagen, Handlesen, Liebeshoroskop, Schiffschaukeln, der Zwerg mit den zwei Köpfen, der Mann mit den tausend Händen, das Riesenbaby, Emma mit ihren Schlangen, Eva mit ihren Töchtern, nur für Erwachsene..."

Nicht einmal mehr das. Auch die Gaukler sind weggezogen. Die Vertreibung aus dem Paradies, das Urteil von Paris.

Ich nehme den Bus Nr. 56 und steige in St. Mandé aus, einem der ganz wenigen Vororte von Paris, die freundlicher wirken als

An der Place de la Nation stand der Thronmarkt, der seit 20 Jahren in den Wald von Vincennes verlegt ist

die Stadt intra muros, diesseits der Umgehungsstraße, die Paris ringförmig umschließt.

"Von einer ländlich klingenden Kirchturmuhr schlägt es Mitternacht, friedlich und beruhigend. Die Nacht ist rabenschwarz in der Rue Louis-Lenormand. Keine Neonlampen. Kein Mond. Und keine Hoffnung, daß er im Laufe der Nacht aus den dichten Wolken hervorkommt." ... und auch keine Hoffnung, die Villa zu finden, in der Nestor Totenwache für Simone Blanchet hält. Malet hat gemogelt. Eine Rue Louis-Lenormand gibt es nicht. Oder gab es sie einmal und heißt heute Rue de l'Europe, oder so ähnlich, nachdem ja auch schon die Straße der Republik heute den Namen des General de Gaulle trägt? Nein, auch alteingesessene Bewohner von St. Mandé kennen keine Rue Louis-Lenormand. Aber eine Villa, wie die von Burma beschriebene, von Malet erdachte, die mag man sich hier schon vorstellen.

Also doch wieder zurück nach Paris. In die Rue du Gabon zum Beispiel. Es muß reine Willkür gewesen sein, den kleinen westafrikanischen Staat ausgerechnet am Rande einer stillgelegten Bahnlinie im Osten von Paris mit einem Straßennamen zu

In der Rue du Gabon stand die Villa von Charles Montolieu

ehren. Es ist eine Straße mit Bäumen. Das 12. sei das Arrondissement, meint Burma, mit den meisten Bäumen. Mag sein. Mag gewesen sein. Straßenbäume, wie sie gewöhnlich und unkorrekt heißen. Eine Bahnlinie, Straßenbäume, Häuser. Aber es fährt kein Zug mehr vorbei. Mitte des vorigen Jahrhunderts war die „petite ceinture" eingeweiht worden, die Ringbahn, die Paris umrundete, parallel zu den Boulevards. Die Métro kam erst später. Aber Mitte der 30er Jahre unseres Jahrhunderts hatten die Métro und die Autobusse die Ringbahn überflüssig gemacht. Sie war unrentabel geworden. Schade drum. 1983 wollte der sozialistische Oberbürgermeister-Kandidat Quilès die Ringbahn wiederauferstehen lassen. Quilès verlor – sicher nicht wegen der Ringbahn – und seitdem verrotten die rostigen Schienenstränge weiter vor sich hin. Im Westen, in Auteuil, funktioniert noch eine Teilstrecke. Nur Stammkunden wissen es und nutzen sie.

Die meisten der knapp 30 Bahnhöfe sind verschwunden. An manchen Stellen sind die Schienen und die Viadukte auch verschüttet. Nicht so an der Rue du Gabon. Dort ist die Zeit stehengeblieben. Auch wenn natürlich kein Schild an der Haustür den Namen von Charles Montolieu trägt. Seltsam – an einer Phantomstrecke zu wohnen, deren Schienen keinen Zug mehr führen, seit mehr als fünfzig Jahren. Endstation Sehnsucht? Nicht einmal eine Zwischenstation.

„Die Rue Tourneux ist eine ziemlich abschüssige Straße zwischen der Rue Claude-Decaen und der Avenue Daumesnil. An der Ecke zur Avenue wohnt Geneviève Lissert."

Kein Problem, das Haus zu finden. Auch nicht das Haus der Simone Blanchet in der Rue Brèche-aux-Loups. Die Häuser, jedenfalls die, die man stehengelassen hat, strahlen hier etwas gleichförmiges aus. Verwechselbar wie die Damen, die Burma über den Weg laufen oder die ihm im Weg stehen. Wenn es sich nicht gerade um seine Sekretärin Hélène handelt. Aber die spielt diesmal nur eine unsichtbare Rolle. Abermals kreuzen Schienen meinen Weg, unterquere ich hinter der Rue de Charenton die Ausfallstrecke nach Lyon. Und dann stehe ich vor dem verlassenen Dorf von Bercy. Rue de Médoc und Rue de Champagne,

186

Cour St. Emilion und Cour Margaux. Drei oder vier Dutzend ineinander übergreifende Straßen und Gäßchen, rechtwinklig angeordnet wie auf dem Reißbrett, auf einem Areal von rund 1000 Metern in der Länge und 400 Metern in der Breite. Rundum von einem Zaun eingegrenzt. Wem zum Schutz – oder Schutz vor wem?

Bercy war ein Dorf am Rande von Paris. Jenseits der Zollgrenze gelegen. Hier hatten die staatsbediensteten Schnüffler kein Recht, einen gesalzenen Obolus auf das süße Gesöff zu erheben, das die Händler aus der weiten Provinz in die Hauptstadt liefern wollten. Also mieteten die Lieferanten aus Burgund und Bordeaux eilfertig errichtete Lagerhallen an und respektierten nur allzugern die Auflage, die vielen hundert Kastanien, Platanen und Linden nicht anzutasten, garantierten sie doch den erwünschten Sonnenschutz für die mit kostbarem Naß gefüllten Weinfässer.

Aber das gefräßige Paris verleibte sich Mitte des vergangenen Jahrhunderts das üppig gewachsene Weindörfchen ein, mittlerweile auch ein vielbesuchter Wochenendtreff für das Bürgertum der Stadt. Die Flußschiffer der Seine ankerten hier, eine Reihe

von Guinguettes, von Weinschenken mit Tanzbelustigungen, ließen sich hier nieder, selbst so berühmte Maler wie Monet und Renoir zog es an den Quai de Bercy, dem Jahrzehnte später Maurice Chevalier eines seiner populärsten Chansons widmete.

Aber da die „Qualle namens Paris", wie ein Kritiker die ausufernde Stadt einmal nannte, immer weiter nach außen drängte, immer heftiger in fremdes Fahrwasser geriet, blieb das 40-Hektar-Idyll in den unersättlichen Expansionsplänen der Stadtarchitekten nicht ungeschoren. Das Todesurteil über Bercy war gesprochen, als in unmittelbarer Nachbarschaft der voluminöse Sportplast vorgezeichnet war, der Kernstück der Planungen für künftige Olympische Spiele sein sollte, die nun doch nicht in Paris, sondern in Barcelona stattfinden werden. Der Palais de Bercy mutet an wie ein rasenverkleideter Grabhügel, ein Mausoleum für das zum Tode verurteilte Weindorf von Bercy. Daß nun auch noch das neue Finanzministerium dort angesiedelt werden soll, mag Ironie des Schicksals sein – die Steuereintreiber, die früher keinen Zugriff hatten auf die extra muros liegenden Lagerbestände, haben nun doch indirekt zum Siechtum von Bercy beigetragen, nachdem man ihre seit Generationen angestammte Dienststelle vom Louvre ausgelagert hat an den Rand der Stadt, eben nach Bercy.

Wir leben in den achtziger Jahren, in einer Zeit, da man nicht mehr ganz so rücksichtslos wie vor 15, 20 Jahren an den Relikten früherer Zeiten vorbeigeht. Deshalb wird man wohl einen Rest

von Bercy stehen lassen. Ein paar verlassene Gebäude und Bruchbuden aufpäppeln und zur neuen Touristen-Attraktion machen. Schaut her: Paris hat ein Herz! Die Platanen werden nicht gefällt, oder nicht alle jedenfalls, oder nicht die Kastanien, Geschäfte werden sich mit den Ruinen allemal machen lassen.

Vorerst steht der Zaun. Die Tore sind geschlossen, die Weinhändler abgewandert. Abgesang für Bercy und das an allen Ecken und Enden malträtierte 12. Arrondissement, das nicht mehr zum Zentrum zählte und noch nicht zur Vorstadt.

Ein paar hundert Meter sind es nur von der Gare de Lyon zum Sportpalast von Bercy. Die mit hohem Millionenaufwand überdachte Arena ist Schauplatz von Fußball-Turnieren, Sechs-Tage-Radrennen und auch mal einer pompös angelegten Oper.

Ein elektronisch aufbereiteter Jahrmarkt unserer Tage. Ein paar Schritte nur und die Metro schluckt Tausende, um sie ein paar Minuten später wieder auszuspucken. Die Gare de Lyon schickt die Angereisten in die Provinz zurück und vielen mag es so ergehen wie der Familie Perrichon, die der Komödienschreiber Labiche auf ihren Zug warten läßt und dem entnervten und überforderten Familienvater das Schlußwort vor der Abreise erteilt: „Gehen wir, die Eindrücke erledigen wir später."

Peter Stephan, im März 1987

Anmerkungen des Autors

1. Kapitel:
Ziemlich mysteriöse Geschichte: Anspielung auf ein Abenteuer von Nestor Burma, Originaltitel „Le Cinquième Procédé". Grand prix de littérature policière 1948. (vergriffen)

Anmerkungen des Übersetzers

1. Kapitel:
PLM (Paris-Lyon-Méditerranée): Name einer früheren Eisenbahngesellschaft für die entsprechende Strecke.
Tour Pointue: Polizeidienststelle im Palais de Justice am Quai de l'Horloge.

2. Kapitel:
Foire du Trône millénaire: Eines der ältesten Volksfeste in Paris.
Hundert Francs: Bei allen Geldbeträgen, von denen im Laufe des Romans die Rede ist, handelt es sich um Alte Francs.

4. Kapitel:
Morgue: Gerichtsmedizinisches Institut und Leichenschauhaus in Paris. Heute „Institut Médico-Légal".

7. Kapitel:
Quai des Orfèvres: Sitz der Kriminalpolizei in Paris.
Santé: Zentralgefängnis in Paris.

11. Kapitel:
Delay, komischer Name: délayer heißt u. a. „mit Wasser verdünnen".

Straßenverzeichnis

P 20/21	Rue Abel
Q 26	Rue Albert-Malet
Q 20	Place de la Bastille
P 24	Avenue de Bel-Air
Q/R 21/22	Boulevard de Bercy
R 23/24	Rue de la Brèche-aux-Loups
P 21	Passage Brunoy
R 24	Rue Cannebière
P/Q 21	Rue de Chalon
S 23/24	Rue de Charenton
R 24	Rue Claude-Decaen
R 24/25	Avenue Daumesnil
P 20–23	Boulevard Diderot
R 23	Rue de la Durance
Q 26	Avenue Emmanuel-Laurent
Q/R 24	Place Félix-Eboué
R 23	Rue des Fonds-Verts
P 26	Rue du Gabon
R 25	Avenue Général-Michel-Bizot
Q 26	Square Georges-Méliès
R 22	Place Lachambaudie
R 23	Rue de la Lancette
O/P 20	Avenue Ledru-Rollin
O/P 20	Rue de Lyon
P 21	Passage Moulin
P 24	Place de la Nation
K 14/15	Rue des Petits-Champs (1./2. Arrondissement)
Q 25	Boulevard de Picpus
S/T 23–25	Boulevard Poniatowski
P 21	Passage Raguinot
R 24	Rue Raoul
Q 20	Quai de la Rapée
P 25	Rue du Rendez-Vous
R 23/24	Boulevard de Reuilly
P/Q 23	Rue de Reuilly
Q 25/26	Rue de Sahel
P 24–26	Avenue de Saint-Mandé
P–R 26	Boulevard Soult
R 24	Rue Tourneux
P 24	Avenue du Trône
P 25/26	Cours de Vincennes
Q 26	Avenue Vincent-d'Indy
P 26	Rue de la Voûte

Sébastien Japrisot
Die Dame im Auto mit Sonnenbrille und Gewehr

Kriminalroman
224 Seiten, gebunden, ISBN 3-89151-246-5
28,– DM, 203.– öS, 26.– sFr.,

Dany Longo, die kurzsichtige Schönheit mit der dunklen Brille, leiht sich nur eben mal den Thunderbird ihres Chefs aus. Auf dem Weg ans Mittelmeer entdeckt sie nicht nur eine Leiche im Kofferraum, sondern auch, daß sie die Reise bereits einmal gemacht hat – allerdings in umgekehrter Richtung. Die Indizien verdichten sich zur unangenehmen Sicherheit einer alptraumhaften Amnesie, einer Verschwörung gar, aus der es kein Entrinnen gibt, außer im Wahnsinn.

Aber nicht für Dany Longo ...

Elster Verlag und Rio Verlag
Verwaltung: Hofackerstrasse 13, CH-8032 Zürich
Telefon 01 385 55 10, Telefax 01 385 55 19